OS ANOS DE FARTURA
CHINA 2013

Chan Koonchung

OS ANOS DE FARTURA
CHINA 2013

Tradução do inglês de GUILHERME DA SILVA BRAGA
Prefácio de JULIA LOVELL

L&PM EDITORES

Texto de acordo com a nova ortografia.

Tradução do inglês: Guilherme da Silva Braga
Capa: Tom Poland (TW) *Imagem*: Hiroji Kubota/Magnum Photos
Preparação: Bianca Pasqualini
Revisão: Lívia Schleder de Borba

CIP-Brasil. Catalogação na Fonte
Sindicato Nacional dos Editores de Livros, RJ

C447a

Chan, Koonchung
   Os anos de fartura: China 2013 / Chan Koonchung; tradução de Guilherme da Silva Braga. – Porto Alegre, RS: L&PM, 2011.
   280 p.: 21 cm

   Tradução de: *The Fat Years*
   ISBN 978-85-254-2448-8

   1. Beijing (China) - Ficção. 2. Ficção chinesa. I. Braga, Guilherme da Silva. II. Título.

11-5101.   CDD: 895.13
                           CDU: 821.581-3

Copyright © Chan Koonchung 2009
This edition is published by arrangement with Transworld Publishers, a division of The Random House Group Ltd.
First published in Chinese in 2009 by OUP, Hong Kong, as Shengshi: Zhongguo 2013
All rights reserved.

Todos os direitos desta edição reservados a L&PM Editores
Rua Comendador Coruja, 314, loja 9 – Floresta – 90.220-180
Porto Alegre – RS – Brasil / Fone: 51.3225.5777 – Fax: 51.3221.5380

Pedidos & Depto. Comercial: vendas@lpm.com.br
Fale conosco: info@lpm.com.br
www.lpm.com.br

Impresso no Brasil
Primavera de 2011

Para Yu Qi

Sumário

Prefácio – *Julia Lovell* 9
Lista de personagens 21

PARTE UM
   1. No futuro próximo 25
   2. Jamais esqueça 59
   3. Da primavera ao outono 102

PARTE DOIS
   1. Andando de um lado para outro 135
   2. A fé, a esperança e o amor de várias pessoas 168

EPÍLOGO
   Uma noite longa demais, ou um alerta sobre a época de ouro da China no século XXI 197

Prefácio

*Julia Lovell**

Zhongguancun, o vale do silício chinês no noroeste de Beijing, é um lugar que vale a pena visitar. Nos trinta e poucos anos desde que a China abandonou o maoísmo em nome das reformas de mercado, dos shopping centers com fachadas de vidro e de mármore e dos hotéis cinco estrelas repletos de balões, promoções e promessas de uma vida próspera tomaram conta da capital; e Zhongguancun tem uma quantidade razoável desses estabelecimentos de alto custo. O grande centro comercial do distrito se espalha por 220.000 metros quadrados repletos de butiques, supermercados, cinemas, praças de alimentação e consumidores ávidos. Na mesma área encontram-se as instituições de elite do ensino superior na China, onde estão os acadêmicos e os estudantes de maior prestígio. Com os templos reluzentes dedicados à autogratificação e os esforços acadêmicos sancionados pelo estado, Zhongguancun é um dos grandes marcos do sonho chinês na contemporaneidade.

Mas em 23 de dezembro de 2010, no interior de uma delegacia em Zhongguancun, desenrolava-se um episódio menos harmonioso. Naquela noite, um professor de Direito chamado Teng Biao resolveu fazer uma visita à mãe de um amigo. O amigo era um advogado de direitos humanos chamado Fan Yafeng, que atualmente cumpre pena em prisão domiciliar imposta pelas autoridades. Como a mãe de Fan estava sozinha em casa, Teng achou que seria cortês fazer-lhe uma visita. Porém, assim que Teng entrou no apartamento, um policial à paisana entrou na residência e, à base de gritos e de empurrões, exigiu que se identificasse. Logo depois chegou um grupo de reforços da segurança pública que

---

* Professora de História Chinesa Moderna e Literatura Chinesa na Universidade de Londres e tradutora do chinês. Autora de *A Grande Muralha: a China contra o mundo, 1000 a.C-2000 d.C* (Record, 2008).

arrastou Teng escada abaixo (confiscando-lhe os óculos e assim o deixando quase cego) e para dentro de um camburão a fim de conduzi-lo a uma delegacia próxima. Lá, Teng foi tratado com mais violência – um ferimento na mão, uma gravata arrancada, pernas chutadas e xingamentos – enquanto em vão mencionava os direitos que a constituição assegura a todos os cidadãos. "Para que gastar saliva com esse tipo de gente?", perguntou um dos policiais. "Vamos matar o sujeito a pancadas, cavar um buraco para enterrá-lo e acabar de vez com isso." No fim os policiais o liberaram, mas, segundo Teng acredita, só porque ficaram um pouco intimidados com a reputação acadêmica de que desfrutava e especialmente porque, graças a um *tweet* providencial – enviado antes que a polícia tentasse arrancar-lhe o celular – um grupo de apoiadores havia se reunido fora da delegacia. Teng deu sorte: um colega de profissão, o advogado Gao Zhisheng, está preso há anos, foi espancado, queimado com cigarros e torturado com choques elétricos por conta do ativismo em prol dos grupos perseguidos pelo regime; outro advogado de direitos humanos, Ni Yulan, foi aleijado pelos interrogadores da polícia e hoje cumpre prisão domiciliar em um hotel de Beijing sem luz elétrica e sem água corrente.

A poucos metros dos palácios de vidro e de neon em Zhongguancun, uma outra faceta do milagre chinês contemporâneo se revelava. Bem-vindo ao mundo de *Os anos de fartura*.

***

Em *Os anos de fartura*, Chan Koonchung descreve um mundo quase futuro que em boa medida já existe. Uma China onde o ditatorialismo do Partido Comunista conduziu o país em segurança através do colapso da economia global que enfraqueceu o Ocidente liberal e democrático, mas fortaleceu o apelo e o prestígio do modelo do autoritarismo chinês, permitindo assim que a China reafirme o próprio status pré-moderno como centro econômico, político e cultural do mundo. Essa é uma China onde a maior parte da população urbana – apesar da repressão e da corrupção promovidas pelo Partido, bem como da incansável censura à história e à mídia – parece bastante satisfeita com um status quo que oferece escolhas econômicas sem liberdades políticas; onde muitas vozes outrora críticas foram marginalizadas ou cooptadas.

Em 2011, dois anos antes do início do romance, o mundo é sacudido por uma segunda crise financeira que faz o impacto de 2008 parecer uma simples trepidação, na qual o dólar perde um terço do valor em um único dia. Depois de escapar ao Armagedom financeiro que atinge o Ocidente, a República Popular da China entra no que o Governo Comunista chama de "época de ouro" da prosperidade e do contentamento. Ninguém na plácida Beijing de 2013 parece ter uma única crítica a fazer ao país; todas as memórias infelizes foram apagadas enquanto os cosmopolitas ocupavam-se com a autogratificação. Nosso guia nesse paraíso na terra é Chen, um escritor taiwanês nascido em Hong Kong que escolheu a China como um novo lar. Chen passa o tempo socializando, frequentando eventos e festas literárias, visitando livrarias e tomando Latte Dragão Negro com Lichia no Starbucks de Beijing (que, após o colapso do dólar, é vendido a um consórcio taiwanês de lanchonetes). "Senti uma satisfação espiritual e material tão intensa", resume o personagem, "e a minha vida parecia tão abençoada, que fui tomado pelo mais forte sentimento de bemaventurança em toda a minha vida." A ala incômoda do país – a minoria de críticos que cutucam e provocam o regime desde que a oposição pública voltou a ser possível após a morte de Mao – foi intimidada, isolada ou silenciada, deixando o establishment intelectual dominado por tesouros nacionais coniventes, jovens do momento ou ideólogos fascistas do Partido. Apenas um pequeno grupo de indivíduos determinados a lembrar dos tempos menos felizes e a se perguntar por que todos parecem tê-los esquecido resiste à atmosfera de extrema satisfação que permeia o romance. Encontramos Xiao Xi, uma velha paixão de Chen e ex-estudante de Direito que virou ativista política na década de 80; Fang Caodi, um viajante hippie que está em busca do "mês desaparecido" na China – as quatro semanas infernais de lei marcial em que incontáveis civis morreram logo após o colapso econômico de 2011, misteriosamente apagadas da memória coletiva; e Zhang Dou, uma ex-vítima do trabalho escravo tolerado pelo governo.

Segundo Chan Koonchung, a inspiração para o romance foi a situação atual da China. "Tirei a ideia para o livro das respostas à crise econômica de 2008 – eu vinha planejando um romance sobre a China há algum tempo, mas aquilo me deu ímpeto, me deu foco. Naquele ano, em que o Ocidente permaneceu atordoado com o caos financeiro enquanto a China escapou incólume, todo mundo – desde oficiais do governo até os cidadãos mais simples – parecia achar que a China estava se saindo bem sem receber nenhuma ajuda, que não havia mais nada a aprender com o Ocidente, que a China podia responder à altura... Hoje podemos dizer que o público comprou com entusiasmo a ideia do modelo autoritário da China." A construção de uma harmonia autoritária sempre esteve implícita na teoria e na prática dos comunistas, mas a política tornou-se oficial apenas em 2007, quando o presidente Hu Jintao exortou as pessoas a "coexistir em harmonia, amar e ajudar umas às outras, encorajar umas às outras e esforçar-se por fazer contribuições positivas à construção de uma sociedade harmoniosa."

Nos últimos anos, o Governo Comunista da China obteve um grande êxito – talvez maior do que jamais tivesse imaginado – em abafar as vozes da oposição. A década de 80 foi uma época conturbada para o regime, uma vez que nas salas de aula começaram discussões sobre os desastres do maoísmo e a pertinência do marxismo em relação ao liberalismo político e econômico. À medida que a China avançava rumo à economia de mercado e a inflação disparava, as pessoas ficavam cada vez mais convencidas de que as reformas do governo não estavam funcionando e a liderança não estava apta a liderar. Os rebeldes de vanguarda – como o prêmio Nobel da paz de 2010, Liu Xiaobo – chegaram a especular sobre como a China seria um lugar melhor se os britânicos tivessem se apiedado na Guerra do Ópio, 150 anos atrás, e colonizado o país inteiro. Da metade para o fim da década, a China urbana teve de parar, todos os anos, para assistir aos protestos estudantis – contra a falta de transparência, contra o alto custo dos mantimentos, contra os ratos que infestavam os dormitórios – que culminaram nos dois meses de ocupação da Praça de Tiananmen, entre abril e junho de 1989. O sangrento desenlace do protesto foi um desastre nacional e internacional de relações públicas para o Governo Comunista da China: enquanto os políticos do Ocidente e os chineses expatriados clamavam por sanções políticas e econômicas, centenas de milhares de chineses protestavam com lágrimas nos olhos em Hong Kong, Macau, Taiwan e em cidades ocidentais, comparando a República Popular à Alemanha nazista e pichando a bandeira nacional com suásticas.

Mesmo assim, hoje os governantes comunistas da China conseguiram de fato neutralizar muitos dos antigos opositores. Segundo disse um analista: "Por anos o regime de Beijing manteve-se no poder usando uma simples estratégia de troca – tolerem o nosso autoritarismo e deixaremos vocês ricos". Para a confusão dos profetas ocidentais do apocalipse comunista, os líderes da China no período pós-1989 aceleraram as reformas econômicas ao mesmo tempo em que refreavam o liberalismo político. Na China de 2011, como em *Os anos de fartura*, boa parte da população urbana parece ter aceitado esquecer a violência política do passado para se concentrar na fartura do aqui e agora. Não apenas homens de negócios elegantes, mas também escritores e pensadores chineses beneficiam-se de generosas bolsas de pesquisa, orçamentos para conferências e oportunidades de viagem desde que não abordem tabus como o abuso de poder por parte do governo, a necessidade de reformas políticas, os atentados contra os direitos humanos que afetam os críticos do regime, as tensões étnicas (particularmente em Xinjiang e no Tibete) e a censura disseminada. Esse consenso tácito também exige uma amnésia pública no que diz respeito ao cataclismo fabricado pelo Comunismo, e em especial aos desastres causados pelo homem na época de Mao (os excessos brutais da Reforma Agrária, o Grande Salto Adiante e a Revolução Cultural) e, claro, ao derramamento de sangue em 1989. "Muitos dos que antes faziam críticas ao regime hoje são parte do sistema", afirmou Chan Koonchung. "O Partido absorveu as elites distribuindo orçamentos, posições e cargos. As pessoas nas universidades recebem verbas do governo e, portanto, não querem externar nenhuma crítica. Muita gente depende de dinheiro estatal para subir na carreira. Assim, muitos intelectuais trabalham para o governo, que hoje é rico o bastante para atraí-los com subsídios aparentemente inesgotáveis. Cada vez mais pessoas se integram a esse sistema.

É muito difícil encontrar pessoas dispostas a desafiá-lo", ao passo que os críticos do governo são "cada vez mais marginalizados".

Embora o controle exercido pelo Partido Comunista seja menos visível na China atual do que era, digamos, na época de Mao, ele goza de uma onipresença silenciosa: está nos negócios públicos e privados, nas políticas locais, na mídia e na cultura. O Partido, segundo Chan Koonchung, é "o elefante na loja de cristais da China contemporânea – ninguém o menciona, mas ele está sempre lá. O país é como um cubo de Rubik – infinitamente complexo, mas com um princípio norteador: o Partido Comunista." Quando nos encontramos em Beijing no verão de 2010, almoçamos em um restaurante *fusion* em Sanlitun, um dos distritos comerciais mais luxuosos da cidade, cheio de bares chiques, cafés e lojas de designers por onde o herói de Os anos de fartura, Chen, volta e meia caminha sentindo-se "abençoado". Depois que o jovem garçom vestido em estilo casual chique se apresentou em inglês ("Hi, I'm Darren, I'll be looking after you today") e voltou a desaparecer, Chan Koonchung me lembrou em tom conspiratório: "Deve ter membros do Partido por aqui dando uma olhada nas coisas".

Muito da força de Os anos de fartura, portanto, vem da rara honestidade com que trata certos aspectos da realidade chinesa contemporânea. Mesmo com todos os romancistas continentais de hoje, Chan explora praticamente sozinho as zonas proibidas da política na China contemporânea. Segundo vários críticos, por volta do ano 2000 os autores podiam escrever sobre o que quisessem sem medo de nenhuma represália, e até mesmo com a perspectiva de ganho financeiro – *desde que* não discutissem política abertamente. O resultado é uma cultura muitas vezes rica em sensacionalismo – com descrições explícitas de sexo e violência –, mas com um entendimento bastante precário em relação às raízes dos problemas políticos da China. Qualquer discussão da liderança da China permanece sendo tabu – na internet chinesa, é proibido sequer escrever o nome dos governantes. Novelistas continentais aclamados, como Yu Hua, escrevem best-sellers sobre a China comunista que evocam o caos da guerra e da revolução, mas recuam quando chega o momento de discutir as profundas causas institucionais dos males da China no período pós-1949 e evitam – por motivos de censura – até mesmo as referências mais veladas à supressão dos protestos de 1989. A violência da Revolução Cultural, por exemplo, é retratada como uma explosão irracional de barbárie e não faz nenhuma tentativa de buscar origens mais distantes (como, por exemplo, a normalização da violência promovida pelo comunismo e o ressentimento em relação ao sistema de designações de classes). *Os anos de fartura*, por outro lado, encara de frente a união entre a conivência das massas e a intimidação política violenta que assegura uma temporada permanente para o espetáculo do autoritarismo na China. Um escritor contemporâneo não se identificou por completo com a visão do futuro da China apresentada por Chan Koonchung, mas reconheceu que "pelo menos ele está disposto a apontar os buracos nessa vistosa tapeçaria. Infelizmente, é também o único autor sinófono a fazer essa tentativa. E a culpa cabe a nós, escritores chineses continentais."

A reação da China continental ao romance de Chan foi bastante reveladora. Por conta das referências explícitas à repressão de 1989 e à censura do Partido, o livro – publicado em Hong Kong – evidentemente não foi distribuído no continente. Mas o controle do Partido Comunista sobre a informação – embora bastante amplo – não chega nem perto do extremo retratado em *Os anos de fartura*, e o livro foi vendido por baixo do balcão em algumas livrarias de Beijing ou enviado pelo correio a partir de Hong Kong; estima-se que cada exemplar recebido no continente tenha passado por pelo menos seis ou sete leitores. O público do continente ficou muito impressionado com o caráter autêntico do romance: com a discussão sobre o silenciamento ou o encampamento da oposição; com as descrições de amnésia coletiva e de conivência com o regime, e também do fascismo implícito no admirável mundo novo chinês. "Fazia muito tempo que um livro não me deixava tão pensativo", escreveu um leitor. "Quase esqueci que era uma obra de ficção científica", admitiu outro. "Mais parece um documentário." "Agora sabemos como vai ser o futuro da China", comentou um blogueiro, enquanto as hostesses de festas descoladas incluíam exemplares do livro nas sacolas dos convidados. "A partir de hoje", decidiu um jornalista após ler o romance, "não tenho mais amigos nem inimigos. Agora divido as pessoas em duas categorias – as que leram *Os anos de fartura* e as que não leram." "O livro é demais", declarou um editor anônimo, comentando a seguir as semelhanças entre o diagnóstico ficcional do cenário político na China e controvérsias recentes como a sentença de onze anos proferida contra Liu Xiaobo em 2009 depois dos apelos feitos em nome dos direitos humanos constitucionais ou o confronto entre o Google e a censura chinesa em 2010. "É evidente que as coisas estão ficando cada vez mais sérias." Outros leram o livro como um romance utópico, e não distópico. "Quem dera a China fosse *apenas* assim!", lamentou outro blogueiro. "Seria ótimo." Chan afirmou que oficiais dos mais altos escalões na hierarquia política da China haviam dito que "a situação política no romance resume as dificuldades básicas e os planos do Partido... e os leitores comuns parecem satisfeitos em saber que uma ex-radical dos anos 80 como Xiao Xi era marginalizada – acham que tudo bem. Muitos leitores do continente também pensam que não houve nada de errado com a repressão – que foi uma resposta adequada ao caos civil."

Mas a força de *Os anos de fartura* vai além da desconcertante semelhança com a realidade. O livro traça um esboço parecido com a China, mas logo exagera-o para além da credibilidade. A China de Chan apresenta um grau impressionante de satisfação consigo mesma. "Todo mundo diz que nenhum outro país é tão bom quanto a China", afirma o herói de Chan logo no início do livro ao ver "integrantes da elite intelectual... todos juntos em harmonia em um único lugar aparentando felicidade genuína, e até mesmo euforia... Devemos mesmo estar vivendo em uma época de paz e prosperidade... Todo dia eu lia os jornais, navegava na internet e assistia às notícias da tevê, e todo dia eu me parabenizava por viver na China; às vezes eu derramava lágrimas por me sentir tão abençoado." (O enigma da euforia chinesa só é desvendado no final do livro.) Essa China ficcional também fomenta uma repressão e um conformismo intelectual muito além daqueles praticados hoje. Embora por mais de uma década o governo chinês tenha sido um dos mais obstinados censores da internet no mundo inteiro, a verdade é que a rede ainda está repleta de conteúdo da oposição e consegue se organizar contra o regime – uma pessoa como Teng

Biao é apenas um representante único de toda uma ala incômoda na China. A certa altura do romance, Chen tenta encontrar o romance *Batismo*, de Yang Jiang, uma sátira discreta sobre a vida intelectual durante o regime de Mao facilmente encontrável na Beijing de hoje; mas o vendedor o informa de que a obra não apenas não está disponível na livraria, mas sequer existe – todos os registros digitais do livro desapareceram. Além do mais, o regime ficcional de Chan parece ter apagado da memória coletiva um mês inteiro de violência brutal promovida pelo governo apenas dois anos atrás. (Embora qualquer discussão pública do derramamento de sangue de 1989 seja impossível na China contemporânea, sem dúvida esses eventos sobrevivem na memória individual.) A China distópica de 2013 apresentada por Chan Koonchung representa uma versão degradada de um estado reconhecível: o punho de ferro de uma ferrenha ditadura leninista envolto pela utópica luva de veludo do comunismo. Para um blogueiro, o romance pareceu ao mesmo tempo "extremamente realista" e uma alegoria do "destino comum de toda a população. [O romance] traz descrições dolorosas dos medos ocultos nas profundezas mais recônditas dos nossos corações, [e assim nos convence] de que o mundo descrito no livro está cada vez mais próximo."

Embora a autocracia de *Os anos de fartura* seja menos brutal do que a do Socing de Orwell, a plausibilidade da distopia de Chan traz um alerta sobre o possível futuro próximo da China. No fim da sessão de tortura com O'Brien, Winston Smith, o herói de Orwell, pergunta ao captor por que o Partido deseja o poder, esperando ouvir algo sobre a ditadura ser "para o bem do povo". Mas o algoz não nutre essas ilusões: "O Partido deseja o poder pelo simples poder. Não estamos interessados no bem dos outros; estamos interessados apenas no poder. Não queremos fortuna nem luxo nem vida longa nem felicidade: apenas o poder, o poder em estado puro... O objetivo da tortura é a tortura. O objetivo do poder é o poder." Em *Os anos de fartura*, He Dongsheng, o líder comunista que no fim revela o ambicioso esquema do partido "para o Governo da Nação e a Pacificação do Mundo", é um ditador muito mais brando, cujas políticas – como as do atual governo da China – dependem em boa parte da conivência dos chineses.

Segundo acredita, a China que ajudou a criar é "a melhor opção no mundo real... Não há como a China ficar melhor do que está hoje... Será que a China pode ser controlada sem uma ditadura de partido único? Será que algum outro sistema é capaz de fornecer roupas e alimentos a um bilhão trezentos e cinquenta milhões de pessoas? Ou então implantar com sucesso um 'Plano de Ação para Alcançar a Prosperidade em meio à Crise'? ...*não deve haver* reforma [democrática] alguma, pois qualquer tipo de reforma levaria ao caos." Em *Os anos de fartura*, governantes e governados estão presos uns aos outros em uma harmonia conspiratória. Fang Caodi se pergunta se a Secretaria de Manutenção da Ordem teria injetado uma "droga do esquecimento" em toda a população durante o terrível mês de lei marcial em 2011, durante o qual o número de mortos ultrapassa o total de vítimas que sucumbiram ao Exército de Libertação Popular em 1989. "Seria maravilhoso se essa droga existisse", responde He Dongsheng com tristeza. "Assim o Partido Comunista poderia reescrever a própria história da maneira como bem entendesse... se vocês me perguntarem como isso [o esquecimento coletivo] aconteceu, eu só posso responder que não sei. Não imaginem que o Partido seja capaz de controlar tudo." Segundo a lógica do romance, os chineses têm os governantes que merecem: optaram deliberadamente pelo esquecimento. "As pessoas temem o caos mais do que a ditadura", resume He Dongsheng. "A maioria dos chineses desejava estabilidade."

O próprio Chan Koonchung sentiu a força ambivalente do "modelo chinês" contemporâneo. Filho de refugiados da China maoísta e egresso do sistema educacional anglicizado de Hong Kong, o autor é pouco afeito aos métodos autoritários. "Cresci escutando Beatles, assistindo a filmes franceses, lendo Camus, J. D. Salinger, Jane Austen, Agatha Christie, Raymond Chandler e Dashiell Hammett", disse. "Eu e os meus amigos teríamos usado camisas polo, mas como não conseguíamos encontrar roupas assim no clima subtropical de Hong Kong, acabamos nos vii ando com camisetas brancas." Mesmo assim, as questões em aberto espalhadas ao longo do romance expressam a incerteza do próprio autor em relação à política chinesa contemporânea. "Entre um bom inferno e um paraíso falso, o que as pessoas vão escolher?", pergunta o herói a certa altura. "Muitas pessoas acham que um paraíso falso é melhor do que um bom inferno... mas sempre existem algumas pessoas, ainda que sejam uma minoria ínfima, dispostas a escolher o bom inferno, por mais doloroso que seja, porque ao menos no bom inferno todos têm plena consciência de que estão vivendo no inferno." Fora do contexto do livro, Chan faz uma crítica seletiva à habilidade da China no que diz respeito à amnésia coletiva: "Nesse ponto as memórias ficam completamente distorcidas: hoje as pessoas de cinquenta anos dizem que o governo estava certo ao promover a repressão em 1989. E muita gente esquece que o período entre 1989 e 1992 foi uma era glacial antes que a China começasse a marcha rumo ao mercado. Não acho que as pessoas comuns tenham de se concentrar nas lembranças – não é bom para elas e não é o trabalho delas. Quem não pode esquecer são os intelectuais. Mas hoje em dia não se pode dizer nada. Todos conhecem os riscos de falar: existe uma enorme diferença entre ter a aprovação do governo ou perdê-la no que diz respeito à casa onde você vai morar, ao seu acesso a fomentos internacionais e assim por diante." Chan consegue até mesmo enxergar aspectos positivos do "Plano de Ação para o Governo da Nação e a Pacificação do Mundo" proposto por He Dongsheng. "Vi a crise econômica do romance como a grande oportunidade do governo para assumir o controle. Foi a melhor coisa que podia ter acontecido; o meu cenário era o mais otimista possível."

Tanto Chan Koonchung como o herói homônimo de *Os anos de fartura* demonstraram insatisfação ao se mudar de Hong Kong para Beijing alguns anos atrás; e, de certo modo, os dois foram seduzidos pelo encanto de uma China em ascensão: "O lugar é fascinante demais para ser ignorado", confessa Chan. "A Beijing que descrevi em *Os anos de fartura* é basicamente a Beijing em que eu vivo. Não existe nenhum outro lugar parecido." E a cidade é tão assustadora quanto a Beijing ficcional? Perguntei enquanto saíamos do restaurante depois do almoço. Ele olhou ao redor do shopping center espaçoso e envidraçado enquanto descíamos a escada rolante em direção ao térreo em um dia perfeito de agosto. "Hoje não. Mas não sei quanto a amanhã."

Fevereiro de 2011

Lista de Personagens

Velho Chen: protagonista do livro, jornalista e romancista com bloqueio criativo

Fang Caodi: amigo sincero do Velho Chen que levou uma vida errante de faz-tudo

Pequena Xi: outra velha amiga do Velho Chen. Teve uma breve carreira no Direito, mas hoje leva uma vida marginal como ativista política na internet

Grande Irmã Song: mãe da Pequena Xi e proprietária do restaurante Os Cinco Sabores

Wei Guo: filho da Pequena Xi, estudante de Direito e ambicioso membro do Partido

Jian Lin: conhecido do Velho Chen, magnata do ramo imobiliário e promotor de sessões noturnas de cinema

He Dongsheng: primo de Jian Lin e oficial do alto escalão do governo

Zhang Dou: ex-trabalhador escravizado na infância e atual aspirante a violonista

Miaomiao: namorada de Zhang Dou e ex-jornalista

Ban Cuntou: outro primo de Jian Lin e ex-colega da Pequena Xi; hoje uma figura influente nos círculos do governo

Wen Lan: ex-namorada do Velho Chen e conselheira política do *jet set* internacional

Dong Niang: prostituta de luxo

Zhuang Zizhong: provecto editor de um periódico literário

Hu Yan: acadêmica, integrante da Academia de Ciências Sociais da China e especialista em questões rurais da China

Gao Shengchan e Li Tiejun: organizadores de uma igreja protestante clandestina, a Igreja do Grão Caído na Terra, na província de Henan

Liu Xing: ex-colega de Gao Shengchan e oficial do governo local

Governador do Condado Yang: um jovem e ambicioso oficial do governo local

PARTE UM

1
No futuro próximo

Uma pessoa que não é vista há muito tempo

"Um mês inteiro está faltando. Quer dizer, um mês inteiro sumiu, desapareceu, não está em lugar nenhum. Em geral fevereiro vem depois de janeiro, março vem depois de fevereiro, abril vem depois de março e assim por diante. Mas agora depois de janeiro é março ou depois de fevereiro é abril... Você entende o que eu estou dizendo? Nós pulamos um mês!"

"Fang Caodi, esqueça esse assunto", disse eu. "Não procure sarna para se coçar. Não vale a pena. A vida é curta demais; cuide apenas dos seus assuntos."

Por mais esperto que eu fosse, nunca consegui mudar Fang Caodi. Por outro lado, se alguém quisesse mesmo ir atrás de um mês desaparecido, Fang Caodi seria a pessoa ideal. Ao longo da vida, ele tinha passado uns quantos meses desaparecido – meses que ninguém poderia encontrar, meses inteiros apenas existindo. A vida dele era uma pilha de destroços, e não havia como erguer uma casa com eles. Ele vivia aparecendo em horários estranhos em lugares estranhos, como se tivesse evaporado um milhão de anos atrás para renascer bem quando você menos esperava. Talvez alguém como ele realmente consiga algo tão fora de moda na política quanto restaurar um mês desaparecido de volta ao lugar.

No início eu não percebi que um mês inteiro havia desaparecido. Mesmo se as outras pessoas me dissessem, de cara eu não acreditaria. Todo dia eu lia os jornais e conferia os sites de notícia na internet; toda noite eu assistia à Televisão Central da China e ao canal Phoenix, e além do mais eu saía com pessoas inteligentes. Não achei que nenhum evento de grandes proporções tivesse me escapado. Eu acreditava em mim – no meu conhecimento, na minha sabedoria e no meu julgamento independente.

***

Na tarde do dia 8 do primeiro mês lunar deste ano, quando saí da minha casa no Vilarejo da Felicidade Número Dois para a minha caminhada habitual até o Starbucks do Shopping da Fartura, na Torre da PCCW, um homem que se exercitava deteve-se na minha frente. "Senhor Chen! Senhor Chen!", dizia enquanto tentava recobrar o fôlego. "Um mês inteiro desapareceu! Hoje faz dois anos que está desaparecido."

O homem estava usando um boné de beisebol, e eu não o reconheci.

"Fang Caodi, Fang Caodi...", disse enquanto tirava o boné e revelava uma careca com um curto rabo de cavalo preso atrás com uma borrachinha.

De repente eu soube quem era. "Fang Caodi. Por que você está me chamando de senhor?"

Ele me ignorou. "Um mês inteiro desapareceu! Senhor Chen, o que vamos fazer? O que vamos fazer?", repetiu com perceptível desespero.

"Faz mais de um mês desde a última vez que nos vimos, não?", perguntei.

"Mais. Senhor Chen, o senhor sabe que um mês inteiro desapareceu! É apavorante! O que vamos fazer?", disse Fang.

As conversas com Fang Caodi eram um tanto exaustivas, então tentei mudar de assunto. "Quando você voltou para Beijing?"

Fang espirrou e não respondeu. Entreguei a ele o meu cartão. "Não vá pegar uma gripe. Você não pode ficar de um lado a outro por aí. Podemos nos encontrar depois. O meu telefone e o meu e-mail estão no cartão."

Ele pôs o boné e pegou o cartão. "Eu vou junto com o senhor; podemos procurar o mês juntos", disse.

Quando ele saiu correndo em direção às embaixadas na rua Dongzhi Menwai, percebi que não estava se exercitando, mas correndo em direção a um lugar específico.

Outra pessoa que não é vista há muito tempo

Alguns dias mais tarde eu estava na recepção de Ano-Novo da revista *Dushu* no segundo andar da Livraria Sanlian na Estrada Leste do Museu de Arte. A recepção acontecia todo ano. Na década de 90 eu costumava aparecer de vez em quando, mas desde que me mudei para Beijing em 2004 devo ter aparecido uma vez a cada dois anos para bater um papo com os escritores e editores mais velhos, só para o mundo cultural saber que ainda estou vivo. Nunca me importei com os escritores e editores mais jovens – eu não os conheço e eles não sentem necessidade alguma de me conhecer.

A atmosfera na recepção estava um pouco diferente em relação aos anos anteriores; os convidados pareciam alegres. Durante o último ano, notei que muitas vezes eu também senti uma alegria inexplicável, mas mesmo assim fiquei surpreso com tanta empolgação naquele dia. Os escritores e editores da Sanlian podem muito bem ser apaixonados pelo que fazem, mas via de regra não demonstravam nenhuma alegria na vida social. Naquele dia todos estavam tão eufóricos que era como se tivessem tomado algumas doses de Jack Daniel's.

Por algum tempo Zhuang Zizhong, o fundador da *Dushu*, não tinha comparecido às recepções, mas dessa vez ele apareceu na cadeira de rodas. Com um aspecto saudável, parecia uma árvore dormente que começa a brotar as folhas da primavera. Havia um grupo numeroso ao redor, então não fui cumprimentá-lo. Afora o Velho Zhuang, toda a equipe da *Dushu* estava lá – ou melhor, todos os que ainda estavam vivos. Era um milagre e tanto. Durante todos os anos em que estive ligado à Sanlian e à *Dushu*, eu nunca tinha presenciado um evento tão grandioso. Foi uma surpresa agradável. Sou um tanto cético quanto à natureza humana. Nunca acreditei que o funcionamento interno de qualquer organização fosse totalmente harmonioso, em especial no caso de uma organização na China continental, e em particular no caso das estatais, que incluem unidades estatais de cultura.

Naquele dia todos os escritores e editores que eu conhecia me cumprimentaram de maneira calorosa; mas quando eu tentava puxar assunto a atenção deles já estava em outra coisa, e então saíam em êxtase para falar com alguma outra pessoa. Esse tipo de tratamento é bastante comum em recepções e coquetéis, em especial quando você não é nenhuma celebridade. Depois de ser cumprimentado e esnobado duas ou três vezes, mudei de atitude; ou melhor, voltei à minha atitude de costume – a de observador, embora eu admita que fiquei bastante comovido com o que vi: eram integrantes da elite intelectual com as mais variadas orientações, todos juntos em harmonia em um único lugar aparentando felicidade genuína, e até mesmo euforia... Devemos mesmo estar vivendo em uma época de paz e prosperidade.

Eu estava me sentindo bem, mas ainda tinha a estranha sensação de que era hora de ir embora. Saí da recepção com a ideia de dar uma olhada na livraria. Espiei os livros de arte no segundo andar e depois conferi os best-sellers e a seção de comércio e viagem no primeiro andar. A livraria estava bem cheia. Quer dizer que as pessoas ainda leem livros. Ótimo! A visão me fez pensar na clássica frase "o doce cheiro dos livros em uma sociedade letrada". Quando desci em direção ao subsolo, encontrei jovens e estudantes se espremendo nos dois lados da escada, sentados e lendo, quase como se quisessem impedir que outras pessoas chegassem ao subsolo. Por sorte, consegui abrir caminho ao longo dos degraus. O subsolo é onde a Sanlian guarda a enorme coleção de livros de literatura, história, filosofia, política e humanidades, o que faz dele o meu destino número um toda vez que visito a livraria. Sempre acreditei que a exibição generosa desses livros de humanidades é uma das coisas que faz de Beijing uma cidade onde vale a pena morar. Uma cidade que lê livros de literatura, história, filosofia e política sem dúvida é uma cidade excepcional.

O subsolo estava bastante silencioso naquele dia. Não tinha ninguém por lá, e por mais estranho que pareça eu perdi a vontade de olhar as prateleiras quando cheguei lá embaixo. Eu só queria encontrar o livro que estava procurando, mas não conseguia lembrar qual era. Cheguei ao subsolo pensando que eu lembraria assim que o visse. Quando passei pela seção de filosofia e avancei em direção aos livros de política e história, de repente me senti sufocado. Será que o ar lá embaixo estava tão ruim assim?

Achei melhor fazer uma retirada estratégica. Eu estava subindo os degraus tentando não bater em nenhum dos jovens quando de repente alguém segurou a barra da minha calça. Olhei para baixo, surpreso, e a pessoa olhou para mim. Não era nenhuma jovem, mas uma mulher já bastante madura.

"Lao Chen!" Ela parecia surpresa em me ver.

"Pequena Xi", foi tudo o que eu disse, mas na verdade eu estava pensando "Pequena Xi, onde você andou por todos esses anos? Como é que você está tão velha e o seu cabelo está quase todo grisalho?"

"Eu vi você descer e pensei 'Acho que é o Lao Chen!'" A maneira como ela falou dava a entender que ter me encontrado era algo bem importante.

"Você não estava na recepção?", perguntei.

"Não... Eu só fiquei sabendo depois de chegar. Você tem um tempo agora?" Ela falava em tom conspiratório e com ares de desespero.

"Claro", eu disse. "Podemos tomar um café."

Ela deteve-se por um instante e respondeu "Vamos só dar uma volta e conversar". Só então largou a barra da minha calça.

Começamos a caminhar em direção ao Museu Nacional de Arte. Fui andando ao lado dela esperando que puxasse uma conversa, mas como nada aconteceu eu perguntei pela mãe dela. "Como está a Grande Irmã Song?"

"Bem."

"Ela já passou dos oitenta, não?"

"Já."

"E como está o seu filho?"

Não percebi resposta alguma.

"Com que idade ele está?"

"Mais de vinte."

"Nossa, como o tempo passa!"

"É."

"Ele estuda ou trabalha?"

"Estuda. Escute, será que a gente pode mudar de assunto?"

Lembrei do quanto ela se orgulhava do filho e fiquei surpreso com essa reação. "Vamos até o Hotel Chinês Internacional tomar um café", sugeri.

"Aqui está bom", disse ela.

Caminhamos até o pequeno parque ao lado do Museu Nacional de Arte.

De repente a Pequena Xi deteve o passo. "Lao Chen, você não percebeu nada?", perguntou ela e esperou ansiosa pela minha resposta.

Eu não sabia o que responder, mas sabia que não podia perguntar "Percebi o quê?". Ela parecia estar me testando. Se eu desse a resposta errada, seria improvável que se abrisse comigo. Como escritor, eu gosto que as pessoas me revelem seus pensamentos mais íntimos. Como homem, eu queria que aquela mulher me revelasse seus pensamentos mais íntimos.

Hesitei, um pouco constrangido, e ela perguntou: "É um sentimento difícil de expressar?".

Acenei de leve com a cabeça. Ao longo da minha vida, muitas vezes não senti nada, e as pessoas me perguntavam como eu me sentia em relação a uma obra de arte ou uma música. Detesto esse sentimento de não sentir nada, mas sou bom em simular uma resposta aceitável.

"Ótimo, eu sabia!", ela continuou. "Quando eu vi você descendo os degraus, pensei comigo mesma: 'Lao Chen vai entender'. Depois fiquei lá esperando que você subisse os degraus."

Na cabeça da Pequena Xi eu devo ser uma pessoa razoável, madura e um tanto esclarecida.

Ao menos é o que eu gostaria que os outros achassem.

"Vamos sentar nesse banco", sugeri.

A ideia pareceu dar certo, porque depois que sentamos ela relaxou, fechou os olhos e disse "Até que enfim".

A Pequena Xi fazia o meu tipo. Depois de tantos anos, a aparência e a silhueta dela permaneciam as mesmas, ainda que algumas rugas estivessem aparecendo no rosto por desleixo. Ela também não pintava o cabelo, que estava ficando grisalho. Além do mais, a Pequena Xi parecia um tanto deprimida.

Ela fechou os olhos, tentando recobrar a compostura. Observei-a com atenção e no instante seguinte percebi o quanto eu ainda gostava daquela mulher. Gosto de mulheres melancólicas.

"Eu não tenho com quem falar. Acho que existem cada vez menos pessoas que nem nós... Somos tão poucos que a vida mal parece valer a pena." Ela manteve os olhos fechados.

"Não seja boba", disse eu. "Todo mundo se sente sozinho, mas a vida continua."

Ela ignorou a minha resposta banal. "Ninguém mais lembra, só eu. Ninguém mais fala a respeito, só eu. Será que sou louca? Não ficou nenhum traço, nenhum vestígio, então ninguém se importa."

Eu estava gostando de ouvir aquele sotaque beijinense.

Mais uma vez ela fechou os olhos. "Bem, e então? Nós éramos tão próximos! Por que ficamos tanto tempo sem nos ver? Por quê?"

"Eu achei que você tinha ido morar no exterior."

"Eu nunca fui para o exterior."

"Melhor assim. Agora todo mundo diz que nenhum outro país é tão bom quanto a China."

Ela abriu os olhos e lançou um olhar na minha direção. Não entendi direito o que ela pretendia, então não reagi. A Pequena Xi abriu um sorriso e disse: "Não acredito que você ainda consegue achar graça".

Não tinha sido uma piada, mas no mesmo instante eu me deixei levar por ela e sorri.

"Você fala que nem o meu filho."

"Seu filho? Fiquei com a impressão de que você não queria falar sobre ele. O que aconteceu?"

"Ele está bem demais", disse ela em um tom irônico. "Está estudando Direito na Universidade de Beijing e entrou para o Partido Comunista."

"Que coisa boa", comentei de maneira vaga. "Vai ser útil para arranjar um emprego depois."

"Ele quer trabalhar no Departamento Central de Propaganda do Partido Comunista Chinês!"

Eu não tinha entendido direito. Será que ela tinha dito alguma coisa sobre a China Mobile, a China Petroleum and Chemical Corporation, o Banco da China ou a CITIC – a China International Trust and Investment Company?

"O Departamento Central de Propaganda?"

A Pequena Xi fez um gesto afirmativo com a cabeça.

"Mas existe prova de admissão para o Departamento de Propaganda?"

"Ele diz que é a maior ambição que tem na vida. Ele sonha grande! Mas eu não aguento. Fico sem saber o que dizer. Se você conhecer o meu filho, vai entender."

Eu estava aproveitando a felicidade de estar lá sentado ao lado da Pequena Xi. Era uma linda tarde de primavera; o sol estava tão quente e claro que muitos casais de idade tinham aproveitado para dar um passeio no parque. E havia alguns fumantes... fumantes? Dois estavam bem perto, acendendo um cigarro no outro. Eu gosto de ler histórias de detetive e cheguei até a escrever algumas; e aquela circunstância deixava um espaço e tanto para a imaginação. Poderia ser uma cena de observação, mas eu não era nada além de um hedonista autor de best-sellers ordinários – por que alguém poderia querer me observar? Onde quer que haja gente na China, lá estão os fumantes.

Continuei escutando enquanto a Pequena Xi abria o coração para mim. "Estou sendo inconveniente, fazendo esse drama? Eu sei que não é da minha conta, mas não posso agir como se nada tivesse acontecido. Como é que as coisas podem mudar desse jeito? Eu não entendo e não aguento mais."

Fiquei imaginando o que a teria deixado tão chateada. Seria o filho ou o efeito retardado dos horrores vividos no passado?

"Um dia, num pequeno restaurante em Lanqiying", disse ela me encarando, "eu tive um encontro às cegas com um taiwanês, que nem você. Um empresário. Ele era ótimo de conversa e não existia um assunto que não dominasse: astronomia, geografia, medicina, adivinhação e horóscopo, investimentos e política mundial, tudo o que você imaginar, mas ele não fechava a boca e eu quase morri de tédio. Quando consegui dizer uma palavra sobre os fracassos do nosso governo, ele retaliou. Me chamou de ingrata e disse que eu não tinha a menor ideia de como a minha situação era privilegiada. Fiquei injuriada. Tive vontade de dar um tapa nele. Foi nojento."

"Nem todos os taiwaneses são como ele", respondi. Senti que eu tinha de defender os homens de Taiwan. Mas também fiquei curioso. "E depois?"

A Pequena Xi abriu um sorriso largo. "Ele estava tão ocupado se esticando para me xingar que a bunda mal estava apoiada na borda da cadeira. Quando um rapaz rapaz alto e atlético da mesa ao lado passou, ele esbarrou de propósito na cadeira e derrubou o empresário no chão."

"E esse rapaz?", perguntei, curioso.

"Era só um rapaz atlético."

"Mas ele não disse nada?"

"O que poderia ter dito? Ele simplesmente foi embora. Eu fiquei maravilhada."

"Você conhecia esse rapaz?"

"Não, mas bem que eu gostaria."

Senti uma ponta de ciúme. "Não dá para as pessoas saírem por aí se agredindo."

"Bom, eu achei sensacional. Ultimamente eu passo o tempo inteiro com vontade de dar uns tapas na cara das pessoas."

A Pequena Xi tinha presenciado um bocado de violência ao longo da vida, e um pouco devia ter sobrado para ela. Na hora me lembrei de por que eu não tinha me aproximado muito. "E o que o sujeito de Taiwan fez depois?"

"Se levantou furioso e olhou ao redor procurando alguém para xingar, mas como não encontrou ninguém só resmungou 'filistino' entre os dentes. Por aí você vê como os taiwaneses ainda nos desprezam."

"Não, isso já passou." Eu sei que costumava haver um certo desprezo entre as pessoas do continente, de Hong Kong e de Taiwan, mas acho que agora tudo mudou.

"Então o encontro às cegas foi uma roubada, hein?"

"Ele queria alguém mais jovem."

As mulheres deviam pintar o cabelo, pensei. Mas em voz alta eu disse: "E no mais, como estão as coisas agora, Xi?"

Ela amarrou a cara e apertou os lábios, criando ainda mais rugas sob a luz do sol. "Estão indo, mas as pessoas ao meu redor mudaram e eu tenho me sentido muito desanimada. Mesmo assim, já estou bem melhor graças a essa conversa com você. Passei muito tempo sem ter com quem falar..."

De repente ela desviou o olhar para longe, com uma expressão vazia no rosto. Aquele comportamento me deixou intrigado. Para o que ela estaria olhando? Para as sombras desenhadas pelas folhas no chão enquanto os raios do sol atravessavam a copa das árvores? Ou será que ela tinha pensado em alguma outra coisa e se perdido em um devaneio? Passado cerca de um minuto a Pequena Xi voltou à Terra. "Preciso ir", disse de repente. "Os ônibus vão estar lotados na hora do rush."

Entreguei a ela o meu cartão. "Vamos jantar uma hora dessas com a sua mãe e o seu filho."

"Vamos ver", disse ela com uma voz mansa. Depois, "Estou indo", e então ela se foi.

A Pequena Xi caminhava bem depressa. Dei uma boa olhada nela por trás – sem dúvida ela devia atrair muitos olhares. A silhueta e o rebolado não tinham perdido a jovialidade. Xi saiu pelo lado sul do parque, enquanto eu segui passeando ao longo do lado leste em direção à saída. Então me lembrei daqueles dois fumantes e, olhando para trás, vi que já estavam na saída do lado sul. A Pequena Xi dobrou em direção ao Museu Nacional de Arte e logo a perdi de vista. Os dois fumantes esperaram alguns instantes e seguiram pelo mesmo caminho.

Os anos de fartura em Sanlitun

Eu não estava a fim de ir direto para casa, então peguei um táxi no Sanlitun Village e fui para o Starbucks. Desde que o grupo chinês Wantwant comprou o Starbucks, muitas bebidas chinesas ganharam o mundo. Um exemplo é o Latte Dragão Negro com Lichia que estou bebendo agora. Ouvi dizer que o Starbucks da Wantwant e um consórcio de investimentos chinês chamado EAL Investimentos Amigáveis (EAL na Europa, na África e na América Latina) abriram filiais em várias cidades islâmicas no Oriente Médio e na África, incluindo Bagdá, Beirute, Cabul, Cartum e Dar es Salaam. O novo mercado global assegura que qualquer lugar do mundo onde haja chineses vivendo tenha um Starbucks. Nos negócios, jamais se esqueça da cultura – uma expressão incrível do sutil poder da China.

Vir para cá foi a coisa certa a fazer. Me senti melhor logo em seguida, e aquela sensação de felicidade transbordante voltou. Como o shopping está cheio! Os jovens têm um visual incrível, e aqui tem muitos turistas e amigos de outros países – que cidade cosmopolita! E todo mundo está comprando – estimulando a demanda doméstica e contribuindo para a sociedade.

Lembrei que alguns meses atrás uma amiga minha que estuda cultura rural na Academia Chinesa de Ciências Sociais tinha me pedido um favor. A sobrinha dela, de Lanzhou, tinha vindo a Beijing passar as férias de inverno com ela. Quando perguntou à sobrinha o que ela gostaria de fazer, a garota disse que queria ir à Y-3 comprar roupas. A minha amiga não sabia o que era a Y-3 e então me perguntou. "Você é rato de biblioteca." Nem tinha ocorrido a ela fazer uma pesquisa na internet. A Y-3 é a nova marca de uma parceria entre a Adidas e a famosa grife japonesa Yōji Yamamoto. O Y simboliza a Yōji e o 3 provavelmente simboliza as três folhas na logomarca da Adidas. A Y-3 é muito famosa por aqui. Na verdade, dizem que o maior mercado da Y-3 no mundo inteiro é aqui na China, e a matriz está bem diante de mim, em frente ao Starbucks da Wantwant no Sanlitun Village.

Quando abriu, logo antes das Olimpíadas de 2008, a Y-3 só ocupava cerca de um terço do quarto andar no outlet de cinco andares da Adidas. Agora ocupa um andar inteiro. Claro, a Adidas também se expandiu no Sanlitun Village e conquistou os andares que antes eram ocupados pela Nike. Tudo foi resultado da fusão da Li Ning com a Adidas, que ocorreu graças às novas políticas do governo chinês. Todas as marcas que quiserem entrar no mercado chinês precisam ter pelo menos 25% de capital chinês; e com 50% ou mais, as condições ficam ainda mais atraentes. Se quiserem estar em Shanghai, precisam cumprir uma série de exigências adicionais, mas agora não lembro quais são. Qualquer marca estrangeira que não obedeça esses critérios precisa de uma aprovação especial do Ministério do Comércio; e, se não conseguem a aprovação, precisam abandonar o mercado de 1,35 bilhão de consumidores na China.

Passei mais da metade da vida em Taiwan e em Hong Kong e achava que qualquer lugar precisaria de exportação forte para se desenvolver. Eu achava que seria preciso levar uma vida frugal e enriquecer à base da parcimônia até encher o primeiro balde de ouro. Hoje enfim eu percebo como a demanda e o consumo doméstico são importantes. Mesmo que os chineses estejam dispostos a gastar dinheiro, talvez não consigam salvar o mundo, mas ao menos podem se aprimorar.

Não vá achar que eu estou fazendo elogios cegos à China. Sei que o país tem muitos problemas. Mas pense bem: depois do tsunami financeiro de 2008, os países capitalistas liderados pelos Estados Unidos começaram a implodir e só tiveram uns poucos anos de recuperação modesta antes de afundar mais uma vez na estagflação. A nova crise se alastrou mundo afora e nenhum país ficou incólume. E ninguém sabe quando a depressão vai acabar. Apenas a China conseguiu se reerguer e avançar enquanto os outros sucumbem. E agora a economia está aquecida outra vez. Com a demanda interna compensando o parco mercado de exportações e o capital do estado substituindo os investimentos estrangeiros que evaporaram, a previsão atual é de que esse seja o terceiro ano consecutivo em que a economia cresce mais de 15%. A China não apenas mudou as regras do jogo econômico internacional, mas também mudou a natureza da economia ocidental. E, o que é mais importante, não houve nenhuma atribulação social; na verdade, nossa sociedade está ainda mais harmoniosa agora. Não há como negar que tudo isso é bem impressionante. Agora estou começando a ficar emotivo. Tem acontecido bastante nesses últimos tempos. Me emociono com tanta facilidade que chego a chorar.

Mas logo me lembrei de como a Pequena Xi estava deprimida e fiquei meio triste. Todo mundo ao nosso redor estava de bem com a vida, enquanto ela ficava cada vez mais desesperançosa. Respirei fundo e segurei as lágrimas. Eu costumava ser um cara sossegado. Por que eu andava tão sentimental? Nem percebi que uma lágrima tinha escapado do meu olho como um peixe de uma rede e caído no meu Latte Dragão Negro de Lichia. Sequei os olhos às pressas com um guardanapo de papel e saí do Starbucks.

Um futuro mestre

Depois que a Todos os Sábios, a melhor livraria de humanidades e livros acadêmicos em Beijing, foi obrigada a fechar, quase parei de frequentar a área próxima ao portão leste da Universidade de Beijing no distrito de Haidian. Porém, cerca de uma semana depois da recepção de primavera da *Dushu* na livraria Sanlian, eu estava por lá. A semana tinha sido boa, sem nenhum acontecimento desagradável. Todo dia eu lia os jornais, navegava na internet e assistia às notícias da tevê, e todo dia eu me parabenizava por viver na China; às vezes eu derramava lágrimas por me sentir tão abençoado. No início nem pensei na Pequena Xi. Eu tinha decidido que a atitude dela estava fora de sintonia com a minha vida e o meu estado de espírito. Mas depois, por algumas noites, o último sonho que eu tinha antes de acordar era com ela, e eu ficava muito excitado. Acho que fazia muito tempo que eu estava sozinho. Eu também sonhava com Fang Caodi, um sonho repetitivo em que caminhávamos de um lado para o outro no mesmo lugar. Fiquei chateado por não ter pedido o celular dos dois. Mas eu também não tinha recebido ligação nenhuma – acho que eu não era tão importante assim para eles. Eu nem sabia onde encontrar Fang Caodi, e para dizer a verdade não sabia nem se queria. Mas eu ainda tinha uma ideia de como encontrar a Pequena Xi, e foi essa ideia que me levou até o portão leste da Universidade de Beijing.

Na década de 80, a Pequena Xi e a mãe dela eram *getihu* – empreendedoras autônomas. Tinham um pequeno restaurante chamado Os Cinco Sabores em uma construção temporária em frente aos apartamentos próximos ao portão leste da Universidade de Beijing. Chamo a mãe da Pequena Xi de Grande Irmã Song; o ganso à moda de Guizhou era muito apreciado, mas a principal atração do restaurante era a Pequena Xi, que passava o dia inteiro lá com os amigos. Ficavam batendo papo dia e noite, e assim Os Cinco Sabores se transformou em uma espécie de salão para estrangeiros e intelectuais em Hadian. Durante alguns anos elas ficaram longe dos negócios, mas quando vieram as reformas econômicas por conta da visita de Deng Xiaoping ao Sul, mãe e filha encontraram um lugar próximo e reabriram o restaurante. Sempre que eu estava em Beijing eu comia lá, mas fiquei anos sem aparecer e nem sabia se o restaurante ainda existia.

Assim que cheguei ao portão leste notei que a sorte não estava do meu lado. Todos os apartamentos próximos tinham sido demolidos para dar lugar a prédios comerciais. Os Cinco Sabores tinha desaparecido, e a Livraria Todos os Sábios tinha desaparecido também, então fui embora sem olhar para trás. Decidi caminhar até a Livraria Fotossíntese, no distrito de Wudaokou, para dar uma olhada nos livros. Era melhor do que nada, e eu poderia matar tempo tomando um café. Este costumava ser o centro do rock na zona oeste de Beijing, onde havia uns quantos lugares para shows, mas eu não acompanhava mais a cena e não sabia se ainda estavam funcionando. Na Estrada de Chengfu, logo antes de Wudaokou, passei por um restaurante e fiquei com a impressão de que alguma coisa havia me escapado. Quando olhei para trás, vi uma fachada toda decorada. O lugar se chamava simplesmente Cinco Sabores, sem dizer se era um restaurante chinês, um restaurante ocidental ou algum clube. Resolvi entrar para dar uma espiada.

O interior também era ricamente decorado, mas as cadeiras e mesas eram bastante comuns. Havia um palco que mal poderia acomodar uma banda com quatro integrantes. O saguão de entrada estava vazio, mas escutei o som de uma voz alta e sonora muito familiar ecoando em algum lugar nos fundos. Afastei a cortina e entrei. "Grande Irmã Song!", exclamei.

"Lao Chen!" A mãe da Pequena Xi me reconheceu de imediato.

"Vim lhe fazer uma visita, Grande Irmã Song." Me senti um pouco hipócrita ao dizer aquilo.

"Que bom rever você depois de todo esse tempo!"

Ela pegou uma garrafa de cerveja Yanjing que estava fora do gelo e me acompanhou até o saguão de entrada. "Que bom rever você, Lao Chen. Senti muito a sua falta."

Fiquei com um pouco de vergonha por ter morado tantos anos em Beijing sem nunca fazer uma visita àquela senhora. "Encontrei a Pequena Xi por acaso na semana passada", disse eu.

A Grande Irmã Song diminuiu o tom de voz. "Você devia falar com ela e tentar convencê-la a parar."

"Nós só falamos muito depressa quando nos encontramos em uma livraria. Ela deve aparecer por aqui?"

"Com certeza não."

"E a senhora teria o número do celular dela para me passar?"

"Ela não tem celular." A Grande Irmã Song ficou com o olhar fixo na porta enquanto falava. "Mas ela usa e-mail. Passa o tempo inteiro brigando com as pessoas na internet e muda de endereço sem parar. Eu gostaria muito que você falasse com ela."

Imaginei que enviar um e-mail seria melhor do que não conseguir contatá-la.

A Grande Irmã Song se levantou. "Vou pegar o endereço novo."

"Não tem pressa; a senhora pode pegar depois", disse eu de maneira um tanto insincera.

"É melhor, senão eu posso esquecer", respondeu ela e saiu apressada em direção aos fundos.

A Grande Irmã Song não perdeu o charme, pensei; é uma legítima beijinense à moda antiga.

Neste ponto um sujeito jovem entrou. Era o tipo de sujeito que devia ter mil garotas correndo atrás – alto e musculoso como um atleta. Estava usando tênis brancos de cano alto. Em Beijing tem tanta poeira que a maioria dos homens não usa tênis brancos. Ele me lançou um olhar confiante, como se quisesse saber quem eu era, mas em seguida emendou um amigável "Olá. O senhor é...?".

"Eu sou um... um amigo da Grande Irmã." Só então compreendi. "E você é..." Eu ia dizer "o filho da Pequena Xi", mas por alguma razão me contive.

"Vó!" O jovem cumprimentou a Grande Irmã Song.

"Ora, você está de volta! Este é o meu neto. Este é o senhor Chen."

Reagi como se estivesse surpreso. "Seu neto!"

"Sr. Chen, eu sou Wei Guo."

"Muito prazer. Você tem uma aparência excelente!" Apertamos as mãos. Lembrei que quando eu vi aquele garoto mais de dez anos atrás a Pequena Xi me disse que ele usava o sobrenome da mãe dela, "Wei".

"O sr. Chen é um antigo cliente taiwanês", disse a Grande Irmã Song a meu respeito.

"Acho que eu nunca tinha encontrado o sr. Chen."

"Ele costumava aparecer no restaurante antigo", explicou a Grande Irmã Song. "Faz anos que o sr. Chen não dá as caras em Beijing."

"Grande Irmã, eu estou morando em Beijing."

Wei Guo não perguntou em que distrito eu morava. Em vez disso, perguntou: "Com o que o senhor trabalha, sr. Chen?"

"Eu sou escritor."

O garoto pareceu interessado. "E o que o senhor escreve?"

"De tudo um pouco. Ficção, crítica..."

"Crítica do quê?"

"Gastronomia, entretenimento, mídias culturais, administração de negócios..."

"E o que o senhor pensa sobre a atual situação da China?"

A conversa estava tomando um rumo sério, então a Grande Irmã Song nos interrompeu. "Fique para o jantar!"

"Tenho um compromisso agora à noite. Mas fica para a próxima, Grande Irmã!"

"Vou deixar vocês dois conversarem", disse ela, e saiu em direção aos fundos.

Wei Guo me encarou com um olhar fixo que beirava uma intimidação pouco comum vinda de alguém tão jovem.

Eu queria saber por que a Pequena Xi tinha dito que não conseguia falar com o filho, então eu disse: "Hoje todo mundo diz que nenhum outro país é tão bom quanto a China." Pequena Xi disse que esse é o tipo de frase que o filho diria.

"Muito bem. Ji Xianlin* disse que o século XXI é o século da China."

Decidi provocá-lo um pouco. "E o que você pretende fazer no século da China?"

Muitos jovens ficariam um pouco tímidos antes de responder a uma pergunta dessas, mas Wei Guo não pensou duas vezes. "Eu estudo na Faculdade de Direito da Universidade de Beijing. Depois que eu me formar, quero fazer o exame para oficial do governo."

"Você quer ser oficial?"

"Quero. O país necessita de pessoas talentosas."

"Wei Guo, se você pudesse escolher, em que ministério gostaria de trabalhar?" Lembrei que a Pequena Xi tinha mencionado o Departamento Central de Propaganda, e resolvi sondá-lo.

---

* Ji Xianlin (1911-2009): célebre linguista e intelectual chinês. (N.E.)

"No Departamento Central de Propaganda."

Eu não esperava uma resposta tão franca.

"Claro, não tem como entrar direto no Departamento de Propaganda, mas é o que eu gostaria de fazer."

"Por que o Departamento de Propaganda?" Insisti nessa linha de questionamento.

"As pessoas não podem depender só do poder material; elas também precisam de poder espiritual para se unirem. O poder bruto é importante, mas o poder sutil é tão importante quanto. Eu acho que o Departamento de Propaganda é vital, mas não está fazendo o melhor que pode; daria para fazer ainda mais."

"Como?" Ele parecia ter tudo planejado.

"Para dar um exemplo, hoje o Departamento de Propaganda não entende a internet e os usuários bem o suficiente; não conhece direito as tendências da cultura jovem no país. Eu podia contribuir bastante nessas áreas. Depois de me formar em Direito eu poderia oferecer apoio legal sólido para as decisões tomadas no Departamento de Propaganda. Assim eu estaria contribuindo para a política de 'estado de direito' vigente no país. Claro que eu ainda sou jovem e tenho um certo idealismo romântico – mas acho que o Departamento de Propaganda é muito idealista e romântico."

Ele começou a ficar um pouco constrangido.

"Romântico? Idealista? Como assim?"

"O senhor sabe, afinal o senhor é escritor. Só os valores espirituais são românticos e idealistas. O Departamento de Propaganda orienta a vida espiritual de toda a nação."

Comecei a me aborrecer com o assunto. "Vocês têm apresentações ao vivo aqui?", perguntei, apontando em direção ao palco.

"Toda noite bandas novas e grupos da comunidade tocam aqui. Eu que dei a ideia para a vó. Jovens de todo tipo aparecem aqui, e assim tenho a chance de entender o que eles estão pensando e fazendo. Afinal, quem não faz trabalho de campo não tem direito a dar opinião sobre nada."

"Mas em um lugar assim você tem elementos ruins misturados à garotada do bem. Isso não pode influenciar o seu futuro?"

"O senhor está subestimando o Partido e o governo. Tudo está sob o controle do Partido e do governo; eles sabem de tudo."

"Bem, a conversa estava boa, Wei Guo, mas preciso ir." Ele deve ter ficado com a impressão de que eu era bastante tímido.

"Aproveite a estada em Beijing. Escreva mais artigos sobre o verdadeiro rosto da China, para que os nossos compatriotas em Taiwan não acreditem em tudo o que aparece na mídia ocidental."

Eu estava prestes a dizer à Grande Irmã Song que eu estava de saída quando ela reapareceu. "Já?"

"Tenho um compromisso na zona leste, então é melhor eu ir logo para não pegar tráfego."

"Volte quando puder para comer um ganso à moda de Guizhou."

"Claro... Se cuide, Grande Irmã."

Quando apertamos as mãos, a Grande Irmã enfiou um papelzinho entre os meus dedos. Nós dois ficamos um pouco relutantes na despedida.

Quando eu estava chegando à porta, Wei Guo se virou para mim com um olhar frio e perguntou: "Senhor Chen, por acaso o senhor não andou vendo a minha mãe por esses dias?"

"Não", menti.

Ele se despediu e eu acenei a cabeça de volta. Não pude deixar de olhar mais uma vez para os tênis brancos como a neve.

O ANO DO SIGNO ZODIACAL DE LAO CHEN

Este ano é o ano do meu signo zodiacal, e muitas coisas estranhas devem acontecer. Coisas como ficar emocionado a ponto de ir-romper em pranto ou como encontrar a Pequena Xi e Fang Caodi em sequência depois de tanto tempo – acho que todas essas coisas têm algo de anômalo.

Faz tempo desde a última vez que encontrei alguém tão fora de sintonia com o ânimo geral como a Pequena Xi e Fang Caodi. Claro, a China é um país imenso e você encontra todo tipo de gente. Desde a metade da década de 80, quando vim para o continente, até poucos anos atrás, eu conhecia umas quantas pessoas insatisfeitas como eles, mas agora essas pessoas são cada vez menos numerosas. Não convivo com pessoas tão fora de sintonia desde que a economia global entrou em crise e a época de ouro da China começou em caráter oficial.

Permita-me descrever os três tipos de pessoa com quem mais convivi nos últimos tempos.

O primeiro tipo são as pessoas como a minha empregada doméstica. Eu só contrato mulheres desempregadas que morem em Beijing com a família. Passo muito tempo fora de casa, assim me sinto mais seguro. A filha da minha empregada atual se formou e trabalha para uma companhia estrangeira e, portanto, tem um futuro garantido, mas ela gosta de se manter ocupada, gosta de trabalhar. Enquanto limpa a casa, ela me fala sobre a filha e o namorado. Detalhes como o preço que a filha paga por um corte de cabelo, ou a possível transferência do namorado da filha para Shanghai. Ela também me conta todas as notícias de Taiwan que vê nos canais de televisão de Fujian. Eu fico lá sentado, trabalhando no computador e escutando. Às vezes é um pouco irritante, mas outras vezes fico grato por manter contato com pessoas comuns.

O segundo tipo são os repórteres. Muitos deles são jovens e dinâmicos e sabem tudo o que vale a pena saber na China: quem está com tudo e quem não está com nada, quais clubes noturnos estão em alta e quais estão em baixa, quais blockbusters são geniais e quais são um porre, e onde passar as férias se você quer ser descolado. Quando escrevem uma reportagem especial que precisa da opinião de alguém de fora, muitas vezes telefonam para alguma personalidade da cultura que more em Beijing, como eu. Ora, é conveniente. Eu também gosto de falar com eles porque assim descubro como os jovens estão se vestindo e no que andam pensando. Você sabe, para eu não ficar desatualizado.

O terceiro tipo são editores. Alguns dos meus livros foram editados em chinês simplificado e venderam razoavelmente bem, então muitas vezes os editores perguntam sobre o meu último livro. O problema é que faz vários anos que não consigo escrever uma única frase; então o melhor que posso fazer é negociar alguns dos livros mais antigos que escrevi em Taiwan e que ainda não foram publicados no continente. Alguns títulos foram retrabalhados e logo vão sair em chinês simplificado. Às vezes eles marcam um encontro com o editor-chefe – gente que não era ninguém, mas que acabou na diretoria. Na maioria das vezes os editores não demonstram o menor interesse pelos meus livros; só querem saber do mercado e do próximo best-seller. De vez em quando, por ser uma das grandes figuras da vida cultural em Taiwan, eu me encontro com oficiais do Serviço Chinês de Notícias, do Ministério da Cultura, do Escritório de Assuntos Taiwaneses ou do Departamento de Trabalho da Frente Unida. Hoje em dia é incrível ser oficial na China. Todos fazem boa figura e, independente do cargo, impressionam quando abrem a boca. Eles tratam os taiwaneses como se fossem os caçulas, e tudo o que pedem em troca é que sejam tratados como os irmãos mais velhos.

Espero que ninguém se incomode quando eu digo que sou uma das grandes figuras da vida cultural em Taiwan. Nasci em Hong Kong, e só depois de terminar o ensino fundamental no campo de refugiados de Tiu Keng Leng* fui encontrar os meus pais em Taiwan. Mesmo assim, sempre me vi como taiwanês. Sempre adorei ler e ainda no ensino médio decidi que eu queria ser escritor. Na época de estudante de jornalismo, tirei segundo lugar em um concurso de contos. Sei que não ganhei o primeiro prêmio porque frequentei a Universidade Cultural, e não a Universidade Nacional de Taiwan.

Fiquei tão irritado que escrevi uma história satírica chamada "Quero ir para o exterior", no estilo de Chen Yingzhen**, mas não me atrevi a publicá-la. Circulei-a apenas entre os meus colegas de classe, que gostaram muito. Alguns colegas dissidentes tentaram me recrutar, o que me deixou empolgado e ansioso. Eu era estudante e os meus pais tinham se matado de trabalhar para que eu pudesse frequentar a universidade, e eu precisava cuidar do meu futuro. Só publiquei o conto muitos anos mais tarde, quando o controle sobre a mídia foi abolido. Saiu no jornal vespertino *Nova Vida*, mas na época a referência tinha se perdido e as pessoas não entenderam o que eu estava satirizando.

---

* Criado após a derrota na guerra civil, em 1949, pelo governo de Hong Kong para abrigar soldados e militantes nacionalistas. (N.E.)

** Chen Yingzhen (1936-): escritor e ativista político taiwanês de esquerda que passou anos na cadeia nas décadas de 60 e 70. (N.E.)

Quando me formei, tive a sorte de ganhar uma bolsa em uma Universidade Católica na Jamaica. Lá eu treinava o meu inglês todos os dias e ficava lendo na biblioteca. Fiquei obcecado pelos romances de detetive de Raymond Chandler e Dashiell Hammett. Meu trabalho de conclusão comparava a lógica de Charlie Chan com os romances ocidentais de detetive. Trabalhei duro por um ano e meio sem parar nem ir a lugar nenhum nas férias de verão para concluir o mestrado.

Um dia na biblioteca eu li no periódico *Mingbao*, de Hong Kong, que um chinês em Nova York estava começando um diário em chinês chamado *Huabao*, e o editor era um dos juízes que tinha dado o segundo prêmio para a minha história. Entrei em contato na mesma hora e recebi uma oferta de emprego. Foi assim que cheguei a Manhattan.

O *Huabao* era peixe pequeno – sequer o vendiam fora de Chinatown. Depois de trabalhar no jornal por alguns anos, fiquei um tanto deprimido. Eu estava tão entediado que escrevi um romance chamado *O último Greyhound para Manhattan*. Nunca imaginei que o romance de um estudante no exterior me levaria a permanecer nas fileiras dos escritores de língua chinesa pelo resto da vida. Escrevi usando o fluxo de consciência do modernismo, e ainda não sei como fiz aquilo. Muita gente não sabe que com o passar dos anos esse livro vendeu cem mil exemplares em Taiwan. Quando eu estava em Nova York, o famoso romancista de artes marciais Jin Yong visitou os Estados Unidos. Eu o entrevistei para o jornal. A proibição das obras de Jin Yong tinha acabado de ser revogada em Taiwan, e o nome dele já podia sair na mídia. A minha entrevista circulou e atraiu um número enorme de leitores. Fiquei famoso como repórter.

O romancista Jin Yong também gostou da minha entrevista. Ele sabia que eu tinha nascido em Hong Kong e falava cantonês, e então me convidou para trabalhar no *Mingbao*. Virei editor por lá e comecei a escrever artigos sobre o continente para a seção sobre a China no *Mingbao*. Da metade dos anos 80 até o início dos 90, entrevistei uns quantos membros da antiga geração de escritores e artistas do continente. Estabeleci uma rede de contatos, vivenciei acontecimentos de grande importância e passei a compreender melhor o continente. Em 1992, Jin Yong se aposentou e eu fui convidado a trabalhar no continente. Ao mesmo tempo, a minha namorada, que morava no continente, resolveu ir para o exterior, o que era mais ou menos como terminar o namoro; então resolvi voltar para Taiwan.

Logo eu estava no *Notícias Diárias Unidas,* onde reuni os artigos que eu tinha e preparei um livro de entrevistas com figuras importantes para a cultura do continente. Na época imaginei que esse seria o meu grande legado para a posteridade. Como esses personagens eram considerados tesouros nacionais – alguns já tinham até falecido – e as minhas entrevistam traziam suas últimas palavras, o valor do projeto era inquestionável. Provavelmente trabalhei devagar demais na revisão, e assim acabei perdendo a oportunidade. Quando *Talento e memória: em busca dos cem mestres continentais esquecidos da arte e da literatura* foi enfim publicado, a atmosfera em Taiwan havia mudado. O livro sequer entrou para a lista de best-sellers da Livraria Jin Shi Tang; apareceu na resenha semanal do *Notícias Diárias Unidas,* mas depois ninguém o discutiu. Teng-hui era presidente, e o conflito étnico em Taiwan estava ficando cada vez mais acirrado. Os taiwaneses estavam preocupados com os perigos de uma guerra no Estreito, e não com a cultura da China continental.

Após a publicação dessa antologia de entrevistas, todo mundo no ramo passou a me chamar de "especialista na China" ou "especialista em assuntos continentais" – em outras palavras, era uma forma de dizer que não estavam interessados no que eu tinha a dizer.

Eu não podia aceitar essa situação e resolvi mudar a minha imagem. Se eu não sabia escrever uma obra-prima literária, pelo menos sabia escrever best-sellers populares. Livros sobre a guerra no Estreito de Taiwan estavam vendendo bastante na época, então li sobre o exército nacionalista e o exército comunista para ver que tipo de abordagem eu poderia escolher. Achei que havia livros demais seguindo essa tendência e acabei desistindo, mas aprendi uma coisa: se você quer pegar uma onda, é melhor agir depressa.

Eu estava começando a entrar em pânico, e então resolvi a tentar a sorte em quase tudo o que aparecia.

Escrevi um romance de detetive chamado *Treze meses*, mas o livro foi um fracasso.

Tinha gente ficando famosa do dia para a noite escrevendo sobre a sua filosofia de vida, então escrevi um livro sobre a minha filosofia de vida, mas ele também foi um fracasso.

Os livros sobre administração estavam bombando, então escrevi vários sobre os segredos de sobrevivência no local de trabalho, mas eles também foram um fracasso.

A filosofia de vida e a administração foram projetos oportunistas; os livros não venderiam, e eu tinha de admitir isso. Mas *Treze meses* não merecia ser relegado ao esquecimento. Sem dúvida era uma obra de ficção detetivesca excelente e inovadora em Taiwan. Por azar, os leitores de Taiwan só liam livros de detetive japoneses ou Agatha Christie. Não sabiam apreciar o humor negro e a irônica sofisticação mundana dos romances *hard-boiled* americanos. E os críticos não imaginavam o quanto eu tinha suado fazendo estudos meticulosos desse gênero. Talvez eu não fosse um escritor de primeira, mas eu me consolava com as palavras de escárnio ditas por Somerset Maugham: entre os escritores de segunda, eu era de primeira.

Em termos práticos, eu não era sequer um escritor de segunda. Meus livros eram mal resenhados e não vendiam. Por um bom tempo fiquei para baixo.

No fim, a oportunidade surgiu quando algum estrangeiro publicou um livro sobre inteligência emocional que vendeu como água em Taiwan. Na mesma hora reuni todas as informações sobre a cultura chinesa que eu tinha juntado ao longo dos anos, de filosofia de vida a administração, e logo me saí com um livro chamado *A inteligência emocional chinesa*.

Conforme eu esperava, *A inteligência emocional chinesa* ficou na lista de mais vendidos da Livraria Jin Shi Tang por seis semanas seguidas e chegou a aparecer em segundo lugar. A obra mais vendida na época era a tradução do livro inglês original sobre o mesmo assunto. Ver o meu livro no lugar de honra das livrarias Cheng Pin e Jin Shi Tang todos os dias era uma sensação incrível.

Depois compilei toda uma série sobre sabedoria chinesa, que vendeu bem até que os leitores de Taiwan perderam o interesse por qualquer livro que tivesse referências à China no título.

Na época eu era um jornalista famoso, um romancista e um especialista na China e em aprimoramento pessoal. Eu também era um autor de best-sellers, e essa condição despertava o interesse por qualquer outra coisa que eu escrevesse. A maioria das pessoas não tinha lido os meus livros e não sabia sobre o que eu escrevia; só sabia que eu era um autor de best-sellers. Nos anos 90 a sociedade de Taiwan ainda tinha um certo respeito por autores de best-sellers.

Minha sorte não parou por aí. Com a chegada do novo milênio, os meus livros foram publicados no continente um atrás do outro.

Eu estava começando a ganhar certa notoriedade.

Então, em 2004, Chen Shuibian foi reeleito para a presidência. Recebi um pacote de aposentadoria do *Notícias Diárias Unidas* e me mudei para Beijing.

Ao chegar, tive uma sensação de urgência e comecei a escrever com muito empenho. Escrevi sobre a cultura de Taiwan e de Hong Kong para o continente e sobre Beijing e Shanghai para Taiwan e Hong Kong. O continente tinha muitos canais de mídia, e Beijing e Shanghai eram assuntos do momento em Taiwan e em Hong Kong. A coisa mais importante que fiz foi publicar o meu *Guia abrangente da vida cultural em Beijing* bem antes das Olimpíadas. O livro tirou segundo lugar em uma premiação nacional, e fui entrevistado em um programa da Televisão Central da China. Pode-se dizer que eu recebi a aprovação do governo chinês.

Nesse ponto eu só queria fazer uma coisa: escrever o meu *Ulisses* ou o meu *Em busca do tempo perdido* – a minha obra-prima literária. Numa época em que não existem escritores de primeira, eu queria provar que eu era o melhor dentre os escritores de segunda. Passei a recusar todos os pedidos de artigos jornalísticos e me concentrei apenas em escrever o meu romance.

Desde então, não escrevi uma única palavra.

Com o que eu iria viver?

Tudo bem, admito que não preciso me preocupar com meus gastos mensais. Os filósofos ocidentais dizem que a felicidade consiste em ser um pouco famoso e um pouco endinheirado, mas não muito famoso e não muito endinheirado. Não dependo dos royalties para me virar; e de qualquer modo nem são tantos assim. O que aconteceu foi que, no início dos anos 90, quando eu ainda estava trabalhando em Nova York e pensando em me casar, comprei um apartamento usado de noventa metros quadrados em Taikoo Shin. Depois que a minha namorada foi para a Alemanha e casou com um alemão, pedi a um corretor que o alugasse e voltei para Taiwan. Todo ano, quando negociávamos o contrato de locação, o valor do aluguel e o valor do imóvel tinham aumentado. Quando vendi o apartamento em 1997, logo antes da devolução de Hong Kong para a China, ele valia quase dez vezes o valor que eu tinha pago. Em toda a minha vida profissional eu nunca ganharia dinheiro suficiente para comprar um apartamento parecido. Quando veio a crise financeira asiática, o dólar taiwanês caiu, mas por sorte todo o meu dinheiro estava bem guardado em dólares de Hong Kong no HSBC. Em 2004, quando me mudei para Beijing, comprei três apartamentos no Vilarejo da Felicidade Número Dois pouco antes que proibissem aos estrangeiros, incluindo cidadãos de Taiwan e de Hong Kong, comprar mais de um imóvel. Eu morava em um apartamento e alugava os outros dois. Converti todo o meu dinheiro em *renminbi* chineses que logo valorizaram. Enquanto a economia mundial sofria com crise após crise, a China continuava a florescer, e a minha humilde renda mensal era suficiente para que eu vivesse com relativo conforto.

Mas você tem razão: nada disso explica por que eu não consegui escrever nada nos últimos dois anos. Trabalhei com afinco, mas perdi toda a inspiração. Ela desapareceu dois anos atrás, quando um discurso oficial chinês anunciou que a economia global tinha entrado em um período de crise enquanto a época de ouro da China havia começado em caráter oficial. Desde então, notei que todo mundo em Beijing e em todos os outros lugares está vivendo bem. Senti uma satisfação espiritual e material tão intensa, e a minha vida parecia tão abençoada, que fui tomado pelo mais forte sentimento de bem-aventurança em toda a minha vida.

UM LÍDER NACIONAL INSONE

Por mais de um ano, a não ser no Ano-Novo e em outros feriados, tenho ido ao restaurante da empresa de Jian Lin no primeiro sábado do mês para jantar, tomar vinho tinto e assistir filmes antigos. Jian Lin é o proprietário das Imobiliárias Yan Du BOBO. É um membro das "três antigas turmas" – as três turmas ginasiais de 1967, 1968 e 1969 que nunca se formaram por causa da Revolução Cultural. Em 1978, quando os exames de admissão para a universidade foram reinstituídos, ele foi para a universidade. Mais tarde virou oficial e passou a frequentar círculos de artistas e escritores. Depois entrou no mundo de negócios em Hainan e tratou de virar um medalhão no mercado imobiliário – mas não perdeu a aura de cultura e se vê como erudito e negociante, como se costuma dizer. Jian Lin gosta de discutir política interna e no Ano-Novo chinês escreve poemas à moda antiga e envia-os para os amigos e clientes.

Ele é viciado em trabalho, mas dois anos atrás começou uma nova atividade. Começou a oferecer jantares para os amigos e a família e a exibir um filme antigo no primeiro domingo de cada mês. No início os jantares foram um sucesso, mas aos poucos os familiares foram minguando, e além do mais os amigos queriam escolher os filmes antes de confirmar a presença. No inverno, muitas vezes eram apenas Jian Lin e eu.

Desde que um amigo me convidou, virei frequentador assíduo. Eu tinha bastante tempo livre, morava perto e gostava muito de assistir aos filmes chineses filmados depois de 1949. Eu não tinha assistido a nenhum em Hong Kong, então era uma experiência nova para mim.

Eu era a única pessoa que não perdia nenhuma exibição. Jian e eu não tínhamos mais nenhum ponto em comum – eu não queria nada dele e, como eu não era muito importante, ele não precisava ficar de guarda na minha companhia – eu era o tipo ideal de pessoa para ter uma relação social amistosa com ele. No inverno, quando estávamos só nós dois, Jian tinha sempre uma garrafa de vinho tinto – sempre os melhores bordeaux de 82, 85 ou 89. Às vezes tomávamos duas garrafas em uma noite. Os taiwaneses começaram a beber vinhos tintos de qualidade quinze anos antes dos chineses, então eu podia apreciar os vinhos com Jian, e de bom grado ouvia-o desfiar os conhecimentos enológicos que tinha adquirido nos livros. Ele havia encontrado um parceiro ideal para beber. Quando mais gente aparecia, notei que ele agia com mais parcimônia – servia apenas algumas garrafas de vinhos comuns. Graças a esse detalhe pude confirmar nossa amizade maior.

A minha única preocupação era que eu não tinha como retribuir. Eu me sentia como um aproveitador do mundo literário. Jian sempre servia bordeaux, nunca borgonhas. Depois de pesquisar sobre os borgonhas na internet, comentei o assunto; ele pareceu interessado, mas não sabia muito a respeito. Então bolei um plano. Quando voltei para Taiwan no Ano-Novo lunar, procurei Ah Yuan, um antigo colega de ginásio, e pedi que me desse duas garrafas de bons borgonha.

Ah Yuan é o maior colecionador de borgonhas em Taiwan. Quando a economia global foi para o saco, a fortuna de Ah Yuan diminuiu, mas a coleção de borgonhas continuou intacta. Eu nunca tinha pedido nada para Ah Yuan, mas desta vez eu pedi que me desse duas garrafas de bons borgonhas. Ele ficou alegre e insistiu para que eu pegasse mais garrafas, mas recusei por conta da alfândega no aeroporto. Peguei só duas garrafas, uma de branco e uma de tinto.

Mandei uma rápida mensagem a Jian Lin perguntando qual seria o filme no domingo seguinte. Disse que eu levaria um Bâtard-Montrachet 1989 e um Romanée-Conti 1999.

Quando cheguei com as duas garrafas no restaurante não havia mais nenhum convidado – apenas Jian Lin e eu. Ele examinou as garrafas dizendo "Um vinho excelente, excelente... Vamos abrir e deixar respirar um pouco."

"O que vamos assistir hoje?", perguntei enquanto ele colocava o vinho em uma decantadeira de cristal. Era o clássico de 1964, *Jamais esqueça a luta de classes*, dirigido por Xie Tieli. "Você já assistiu?"

"Você está brincando? Se eu tivesse assistido, Chiang Kai-shek teria mandado me fuzilar."

"Ah, que saudades de 1964", disse ele. "Os Três Anos de Desastres Naturais* acabaram, as pessoas estavam começando a se reerguer e a Revolução Cultural ainda não tinha começado. Mas em 1959 o Velho Mao ficou insatisfeito. Não tinha mais nada a

---

* Referência à grande fome, resultado do Grande Salto para a Frente, e que causou cerca de 45 milhões de mortes. (N.E.)

fazer depois que deixou a presidência, então inventou o slogan 'Jamais esqueça a luta de classes', e esse filme respondeu ao chamado exortando as massas a jamais esquecer que ainda havia inimigos escondidos no meio do povo. Foi um avanço ver a chegada do Movimento das Quatro Limpezas, que pretendia limpar a política, a economia, a organização do partido e a ideologia. Também foi um prelúdio da Revolução Cultural."

"Eu convidei o meu primo para assistir ao filme e degustar o seu vinho", comentou Jian durante o jantar.

Eu não lembrava de ter sido apresentado a esse primo e não fiquei muito feliz com a ideia de dividir o meu vinho caro com alguém que eu não conhecia.

Nesse instante entrou um homem pálido, de expressão grave, que cumprimentou Jian Lin chamando-o de "Irmão".

"Esse é o meu primo, Dongsheng. Dongsheng, esse é o meu bom amigo de Taiwan, Lao Chen."

"He Dongsheng, nós já nos encontramos antes", disse eu enquanto apertávamos as mãos. "Foi na sessão da Conferência por uma China Próspera em Macau, em 1992; o senhor era o representante da Universidade de Fudan."

"Sim, sim", disse He Dongsheng, sem erguer muito a voz.

Jian Lin pareceu confuso. "Vocês dois se conhecem?"

"Sim, sim", repetiu He Dongsheng.

Ficamos todos um pouco constrangidos. "Nos conhecemos vinte anos atrás", eu disse.

Um taiwanês chamado Shui Xinghua – que significa "China Próspera" – criou uma Fundação que promoveu quatro Xinghua, ou Conferências por uma China Próspera, no início dos anos 90. A ideia era convidar cerca de uma dúzia de jovens talentos da China, de Taiwan e de Hong Kong para se reunir e trocar ideias e experiências. Em Macau, em 1992, He Dongsheng era um dos representantes do continente e eu era um dos representantes de Taiwan. Na época, He Dongsheng era só mais um jovem acadêmico e não passava a impressão de ser muito talentoso, mas depois virou um oficial de alto escalão no Partido Comunista.

"O vinho está muito bom, não é mesmo?", perguntou Jian Lin a He Dongsheng enquanto bebíamos o meu borgonha.

He Dongsheng concordou sem muita convicção.

"Lao Chen trouxe a garrafa de Taiwan especialmente para mim."

He Dongsheng ergueu a taça debilmente na minha direção, e também levantei a minha um pouco para ele.

Depois assistimos ao filme, e ninguém falou uma só palavra, a não ser Jian Lin, que comentou que "A mulher que faz o papel da madrasta do contrarrevolucionário era muito jovem na época. Ela ainda aparece volta e meia nas novas séries de tevê."

Durante a exibição, dei uma boa olhada em He Dongsheng. Tive a impressão de que havia caído no sono. Jian Lin estava acompanhando o filme com muita atenção – ele realmente amava os velhos Clássicos Vermelhos.

Jamais esqueça a luta de classes era sobre uma fábrica de equipamentos elétricos no Nordeste. Os trabalhadores faziam todo o possível para aumentar a produção, mas um jovem empregado casa com uma mulher de uma família burguesa. Ela insiste em que o marido compre um terno feito de tecido caríssimo, que custava cerca de 148 *renminbi*. A madrasta do jovem trabalhador também insiste em que cace patos selvagens durante o tempo livre para vendê-los a um bom preço no mercado negro. O jovem passa tanto tempo afastado que a ausência no local de trabalho quase provoca um acidente de grandes proporções e prejudica o interesse da nação. Tudo devido à falta de vigilância revolucionária – eles haviam esquecido a luta de classes. No final do filme, enormes palavras vermelhas como sangue preenchem a tela: "JAMAIS ESQUEÇA A LUTA DE CLASSES!".

"O filme é bom", disse eu, "mas acho que os jovens de hoje não devem entender direito a história. Eles precisariam de alguém para explicar."

De repente He Dongsheng tomou a palavra. "É simples fazer alguém trabalhar oito horas; o difícil é controlar as pessoas passadas as oito horas. O Velho Mao nunca conseguiu resolver esse problema."

Fiquei um tanto surpreso ao ver que He Dongsheng chamava Mao Zedong de Velho Mao.

"Você sabia que depois da reforma e da abertura promovida por Deng Xiaoping", prosseguiu, "existia em Tianjin uma revista chamada *Depois do Trabalho?* Oito horas era o horário de trabalho, e depois de oito horas – depois do trabalho – era horário de lazer, mas ninguém sabia o que fazer durante o horário de lazer. O socialismo provocou uma mudança radical no horário de trabalho, mas não sabia como administrar o horário depois do trabalho, o horário depois de oito horas de trabalho.

"Depois de oito horas de trabalho, deixe que o capitalismo se encarregue deles", brincou Jian Lin.

"Com certeza." He Dongsheng prosseguiu – estava mais solto por conta do vinho. "O seu Velho Mao não tem como pedir às pessoas que entendam a revolução e aumentem a produção para vinte e quatro horas por dia. Você precisa deixar as pessoas irem para casa fazer uma boa refeição, comprar roupas bonitas e se entregar a certos divertimentos burgueses. As pessoas querem essas coisas e você não pode recusá-las. Se você as impedir, quem vai querer trabalhar para você? Querer uma vida boa não é pedir demais."

A maioria dos oficiais, quando abre a boca, só vem com clichês burocráticos, mas o que He Dongsheng estava dizendo parecia bastante normal.

Comecei a gostar mais dele.

Após expressar essa opinião, ele parecia um balão murcho enquanto bebericava o vinho com uma expressão sombria. Nós três bebericamos o vinho juntos.

"Um vinho excelente, excelente", disse Jian Lin mais uma vez passado algum tempo. "Está ainda melhor do que antes. Agora o vinho terminou de abrir. Mesmo depois de misturarmos o branco com o tinto, é um vinho extraordinário."

Voltamos a ficar em silêncio. Achei que He Dongsheng iria embora quando o filme acabasse, mas ele ficou lá sentado nos fazendo companhia. Não falou nada e não tocou na mesa carregada de salgadinhos que Jian ofereceu para acompanhar o vinho. Simplesmente ficou bebericando. Jian pegou uns charutos, mas nós agradecemos, então ele ficou constrangido de fumar sozinho.

Quando terminamos de esvaziar as garrafas e as taças, Jian serviu um famoso chá Dahongpao de Wuyi. He Dongsheng não tocou na xícara. Também não parecia beber água. Era quase meia-noite quando He Dongsheng se levantou e foi ao banheiro.

"He Dongsheng tem insônia", disse Jian Lin em voz baixa. "Ele não dorme, e temi que pudesse ficar aqui para sempre. Eu não aguento passar a noite em claro; nesses últimos tempos eu tenho me deitado cedo para acordar cedo."

"Eu também me deito cedo e detesto passar a noite em claro." Lembrei que He Dongsheng tinha cochilado durante o filme.

"Você quer uma carona até em casa?", perguntou He Dongsheng ao voltar.

"Não precisa", respondi. "Eu moro perto. Vou a pé." Então, sem dar por mim, perguntei: "O seu motorista ainda está aqui?" Claro que, sendo He Dongsheng um oficial, o motorista dele estava sempre por perto.

Nunca imaginei que ele fosse responder como respondeu. "À noite eu mesmo dirijo. Gosto de dirigir. Às vezes dirijo até de manhã; e se canso eu tiro um cochilo no carro." Ele deu a impressão de achar que tinha falado demais, balbuciou "Estou indo" e foi embora.

Eu me arrependi de não ter aceitado a carona de He Dongsheng. Na verdade eu não morava tão perto. Se fosse dia eu poderia caminhar, mas àquela hora da noite eu teria de pegar um táxi. Quem morava perto era Jian Lin, no último andar de um prédio na mesma vizinhança.

"Eu e He Dongsheng ficamos um bom tempo sem nos ver", explicou Jian Lin. "Esses dias nos encontramos no funeral da minha tia e pensei em convidá-lo."

"Vocês são primos por parte de pai", disse eu, "mas o seu sobrenome é Jian e o dele é He. Por quê?"

"O meu pai teve dois irmãos que participaram da revolução e mudaram de sobrenome. O sobrenome de Dongsheng também era Jian."

Era bem comum que irmãos pertencentes à segunda geração das antigas famílias revolucionárias tivessem sobrenomes diferentes.

"E o seu outro tio?", perguntei.

"Eu não tenho muito contato com a outro lado da família", respondeu Jian Lin.

Não me senti muito à vontade ao fazer perguntas sobre a família de Jian, então eu disse, "Nunca imaginei que você e

He Dongsheng fossem parentes. Que posto ele está ocupando agora?"

"Que posto?", exclamou Jian Lin. "Ele é membro do Politburo – um veterano que já serviu a três lideranças do Partido. Não é pouca coisa."

"Então ele é um líder nacional?", perguntei.

"Em termos estritos, deviam chamá-los de líderes nacionais e do Partido", respondeu Jian Lin. "No partido, todos os funcionários do secretariado para cima deviam ser considerados líderes nacionais e do Partido. E isso, claro, inclui os membros do Politburo."

A maioria dos líderes nacionais que eu tinha visto usavam o cabelo cortado à Pompadour, tinham a pele saudável e passavam o tempo inteiro de bom humor. Nunca imaginei que eu conheceria um líder nacional pálido, meio calvo e insone.

Uma excitante noite de primavera

De pé na calçada, esperando um táxi em uma manhã de primavera depois de assistir a um filme antigo e beber um monte de vinho, eu tinha perdido toda a vontade de dormir. Liguei para uma amiga e fui até a casa dela. Nos conhecemos mais de dez anos atrás quando ela ainda trabalhava no Clube Paraíso – um clube noturno de Beijing famoso pelas acompanhantes lindas e cultas. Sou um homem de apetites modestos, mas às vezes tenho os meus desejos e então eu faço uma visita a ela. Notei que fazia mais de dois anos desde o nosso último encontro, e nesse tempo todo eu não tinha pensado nela, até aquela manhã...

Quando voltei da minha visita, também não consegui dormir. Durante todo esse tempo eu estava com uma pergunta na cabeça. Será que eu devia mandar um e-mail para a Pequena Xi?

A Grande Irmã Song disse que a Pequena Xi costumava trocar de endereço com frequência. Assim não fazia muito sentido escrever – o e-mail provavelmente já teria mudado. E escrever talvez fosse um convite aos problemas. A Pequena Xi sempre foi o tipo de mulher que eu aprecio. Na época do restaurante eu me sentia muito atraído por ela, mas sempre havia muitos clientes correndo atrás. Mesmo que nos conhecêssemos há vinte anos e pudéssemos nos considerar amigos, nunca houve nada sexual entre nós, nem mesmo flertes. Ela estava sempre rodeada por um séquito de homens – alguns eram amigos, outros, pretendentes; também havia alguns pretendentes malsucedidos que então se juntavam ao grupo dos amigos. Ela era uma dessas mulheres que só tem amigos homens e, ao mesmo tempo, parecia alheia ao fascínio que exercia sobre eles. A Pequena Xi achava que todos aqueles amigos eram simplesmente amigos. Eu nunca fiz nenhuma investida romântica para cima dela, e ela tampouco demonstrou qualquer interesse em mim. Sempre fomos simples amigos. Mais tarde eu achei que ela tinha casado com um estrangeiro e se mudado para a Inglaterra, mas parece que o plano não deu certo. De qualquer maneira, devia fazer sete ou oito anos desde o nosso último contato.

Na época eu temia que ela fosse uma garota-problema. Ela não era uma daquelas dissidentes do tipo intelectual, mas os problemas políticos vinham-na perseguindo pelos últimos trinta anos, tudo porque ela era muito falastrona e intransigente. A Pequena Xi não suportava injustiças, e assim ofendia as pessoas com facilidade. No passado, muita gente quis ajudá-la, incluindo alguns estrangeiros. Mas hoje não existem mais estrangeiros assim – ninguém quer ofender o Partido Comunista Chinês. Os estrangeiros dispostos a ofender o Partido Comunista Chinês não conseguem tirar o visto. Todo mundo ao redor está de bem com a vida e não se importa com a Pequena Xi. Acho que a estão evitando, e que por isso ela me disse na última vez que todo mundo ao redor dela tinha mudado.

Depois de falar com a Grande Irmã Song e com Wei Guo, senti que a Pequena Xi devia estar em apuros mais uma vez. Agora estou convencido de que ela estava sendo vigiada no jardim ao lado do Museu Nacional de Arte.

Se começássemos um namoro, será que ela não me traria problemas? A minha vida está muito boa agora; tudo está dando certo e eu me sinto extremamente feliz. Para que arriscar? Se eu a visse e ela expressasse o menor interesse que fosse em mim, eu não conseguiria me controlar. Eu também sentia uma forte atração sexual por ela, o que me assustou um pouco. Fazia tempo que eu não me sentia assim em relação a alguém. Se eu desse esse salto emocional e ficássemos juntos, garanto que o relacionamento não duraria muito. A Pequena Xi ainda me imaginava como eu era dez anos atrás, quando eu concordava com tudo o que ela dizia. Mas eu havia me tornado uma das pessoas ao redor dela que havia mudado. Nossos estados de espírito eram tão distintos quanto as nossas opiniões a respeito da situação atual da China. Com certeza nunca concordaríamos a respeito de nada. Lembrei que quando Chen Shuibian concorreu à reeleição em Taiwan, muitos dos meus amigos homens apoiaram o Partido Comunista, enquanto as esposas apoiavam o Partido Democrático Progressista, e eles começaram a se desentender.

Fiquei sentado na frente do computador olhando distraído para o papelzinho que a Grande Irmã Song tinha me entregado. De repente me ocorreu uma ideia. A grande coisa que eu ainda não tinha feito na vida era escrever um romance bom de verdade. O que poderia ser mais importante do que escrever um bom romance? Mas por que eu não tinha conseguido escrever uma única palavra? Porque a minha vida era pacata demais, porque eu me sentia feliz demais. Eu não me sentia pressionado. Em outras palavras, eu me achava sortudo demais. Quem poderia me arrancar desse sentimento exagerado de felicidade e bem-aventurança? A Pequena Xi, claro.

No papel estava escrito o e-mail *feichengwuraook@yahoo.com*. Ao lado estavam escritas as palavras "Se não for para ser sincero, não me aporrinhe, ok?"

2
Jamais esqueça

A autobiografia da Pequena Xi

Me chamo Wei Xihong. Todo mundo me chama de Pequena Xi. Não sei bem por onde começar; não sei como o mundo ficou assim. Mas tenho medo de que muita coisa possa ser esquecida mais tarde, então vou escrever tudo e guardar nesse arquivo do Google.

Alguém está me seguindo. Só que eu não fiz nada de errado. Mas então por que estão me seguindo?

Talvez eu só esteja nervosa demais. Talvez não tenha ninguém me seguindo e eu esteja apenas desconfiada demais.

Se alguém está me seguindo, só pode ter alguma coisa a ver com Wei Guo. Como foi que dei à luz um monstro daqueles?

Desde que nasceu ele me assusta. Wei Guo tinha o rosto de um anjinho, porém mentia, fazia média com os professores, fazia média com qualquer um que pudesse ter alguma utilidade e intimidava todos os mais fracos. Ele tinha uma índole cruel. Muito bem, então ele era assim desde menino. Agora escreve cartas para denunciar os colegas, envolve-os em problemas com as autoridades e os persegue. Não se cansa de repetir palavras de ordem vazias e finge abraçar uma moral idealista maravilhosa.

Será que tem os genes do pai, os meus genes ou herdou o caráter do meu pai? Ou será que foi o resultado da pior mistura possível entre os sangues diferentes?

Wei Guo me culpa por não revelar a identidade do pai, e eu entendo. Chega até a amaldiçoar os meus amigos com o bordão "monstros e demônios"* da Revolução Cultural! Diz que são figuras duvidosas que podem ter uma influência negativa no futuro

---

* Termo popularizado por Mao durante a Revolução Cultural para atacar eruditos e intelectuais. (N.E.)

dele. Wei Guo me ridiculariza por eu ter pedido exoneração do cargo de juíza e diz que sou burra demais para ser mãe dele.

Se as ações de 1983 contra a "poluição espiritual" e o crime* não tivessem me ensinado que não fui talhada para ser juíza, hoje eu ainda faria parte do sistema de segurança pública. A minha índole parece impedir que eu me adapte a esse sistema político. Estudei Direito para agradar o meu pai.

Meu pai talvez possa ser considerado um dos primeiros juízes na Nova China. Na década de 50 ele ajudou a elaborar a Constituição da República Popular da China. Lembro que quando eu era menina e o meu pai chegava em casa, a minha mãe nos pedia para não fazer nenhum barulho. Nós todos tínhamos medo do meu pai. Ele nunca me deu um abraço. Acho que a minha mãe era quem tinha mais medo. Lembro que a minha mãe nunca sorria perto dele. Depois que o meu pai morreu ela virou outra pessoa. Tive a impressão de que a minha mãe renasceu, e até a voz dela parecia mais intensa. Minha mãe nunca falou muito sobre as coisas que o meu pai fez, mas com certeza ele deve ter perseguido e arruinado muita gente.

O meu pai também foi perseguido e preso durante a Revolução Cultural. Ele só foi solto quando ficou doente. Em 1979, quando os exames de admissão para a universidade foram reinstituídos, em me formei na Escola Secundária Número 101. Atenta à vontade do meu pai, listei a Universidade de Ciência Política de Beijing como primeira opção entre as universidades. O que eu mais queria era ser juíza depois de me formar. Eu achava que, como o meu pai, eu era uma forte candidata a juíza na república.

Lembro que quando estávamos a sós a minha mãe disse que a minha personalidade não se ajustaria ao Direito. Ela sugeriu que eu estudasse Ciência e Engenharia para evitar problemas. Na época eu não concordei e cheguei a ficar brava com ela. Eu queria apenas deixar o meu pai feliz, e percebi que a minha mãe era uma dona de casa pouco esclarecida e sem experiência prática. As pessoas são

---

* Referência à campanha Antipoluição Espiritual empreendida pelo governo entre 1983 e 1984 com o objetivo de varrer influências liberais vindas do Ocidente. Foi curta, mas envolveu execuções públicas de jovens sobretudo na cidade de Shanghai. (N.E.)

estranhas. Quando nos tratam mal, fazemos o que elas nos pedem; quando nos tratam bem, não prestamos atenção.

Assisti o julgamento do Bando dos Quatro na televisão com o meu pai. O temperamento dele piorou ainda mais depois da Revolução Cultural; nosso relacionamento ficou ainda mais difícil, e muitas vezes ele nos xingava. Ele não conseguiu alcançar o sucesso que tanto desejava nos últimos anos da vida e levou todo o ódio consigo para o túmulo.

Enquanto eu ainda estava na universidade, as pessoas tiveram o rótulo de direitista removido, e muitas vítimas de erros judiciais durante a Revolução Cultural foram reabilitadas na esfera política. Até a o Bando dos Quatro foi levado a julgamento, e o estado designou advogados para defendê-los. Eu tinha muita esperança no futuro e acreditava de verdade que o Partido Comunista pudesse criar um estado de direito.

Me formei em 1983 e fui nomeada assessora jurídica em um tribunal com nível de condado sob a jurisdição de Beijing. Foi nesse ponto que começou o pesadelo.

Eu tinha 22 anos quando assumi o cargo, em agosto. Todo mundo tinha acabado de estudar o documento de 25 de agosto do Partido Central, "Decisão quanto à repressão severa das atividades criminosas". Explicaram-me o "espírito" do documento em rápidas palavras e logo deixaram que eu fosse trabalhar. Eu sempre detestei ver os culpados prosperarem enquanto os inocentes sofrem, então é natural que eu tenha favorecido o Partido e a política governamental de punir atividades criminosas com rigor e celeridade nos conformes da lei. Eu não teria pena dos criminosos. O que eu não sabia, no entanto, era que o "rigor" e a "celeridade" que eu tinha em mente não eram o "severo" e o "rápido" que se praticava. Talvez eu não tivesse o preparo psicológico necessário, e talvez a minha ideia do estado de direito estivesse muito distante da realidade. De qualquer forma, os problemas começaram assim que fui trabalhar.

O procedimento correto em casos criminais seria que a Secretaria de Segurança Pública se encarregasse das prisões, a Procuradoria fizesse as acusações e os juízes decidissem o veredito e a sentença. Para que o procedimento fosse "rápido", a Secretaria de

Segurança Pública, a Procuradoria e a Divisão Legal designaram dois funcionários cada. Todos nós trabalhávamos em um escritório da Secretaria de Segurança Pública. A prisão, a investigação e o julgamento ocorriam todos ao mesmo tempo. Naquela época, ninguém entendia direito a função de um promotor. Nossa unidade jurídica designou dois funcionários do escalão mais baixo – um oficial militar reformado com uma ideologia política confiável, mas sem treinamento legal, e eu, uma jovem recém-formada em Direito. Assim, o chefe e o subchefe da Secretaria de Segurança Pública local controlavam praticamente tudo.

Por pouco não desabei já no primeiro dia. Em todos os casos, grandes ou pequenos, o réu foi condenado à morte, e nenhum deles estava envolvido em assassinatos. Roubo era punido com pena de morte, furto era punido com pena de morte, estelionato era punido com pena de morte e ninguém prestava a menor atenção mesmo quando o acusado apresentava provas sólidas de inocência.

Houve um caso em que um jovem teve relações sexuais com uma garota e a família dela foi atrás do rapaz. Os dois brigaram e tiveram ferimentos leves. A família da garota procurou a Secretaria de Segurança Pública e conseguiu a prisão do rapaz. A família dele sabia que a situação era muito séria durante um período de "repressão severa das atividades criminosas". Toda a família se ajoelhou em frente à casa da menina para implorar que a queixa fosse retirada, mas a família da garota não concordou. Quando o caso chegou até o nosso grupo de seis pessoas, o chefe de Segurança Pública perguntou, "Qual é a sentença para o crime de arruaça?" "Esse crime não merece a pena de morte!", exclamei o mais alto que pude. Os meus cinco colegas lançaram-me um olhar silencioso de censura. No fim o garoto foi sentenciado a um período indefinido de trabalhos na distante província de Xinjiang.

Naquele dia, na saída do tribunal, o subchefe de Segurança Pública apareceu com um relatório e disse: "Em toda parte estão executando dez ou mais pessoas com um pelotão de fuzilamento... Olhe para a província de Henan. Em Zhengzhou, Kaifeng e Louyang executaram quarenta ou cinquenta pessoas de uma vez só. Até em Jiaozuo executaram trinta de uma vez só. Nós não chegamos sequer aos dois dígitos. O que você sugere?" Todos nós estávamos sob uma pressão enorme. Nesse ponto o militar reformado que trabalhava comigo disse: "Aquele arruaceiro machucou outras pessoas de propósito. A pena foi leve demais e não condiz com o espírito da Central do Partido." "Então vamos mudar a sentença para pena de morte e dizer que ele entrou para a lista." Virando-se para mim, ele disse: "Camarada, entendo que você é mulher, mas não pode ter o coração tão mole." Essa repreenda me derrubou – minha fraqueza chegava a esse ponto.

Naquele fim de semana dez pessoas morreram com um tiro atrás da cabeça. Senti vergonha da minha covardia e raiva por ter aceitado aquilo. De que adianta a lei? Por acaso vivemos em um estado de direito? Quando voltei do local das execuções naquele dia, minha vida tomou um rumo sem volta.

Na rodada seguinte, os assessores jurídicos acompanharam os policias do distrito a vários locais para investigar os casos e fazer prisões. Depois nós os levávamos para a Secretaria de Segurança Pública na Sede do Condado para o julgamento. Eu já tinha tomado a minha decisão. Se alguém não merecesse a pena capital, eu diria na mesma hora. Como haveria um registro de que um dos dois representantes do judiciário era contra a pena de morte, os outros não poderiam insistir e teriam de mudar a sentença. Mas assim haveria menos condenações à morte, e todos ficariam com medo das críticas vindas de cima. Recebi um telefonema da minha unidade em que tentavam me convencer a abandonar essa postura, mas ignorei o pedido.

Mais tarde, descobri que mesmo se não tivesse sofrido um "acidente" eu seria transferida. Uma noite eu fui atropelada ao sair da na Sede do Condado. É uma ocorrência comum. Em pequenas regiões afastadas os veículos do exército correm como loucos e muitas vezes atropelam as pessoas. Se as pessoas comuns se ferem ou morrem, não resta nada senão aceitar esse destino. Mas ainda que a ocorrência seja comum, quando um veículo do exército atropela um membro das autoridades de segurança pública costuma haver uma grande discussão entre as autoridades de segurança pública e o exército. No meu caso, porém, o exército me levou direto para o Hospital Número 301, e a minha unidade não fez nenhum questionamento a respeito do incidente.

Quando tive alta, pedi a minha exoneração e fiquei desempregada. Minha mãe não fez nenhum comentário negativo.

Virei empreendedora e abri um pequeno restaurante com a minha mãe. O que mais vendíamos era o ganso à moda de Guizhou que ela preparava. Nos anos 80, Beijing era um lugar fascinante, o ponto central de uma era muito promissora. Nossos primeiros clientes habituais eram de Guizhou – acadêmicos e escritores que tinham se mudado para Beijing. Eles levavam outros escritores, artistas, cientistas e estrangeiros ao restaurante para comer e conversar. A minha mãe adorava receber os fregueses, e eu adorava ver todo aquele entusiasmo. Todo mundo me chamava de Pequena Xi. Ampliamos o restaurante e o chamamos de Os Cinco Sabores. No outono de 1988, conheci Shi Ping e me apaixonei.

Ele era poeta. Eu não tenho nada de poético, mas nós dois sabíamos apreciar sentimentos genuínos. Shi Ping disse que um dia ainda receberia o Nobel de Literatura, e eu disse que sem dúvida iria com ele até a Suécia para assistir à cerimônia de entrega. Foi a época mais feliz em toda a minha vida.

Mesmo assim, não passávamos muito tempo a sós porque Shi Ping gostava de passar tempo com outros poetas e artistas. Havia umas quantas mulheres nesses círculos, mas por algum motivo eu não me importava.

Toda noite Os Cinco Sabores ficava cheio de intelectuais e artistas amigos que promoviam debates, escreviam e assinavam manifestos, competiam enciumados pelo afeto uns dos outros, enchiam a cara e vomitavam. Os policiais faziam visitas frequentes, mas a minha mãe sabia muito bem como se livrar deles.

Shi Ping foi com um grupo de amigos passar alguns dias no Lago Baiyangdiang – para onde tinham sido "enviados" durante a Revolução Cultural. Não demorei a voltar para Beijing. Eu tinha a impressão de que Shi Ping estava se encontrando com outras mulheres, então arranjei uma desculpa para sair de lá. Acho que eu queria evitar um confronto direto. Naquela noite as autoridades fecharam o nosso restaurante. Alegaram que alguns dias antes um grupo de acadêmicos tinha feito algum tipo de comentário político na presença de estrangeiros.

Não sei o que eu estava pensando na hora, mas resolvi fazer

uma visita a Ban Cuntou. Era um colega da universidade. Tinha crescido em um pátio cercado por muros e podia ser considerado membro da aristocracia vermelha na China. A maneira como se comportava parecia insinuar que o mundo tinha sido criado graças ao poder bélico dele e que, portanto, tudo lhe pertencia. Existem muitas pessoas como ele vivendo nos antigos pátios de Beijing. Eu tinha ouvido dizer que Ban Cuntou era o oficial de mais alto escalão dentre os meus antigos colegas, então resolvi pedir conselhos. Ainda na escola, muitas vezes ele dava a entender que devíamos ser namorados. Ele se achava capaz de despertar o interesse de qualquer mulher, mas eu não tinha estômago para uma atitude dessas. Fui muito burra de achar que eu poderia tirar proveito da minha condição de "antiga paixão" na tentativa de salvar o restaurante.

Para começar, eu estava de péssimo humor, e também confiava demais na resistência à bebida que eu tinha adquirido no restaurante. Naquela noite não tomamos saquê, mas uma outra bebida chamada Rémi Martin. Eu bebi rápido demais, não estava acostumada a bebidas estrangeiras, e antes mesmo de perceber eu estava bêbada... Lembro que Ban Cuntou apontou para a tevê durante uma notícia sobre a visita de Mikhail Gorbachev e me perguntou: "O que você pensa a respeito de Gorbachev?".

Quando acordei eu estava na cama, e ele estava sentado no sofá, de cuecas, lendo o jornal. Notei que eu tinha ido para a cama com ele. Para acertar as contas com Shi Ping? Não acho que fosse esse o motivo. Ban Cuntou tinha me embebedado de propósito. "Dessa vez você finalmente me pegou", disse ele quando eu acordei. "Ban Cuntou, dessa vez você foi longe demais!", respondi com raiva. "Você não é exatamente a virgem de Orleans", ele retrucou. Desde a época da faculdade eu sabia que caras como ele eram cheios de lábia e de ardis, então fiquei quieta. Com uma dor de cabeça terrível, fui até o banheiro, tomei uma chuveirada, me vesti e saí sem dizer mais uma palavra.

Nos dias a seguir, todos estavam ocupados na Praça de Tiananmen. Shi Ping escreveu um novo poema apoiando os estudantes. Eu ainda estava furiosa com Shi Ping, e nós dois estávamos ocupados com as nossas atividades na Praça.

Quando começaram a atirar, Shi Ping e eu nos separamos.

Algumas semanas depois eu fui presa, mas me soltaram quando viram que eu estava grávida.

Na verdade era o terceiro mês de gestação. Eu fiquei tão concentrada nos eventos do Quatro de Junho que nem percebi. O tempo inteiro eu achei que estava grávida de Shi Ping, mas depois comecei a ter dúvidas.

Eu morava com a minha mãe e estava grávida. Muitas pessoas de todos os círculos políticos e legais conheciam a minha situação; precisamos lidar com muitas línguas afiadas e dedos apontados pelas nossas costas. Por sorte, depois do Quatro de Junho todos se consideravam sobreviventes de uma catástrofe e ninguém queria saber dos assuntos alheios nem de chamar atenção.

Passei um bom tempo sem notícias de Shi Ping. Ele fugiu em segredo para Hong Kong. Mais tarde, foi para a França e casou com uma francesa. Nunca me mandou uma carta para dizer que estava a salvo.

Quando meu filho nasceu resolvi dar a ele o meu sobrenome e chamei-o de Wei Min. Quando Wei Min tinha doze anos, mudou o nome para Wei Guo, trocando a palavra "povo" – "Min" – por "nação" – "Guo".

Nosso restaurante passou um ano e meio fechado, mas no outono seguinte recebemos autorização para abrir outra vez. Se Ban Cuntou me ajudou? Pelo que me consta, não.

A minha mãe e eu ficamos muito ocupadas com a reabertura do restaurante e a luta para ganhar nosso sustento. No início o movimento era muito pequeno. A economia nacional estava em declínio, e havia muitos desempregados em Beijing. O presidente Jiang Zemin tinha anunciado que pretendia investir contra negócios privados como o nosso. Os nossos fregueses mais assíduos não conseguiam escapar das investigações da polícia intelectual e acabavam perdendo o emprego, e assim ficavam sem dinheiro e sem ânimo para comer fora. Outro grupo de ex-clientes eram os estrangeiros que ainda não tinham voltado para a China. Desnecessário dizer que o inverno de 1991 foi frio.

Em 1992, Deng Xiaoping fez a uma visita ao Sul para promover a reforma econômica e a abertura, e logo as condições do mercado em Beijing começaram a melhorar. Na época trabalhamos com muita dedicação e paramos de investir nas atividades de "salão". Minha mãe e eu lemos receitas novas, fizemos reformas por dentro e por fora do restaurante, treinamos um novo cozinheiro de Guizhou e aos poucos o negócio foi se reerguendo, mas o trabalho era exaustivo. A minha mãe atendia o pessoal do almoço enquanto eu cuidava do meu filho durante o dia, e depois eu me encarregava do jantar. Aos poucos alguns dos antigos clientes começaram a reaparecer. Conversavam por horas, e o jantar se estendia das cinco e meia à meia-noite. Às vezes eu também me sentava e ficava escutando, mas sempre fechava o restaurante à meia-noite – nada de ficar conversando até o amanhecer. A liberdade de expressão na mesa de jantar retornou aos poucos no final dos anos 90. Depois de escutar as conversas e ler alguns dos livros proibidos de Hong Kong que me davam eu comecei a entender a história chinesa moderna e em especial as coisas pelas quais o meu pai e a minha mãe tinham passado.

Nossos compatriotas de Taiwan e de Hong Kong também haviam começado a voltar junto com alguns estrangeiros. Peter ou Pi-te, como nós o chamávamos, chegou no meio de 97, quando Hong Kong foi devolvido à China. Eu o chamava de Pequeno Pi. Ele era um pouco mais jovem do que eu e muito tímido. Trabalhava para uma agência de notícias estrangeira como repórter em Beijing e gostava de me ouvir falar sobre o movimento democrático de Tiananmen em 1989. Passado um ano depois que nos conhecemos ele me pediu em namoro, cheio de cerimônia. Eu o achava decente, e ninguém mais parecia estar atrás de mim na época, então aceitei. Mas eu sabia que não ficaríamos juntos para o resto da vida – eu não o amava tanto assim –, então não quis morar com ele. Mais tarde, quando o transferiram de volta para casa, ele me pediu em casamento, mas eu recusei.

Na época todos os meus amigos adoravam discutir política contemporânea e criticar o governo. É por isso que não consigo me adaptar à situação atual. Nesses últimos dois anos, desde que a época de ouro da China começou em caráter oficial, de repente todo mundo parou de criticar o governo e se deu por satisfeito com a situação atual. Não sei o que provocou essa mudança. Não me lembro de nada porque passei uma temporada internada em um hospital psiquiátrico, e os remédios que me deram me deixaram confusa. A minha mãe diz que um dia eu cheguei em casa e comecei a gritar "A repressão vai voltar! A repressão vai voltar!". Ela diz que eu passei a noite inteira em claro balbuciando para mim mesma. Na manhã seguinte, saí para o pátio e comecei a xingar o Partido Comunista, xingar o governo e xingar os nossos vizinhos, dizendo que os tribunais são todos uma grande farsa. E o pátio estava cheio de representantes da justiça chinesa! Pouco tempo depois tive um desmaio, e quando acordei eu estava em um hospital psiquiátrico. O meu filho Wei Guo diz que foi ele quem cuidou de tudo. Diz que salvou a minha vida ao impedir que eu gritasse aquelas coisas sem sentido. Se a repressão voltasse de verdade, provavelmente eu levaria um tiro na cabeça.

Quando recebi alta, todo mundo ao meu redor tinha mudado. Quando eu perguntava o que tinha acontecido enquanto eu estava no hospital, ninguém me dizia. Não sei se estavam fingindo que não sabiam ou se tinham esquecido de verdade. O que mais me impressionou foi a reação das pessoas quando eu começava a falar sobre o passado, em especial sobre os acontecimentos do dia 4 de junho de 1989; ninguém queria me ouvir, e todos adotavam uma expressão indiferente. Quando falávamos sobre a Revolução Cultural, lembravam apenas da diversão quando foram enviados ao campo – tudo havia se transformado em uma espécie de nostalgia adolescente. Nem ao menos sabiam o que fazer para "relembrar o passado amargo e pensar no doce futuro", como o Partido havia ensinado. Tive a impressão de que certas memórias coletivas tinham sido engolidas por um buraco negro para nunca mais aparecer. Eu não conseguia entender. Será que eles tinham mudado ou havia algo de errado comigo?

Também comecei a suspeitar que o antidepressivo que eu tinha recebido no hospital causava sérios efeitos colaterais.

Hoje eu passo os meus dias discutindo com as pessoas na internet usando vários nomes diferentes.

Descobri que a "juventude revoltada" na internet não tem nada de jovem. Esse pessoal está na casa dos cinquenta ou sessenta anos. Todos cresceram durante a Revolução Cultural e atenderam ao chamado do Velho Mao para que os jovens se envolvessem em assuntos nacionais importantes. Ninguém frequentou a universidade. Eles fazem trabalhos braçais e não usufruem dos benefícios da reforma econômica e da abertura. Agora todos estão mais sossegados ou até aposentados e aprenderam a se conectar à internet, onde podem encontrar pessoas com os mesmos ideais e descarregar a raiva e a insatisfação. A linguagem que falam é a linguagem da Revolução Cultural, e todos reverenciam Mao Zedong e têm fortes sentimentos nacionalistas, antiamericanos e belicosos. O movimento cultural dos anos 80 e as polêmicas ideológicas dos anos 90 não tiveram influência alguma sobre eles. A maneira como pensam ainda se baseia na ideologia maoísta do Partido Comunista Chinês. Eu adoro contatá-los, entrar nos fóruns patrióticos e nos sites dos colegas para discutir. Restrinjo-me aos fatos e uso argumentos sensatos, sempre baseando a argumentação na *Constituição da República Popular da China*. Eles ficam injuriados e começam a me atacar.

Ao agir assim, sinto apenas que estou lembrando a todos que não esqueçam que o Partido Comunista Chinês não é o partido grandioso, glorioso e sempre correto que aparece na propaganda.

Claro que também estou fazendo com que eu mesma jamais esqueça essa lição.

Como seria de esperar, as minhas postagens são apagadas às pressas pela polícia cibernética; às vezes me bloqueiam e não consigo sequer enviá-las. Mas as postagens *deles* não são apagadas nunca.

Wei Guo deve ter descoberto as minhas atividades secretas e me denunciado às autoridades. É por isso que estou sendo vigiada.

Me sinto muito só. Não confio em ninguém a não ser na minha mãe. Algum tempo atrás encontrei o escritor Lao Chen na Livraria Sanlian. Ele costumava aparecer no antigo restaurante para conversar, e sempre tive a impressão de que ele era um de nós. Lao Chen também é taiwanês, então puxei assunto e tagarelei por um bom tempo até perceber que não nos víamos há dez anos e que talvez ele não fosse a mesma pessoa de antes. Hoje as pessoas de Taiwan e de Hong Kong não são mais como eram dez anos atrás. E como poderiam? No fim, inventei um pretexto e fui embora. Nunca imaginei que ele pudesse me procurar no restaurante e conseguir o meu e-mail com a minha mãe. Ela ainda deve ter esperanças de que eu conheça um homem e pare com essas coisas que, para ela, são loucuras. Ela também tem uma outra ideia equivocada. Acha que eu não consigo me acertar com os chineses do continente, então sempre me apresenta para homens de Taiwan e de Hong Kong. O que posso dizer? Na minha idade, sou uma péssima filha que ainda precisa ser sustentada.

A minha pobre mãe precisa lidar com Wei Guo todos os dias e cuidar dele por mim. Mesmo quando quer me enviar um e-mail, ela não se atreve a usar o nosso computador. Precisa caminhar um bom pedaço até um cybercafé, por medo de que Wei Guo descubra onde eu estou. A minha mãe nunca deixa ninguém na mão – se eu herdei alguma coisa de bom, foi dela.

Será que eu devia correr o risco e responder ao e-mail de Lao Chen? Estou precisando muito de alguém com quem eu possa conversar cara a cara, mas todo mundo que encontrei nesses últimos dois anos me decepcionou. Não temos mais nada em comum. Será que Lao Chen seria uma exceção?

A autobiografia de Zhang Dou

Meu nome é Zhang Dou e tenho 22 anos.

Estou fazendo este vídeo na casa de Miaomiao, no distrito rural de Huairou, nos arredores de Beijing.

Nasci na província de Henan, onde meus pais são agricultores. Tenho asma desde pequeno, mas sou bem alto – aos treze anos eu aparentava dezesseis. Nessa época fui raptado na estação de trem e levado para fazer trabalho escravo em uma olaria ilegal na província de Shanxi. Fiquei três anos por lá, fazendo tijolos, e quase morri em várias crises de asma. Uma vez tentei fugir e fui resgatado por desconhecidos que me levaram à Secretaria do Trabalho, mas de lá me revenderam para outra olaria ilegal. Seis ou sete anos mais tarde as olarias ilegais daquela área foram denunciadas na mídia nacional. Muitas foram fechadas, e várias crianças foram salvas. A maioria tem a mesma idade e a mesma história que eu – todos foram pessoas desaparecidas. Na época conheci alguns repórteres, e dentre eles estava Miaomiao de Guangzhou. Nos acertamos de cara, e ela disse que eu devia escrever um relato sobre tudo o que tinha acontecido comigo. Não escrevi nada de extraordinário, mas Miaomiao gostou muito do relato e resolveu me ajudar a publicá-lo. Então fui mandado de volta para a escola. Minha mãe faleceu ainda jovem, e o meu pai foi para o Sul trabalhar. Voltei para a escola para fazer o primeiro ano do ginásio outra vez.

Cerca de um ano mais tarde, recebi uma carta de Miaomiao. Ela disse que a mídia tinha recebido ordens de não publicar mais nada sobre as olarias ilegais porque seria prejudicial à imagem do país. Meu relato não seria mais publicado; só me restava enviá-lo para o popular website liberal Tianya. Recebi uns quantos comentários até que o relato foi "harmonizado"* pela polícia cibernética e retirado da internet.

Miaomiao me deu o e-mail dela, e quando fui à cidade escrevi para dizer que eu não queria mais ir para a escola. Não tem ninguém em casa comigo, e o melhor é arranjar um trabalho. Miaomiao respondeu pedindo que eu fosse a Beijing e ficasse com ela. Ela mora em Beijing. Pediu demissão de um emprego num jornal semanal em Guangzhou e se mudou de volta para Beijing. Ela disse que o clima editorial estava péssimo e que a pressão era demais. Então ela preferiu ser escritora freelance e trabalhar em casa.

Assim que completei dezessete anos, fui ao distrito de Huairou, nos arredores de Beijing, para encontrar Miaomiao. Agora ela mora no campo.

Miaomiao me ensinou a fazer amor e a tocar violão. Ela cozinhava muito bem e também sabia fazer bolos e biscoitos. Ela tem três gatos e três cachorros, todos vira-latas encontrados na rua. Miaomiao disse que antes das Olimpíadas de Beijing houve tantas demolições e relocações que muita gente deixou cachorros e gatos para trás, e por isso Beijing está repleta de cachorros e gatos de rua. Até labradores com um bom valor comercial viravam carne e eram vendidos por apenas quinze *yuan* o quilo no mercado dos produtores. Eu também sou um vira-lata que ela acolheu, e agora não preciso me preocupar com as minhas crises de asma.

---

* Alusão à ideia do premiê Hu Jintao de que a China é uma "sociedade harmoniosa". (N.E.)

Miaomiao escrevia artigos e scripts de tevê para sustentar a casa. Às vezes eu trabalhava em uma clínica veterinária próxima, onde acabei fazendo amigos por conta dos cachorros e gatos que eu levava para tratamento. Miaomiao tinha comprado a casinha de uns camponeses. A casa tinha três peças voltadas para o norte, uma cozinha separada e um banheiro com chuveiro. Vivemos muito felizes com todos os cachorros e gatos por um ano e três meses até que Miaomiao completasse 32 anos.

Então ouvimos dizer que o país estava mergulhado no caos, e que as pessoas em Beijing estavam muito assustadas. A primeira coisa que nos preocupou foi a escassez de comida, tanto para nós como para os cachorros e gatos. Quando o governo anunciou outro programa de repressão as coisas se acalmaram, mas Miaomiao não me deixava sair na rua por medo de que me prendessem. Passei um mês inteiro fechado em casa. Os estoques de comida estavam no fim, e mais uma vez as pessoas começaram a abandonar os bichos de estimação na rua. Toda vez que Miaomiao voltava para casa ela trazia gatos e cachorros novos. Alguns estavam doentes e feridos. Tínhamos mais de uma dúzia de cachorros e gatos morando conosco, e no fim aprendi a cuidar deles.

O inverno passou e a sociedade de repente ficou próspera e todo mundo começou a sorrir. Mas logo algo difícil de entender aconteceu com Miaomiao. De repente ela não me reconhecia mais – não reconhecia mais ninguém. Quando encontrava alguém, ela acenava a cabeça e sorria, mas não dizia nada. Ela não fazia nada além de cuidar dos gatos e dos cachorros, assando biscoitos sem açúcar para eles de vez em quando. Não escrevia mais e não tocava mais violão. Quando ela sentia vontade nós fazíamos amor, mas já não conversávamos sobre coisa nenhuma.

Eu sabia que durante o tempo que passei em Beijing Miaomiao tomava algum remédio quando achava que eu não estava vendo. Depois ela passava um tempo chapada e não reconhecia ninguém. Em geral o efeito durava apenas meia hora, mas dessa vez ela não se recuperou.

Eu sabia que tinha chegado a minha vez de cuidar dela, mas eu não tinha como nos sustentar só com um trabalho de meio turno. Então fiz uma coisa que eu esperava que Miaomiao conseguisse perdoar – comecei a vender os nossos gatos e cachorros em segredo, começando pelos filhotinhos. Claro, eu não os vendia para os comerciantes de carne. Como a economia ia bem, muita gente tinha voltado a ter gatos e cachorros em casa. Eu já sabia como criá-los. Decidi criar alguns e vender os outros. Sempre tínhamos gatos e cachorros em casa, e Miaomiao dava de comer a qualquer um que aparecesse porque amava a todos em igual medida.

Eu ainda tocava violão três horas por dia. Às vezes, de noite, eu dizia a Miaomiao que ia sair para escutar música, mas ela não esboçava nenhuma reação. Eu fazia uma longa viagem de ônibus até Wudaokou e ia até os lugares onde Miaomiao costumava me levar para assistir a shows. Eu me sentia mal quando ficava sem ouvir música ao vivo. Eu sempre encontrava uns conhecidos e tocava um pouco com eles. Fizeram muitos elogios ao meu violão espanhol e prometeram que, se precisassem de um violonista, me convidariam para tocar. Depois eu ia para casa e treinava com ainda mais afinco – para dominar todos os acordes e técnicas que você me ensinou, Miaomiao –, à espera do dia em que eu iria a Wudaokou me apresentar.

Nunca imaginei que algo fosse acontecer comigo na primeira vez que subi em um palco.

Quando recebi o convite por telefone, preparei o jantar para você e para os nossos gatos e cachorros às cinco da tarde, me despedi e saí rumo a Wudaokou. Como sempre a apresentação acabou tarde demais para que eu pudesse voltar para casa, então resolvi encontrar um lugar para tirar um cochilo e esperar o primeiro ônibus pela manhã. Fui até a cidade e entrei num pequeno restaurante em Lanqiying para comer alguma coisa. O lugar era pequeno e estava lotado, com pouco espaço entre as mesas. Um homem e uma mulher estavam na mesa ao lado, e o homem falava sem parar com um sotaque que lembrava o de um apresentador de programa de variedades taiwanês. Eu não entendi qual era o assunto, mas de repente a mulher começou a falar com sotaque beijinense. Só então percebi que ela estava maldizendo o governo.

Desde que a época de ouro da China começou em caráter oficial dois anos atrás, notei que todo mundo ficou meio estranho – todo mundo parece estar muito feliz, e você raramente ouve comentários desagradáveis. Todo mundo se comportava de maneira estranha, mas eu não conseguia entender por quê, então eu simplesmente fingia estar feliz também. Assim, tive uma sensação bem estranha quando ouvi aquela Tia maldizendo o governo. Nunca imaginei que o sujeito de Taiwan fosse atacá-la. "O governo que vocês têm é maravilhoso", disse ele. "Vocês são muito bem-cuidados. Aqui no continente vocês não sabem o que é gratidão. Você acha que é fácil dar de comer a um bilhão e trezentos milhões de pessoas? Que direito você tem de criticar o governo? O que uma mulher entende de política, afinal?" Talvez eu tenha me incomodado porque ele não parava de dizer "vocês" e "nós". Depois de pagar a conta, quando eu estava prestes a ir embora, percebi que a bunda dele estava apoiada só pela metade no assento, então esbarrei de propósito na cadeira ao sair. Ele caiu, e eu saí pela porta sem nem olhar para trás. Também não vi ninguém sair correndo atrás de mim.

 Fui tocar em um pequeno restaurante chamado Os Cinco Sabores, onde o nosso grupo fez uma ótima apresentação. A atmosfera do lugar era incrível, e além do mais ganhei duzentos *yuan*. Depois os rapazes do grupo me convidaram para tomar umas cervejas com eles, para comemorar a minha apresentação ao vivo, segundo disseram. Eram duas da manhã quando nos separamos.

 Eu achei que podia aguentar até o amanhecer, mas a cerveja tinha me dado sono, então me sentei escorado no muro de uma construção perto do ponto de ônibus para tirar um cochilo.

 Eu mal tinha fechado os olhos quando cinco ou seis pessoas começaram a me espancar com pedaços de pau. Sequer tive tempo de revidar. Seria a vingança do sujeito taiwanês? Eu sou bem forte, mas aquilo foi demais para mim. Logo o bando se dispersou. Eu não conseguia respirar, meu braço esquerdo parecia quebrado e eu estava caído por cima do braço direito e não conseguia pegar a bombinha de asma no bolso da calça. Bem nessa hora um homem passou, e eu gemi e gesticulei para que me ajudasse a pegar a bombinha, mas ele não me entendeu. Achei que eu ia morrer.

 Miaomiao, naquela hora eu só conseguia pensar em quem tomaria conta de você se eu morresse. E o que aconteceria com os nossos cachorros e gatos? Miaomiao, me desculpe, eu não devia ter sido tão descuidado, não devia ter esbarrado na cadeira daquele sujeito. Se eu morrer agora, quem vai tomar conta de você? O que vai acontecer com os nossos cachorros e gatos?

Quando consegui pegar a bombinha eu soube que não morreria. Sou forte – podem me bater, mas não podem me matar.

Quando acordei eu estava em uma cama de hospital. Ouvi a enfermeira dizer "Olha, o garoto que vocês trouxeram acordou!". Um homem mais velho chegou perto da cama. Eu nunca o tinha visto. "Por favor, onde está a minha calça?", perguntei. O homem a levou até mim. Pedi a ele que tirasse quinhentos *yuan* do bolso. Então pedi caneta e papel e anotei o endereço de Miaomiao em Huairou, a marca da ração que dávamos aos gatos e cachorros e que quantidade comprar. Também listei farinha, ovos etc. e pedi a ele que comprasse aquelas coisas e as entregasse a Miaomiao. Eu não sabia se aquele homem simplesmente daria sumiço no meu dinheiro ou se estaria disposto a ir até Huairou. Eu não conseguia sequer entender por que ele tinha ficado no hospital esperando que eu acordasse. Eu não estava preocupado com essas coisas. A minha única preocupação era com o que aconteceria a você se faltasse comida.

Na manhã seguinte ele voltou e me disse que tinha entregado as compras. Disse que uma mulher as recebeu, e que quando mencionou que eu estava no hospital ela abriu um leve sorriso e acenou a cabeça. Ela ofereceu biscoitos sem açúcar. "Vocês têm uns quantos gatos e cachorros em casa", disse ele. Fiquei muito aliviado quando ouvi esse comentário.

Naquela tarde ele me fez mais uma visita. "Por que o senhor está cuidando de mim?", perguntei. O homem disse que quando me viu caído no chão, ofegando e remexendo o bolso, percebeu que eu era asmático. Ele também tinha asma e vinha tomando corticosteroides há muito tempo, então tratou de tirar a bombinha do meu bolso.

"Como também tomo corticosteroides", prosseguiu, "eu queria saber como é com as outras pessoas que têm asma."

"Por que o senhor quer saber?"

"Para ver se você acha que as outras pessoas são diferentes."

"Claro que são. Elas não têm asma!"

"Elas são felizes?"
Quando ele fez essa pergunta, senti como se eu tivesse recebido um choque. Não que eu não seja feliz. Não me sinto infeliz desde que comecei a morar com Miaomiao uns anos atrás. Ela não fala mais comigo, mas não somos infelizes. Mesmo assim, nos últimos dois anos sinto que tem algo estranho toda vez que encontro alguém. Não sei explicar direito, mas as pessoas parecem sentir uma felicidade inexplicável. Seja lá o que for, sinto que comigo é diferente. Mesmo que sejamos felizes, é uma felicidade diferente.

O homem me encarou, à espera de uma resposta, e eu acenei a cabeça.

Ele reagiu com a empolgação digna de um acertador da loteria e olhou ao redor como se pudesse haver alguém nos espiando.

"Até que enfim consegui descobrir!", disse ele. "Só quem toma remédio para asma está de cara limpa. Este é o nosso segredo."

Eu não tinha a menor ideia sobre o que ele estava falando.

"As pessoas ao seu redor não esqueceram aquele mês?", perguntou-me.

"Que mês?"

"O mês em que a economia global entrou em crise e a época de ouro da China começou em caráter oficial."

Não entendi.

"As pessoas ao seu redor não dizem que as duas coisas – a crise da economia global e o início da época de ouro da China em caráter oficial – aconteceram juntas, sem nenhum intervalo?", perguntou. "Na verdade se passou um mês entre as duas coisas, ou, melhor dizendo, 28 dias contados a partir do primeiro dia útil depois das festividades de primavera."

O homem prosseguiu: "Já notou que quando você fala sobre o caos no país, o desespero das pessoas para comprar comida, a invasão da cidade pelo exército, a repressão das forças de segurança pública e a vacinação contra a gripe aviária, ninguém lembra de nada?" Acho que ele disse tudo isso porque as minhas reações eram lentas.

Eu estava pensando que de fato ninguém mais falava nessas coisas. Parecia mesmo que não tinham acontecido, mas eu não sabia se as pessoas tinham esquecido.

"Então acho que você também esqueceu", disse ele enquanto sentava e apoiava a cabeça entre as mãos. "Eu estava errado. Deixe-me levar pela vontade de encontrar mais um."

"Mas tio", respondi, "eu lembro."

"Você lembra?"

"Lembro. Lembro de tudo o que aconteceu naquele ano."

Ele me lançou um olhar desconfiado.

"Eu lembro de comprar ração para os bichos e do medo de sair para a rua durante a repressão."

"Ótimo, ótimo. Graças a Deus encontrei alguém que lembra!", exclamou ele. "Qual é o seu nome, irmãozinho?"

"Zhang Dou."

"Irmãozinho Zhang Dou, eu sou Fang Caodi, mas pode me chamar de Lao Fang. De agora em diante você vai ser como um irmão para mim, um irmão mais próximo do que um irmão de carne e de sangue, porque você é o único irmão meu que ainda se lembra do que aconteceu naquele mês. Você não pode esquecer de jeito nenhum as coisas que ainda lembra. Precisamos encontrar o mês perdido."

Eu faria qualquer coisa que ele pedisse porque ele tinha salvado a minha vida e também Miaomiao e todos os nossos gatos e cachorros. Eu disse para mim mesmo: "Você não pode esquecer que também era um vira-lata que Miaomiao acolheu, e Miaomiao trata você melhor do que qualquer outra pessoa".

A autobiografia de Wei Guo

O meu nome é Wei Guo e tenho 24 anos.

Faz tempo que não tenho um diário, mas hoje este diário precisa ser escrito como registro histórico.

Hoje dei um passo importante em direção à minha grande meta na vida, porque fui aceito como membro oficial no Grupo de Estudo SS. Estou muito orgulhoso porque sou o membro mais jovem. O Grupo de Estudo SS reúne círculos políticos e econômicos. Os membros incluem oficiais de nível vice-ministerial, oficiais de alto escalão, diretores de empresas estatais, presidentes de grandes empresas estatais, fundos soberanos e líderes das cem maiores empresas privadas da China, e também professores e diretores da Academia Chinesa de Ciências Sociais e de outras universidades prestigiosas. Na verdade, nossa rede de contatos chega até a Corte Celestial.

Não somos ratos de biblioteca trancados em uma torre de marfim. Estudamos política e direito e textos sobre administração pública e sobre como ajudar o estado a governar a nação. Nosso lema é "Sabedoria e coragem perfeitas" – promovemos o espírito marcial, o heroísmo e a hombridade. Somos uma nova geração de homens superiores imbuídos de uma missão. Nessa época medíocre, em que não existe senso de dever, temos a coragem de afirmar que somos a legítima aristocracia espiritual da época de ouro da China.

Claro, nem todos os nossos membros vêm de famílias revolucionárias – alguns dos membros acadêmicos são de famílias tradicionais ou intelectuais –, mas a maioria vem. O meu avô materno era juiz da república, e eu cresci em um grande pátio cercado por pessoas dos círculos políticos e legais. Mesmo assim, não seria equivocado dizer que tenho uma história pouco ilustre em relação a outros membros do Grupo de Estudo SS.

Talvez eu tenha uma dívida de gratidão com os professores X, Y e Z – em especial com o professor X – por terem me apresentado como possível membro há cerca de um ano. Foi assim que hoje me tornei um membro oficial. O professor X se gaba de ter me encontrado e decidido me recrutar. Eu aceitei, mas a verdade é que durante o primeiro ano de Direito eu investiguei todos os meus professores para ver quem tinha as melhores perspectivas e quem faria o maior progresso no menor intervalo de tempo. E assim eu escolhi o professor X.

Foi a decisão certa. Os professores X, Y e Z são os fundadores do Grupo de Estudo SS. Todos acreditam que as ideias e o poder devem estar unidos para fortalecer a China. Como dominam os clássicos chineses e ocidentais, puderam atrair oficiais do governo, oficiais do exército e executivos interessados em pensamento político para o Grupo de Estudo SS. Os professores X, Y e Z querem ser Tutores do Estado e acreditam que em dez anos as ideias deles vão controlar o destino da nação. Tudo isso está em perfeita harmonia com os meus planos pessoais para daqui a dez anos.

O professor X controla um importante periódico acadêmico, tem a maior rede de contatos e é o mais popular na mídia. Também é o mais boca-grande, e dizem no mundo acadêmico que já trabalhou na segurança nacional. O professor Y tem a melhor reputação acadêmica, tem amplo reconhecimento na área que estuda, trabalha como diretor de uma faculdade recém-estabelecida em uma universidade prestigiosa no sul do país e é bem conhecido nos círculos acadêmicos estrangeiros. O professor Z dá aulas para uma turma que estuda estratégias de segurança nacional na Universidade de Defesa Nacional do Exército de Libertação Popular em Beijing. A turma é formada por líderes civis e militares e inclui oficiais da província e oficiais de alto escalão.

Dentre os três, o professor Z é o mais profundo, o que enxerga mais longe e o que melhor me entende. Fiz duas coisas que relatei somente ao professor Z e, como não recebi nenhuma resposta, achei que eu tinha feito um juízo errado a respeito dele e lamentei a minha impetuosidade. Mas foi o professor Z quem insistiu para que o Comitê de Seleção do Grupo de Estudo SS ignorasse as regras e me aceitasse como membro oficial mesmo que eu ainda não estivesse formado. O professor X também quis levar crédito, dizendo que ele e o professor Z insistiram juntos na minha aceitação, pois de outra forma eu teria de ficar por mais três ou cinco anos na lista de espera.

A juventude é um bem valioso demais; sendo assim, como pude deixar que me segurassem? Pretendo acelerar a conquista dos meus objetivos. Descobri que o professor Z era a chave para o meu sucesso porque ele tem um relacionamento secreto com uma pessoa que todos os outros membros do Grupo de Estudo SS chamam de Grande Irmão Ban Cuntou. Ban Cuntou é um legítimo aristocrata vermelho. Por fora ele aparenta ser um investidor em projetos estrangeiros, mas na verdade está intimamente ligado a todas as atividades lícitas e ilícitas do Partido, do governo e do exército. Costumamos dizer que Ban Cuntou é capaz de "se comunicar até com o próprio Céu", e acho que no fim ele vai acabar sendo um dos chefes de estado da nação. Todo mundo no Grupo de Estudo SS tem bons contatos, mas todos demonstram um misto de reverência e temor ao falar com o Grande Irmão Ban

Cuntou. O Grande Irmão Ban Cuntou e o professor Z são a alma do Grupo de Estudo SS – embora eu não acredite em alma. Por azar, não é nada fácil se aproximar de Ban Cuntou, e até agora não descobri como chamar a atenção dele. Assim, por enquanto vou ficar apenas trabalhando para o professor Z.

Ainda na universidade eu prestei vários serviços aos professores X, Y e Z. Os três estão no centro de diferentes organizações e controlam um grande número de recursos. Conseguem, por exemplo, subsídios para custear pesquisas a serem feitas por acadêmicos dispostos a se aliar a eles; conseguem o apoio de fundações endinheiradas para bancar conferências acadêmicas de alto nível, apoiar pessoas de mesma orientação ideológica e promover a unificação de diferentes grupos; e conseguem organizar duas conferências por ano para que os melhores alunos da pós-graduação em humanidades treinem a nova geração da elite acadêmica. Pagam todas as despesas dos participantes. A conferência de verão é em Beijing ou em Shanghai, e a conferência de inverno é em Hong Kong ou em Macau. A comida e a diversão são excelentes, mas a lavagem cerebral intensa é um espetáculo à parte; é por esse motivo que as conferências receberam o apelido de Campo de Treinamento do Diabo ou Nova Academia de Whampoa*.

Com tantas atividades, é claro que os professores X, Y e Z precisam dividir o trabalho. Os professores Y e Z, por exemplo, deixam o trabalho da organização aos cuidados do professor X para dar palestras no Campo de Treinamento do Diabo. O nome do professor X não aparece entre os organizadores. O organizador oficial é o professor Q, que sabe como fazer as coisas acontecerem e agradar aos mais jovens, em especial aos pós-graduandos mais entusiasmados que estudam humanidades. O professor Q se tem em alta conta, e também aspira ao cargo de Tutor Imperial, mas os professores X, Y e Z o desprezam. Dizem que não tem qualificações acadêmicas suficientes, não tem publicações acadêmicas e não tem cargo fixo. Quando não tem ninguém por perto, chamam-no de "Flautista" – como o Flautista de Hamelin que, na fábula alemã, tocou a flauta de maneira tão encantadora que levou todas

---

* Academia militar em Guanzhou onde oficiais do Kuomintang e do Partido Comunista eram treinados, de 1924 a 1928. (N.E.)

as crianças para longe de casa. Os professores X, Y e Z sabem que em uma revolução intelectual – e o que o Grupo de Estudo SS está promovendo não é nada menos do que uma revolução intelectual, em que a visão de mundo da China contemporânea há de triunfar – existem muitos papéis a seres desempenhados, e um Flautista para levar as crianças para longe seria indispensável.

A primeira vez que fiz uma confidência ao professor Z foi também a primeira vez que pus em prática o conceito sempre enfatizado no Grupo de Estudo SS de que política é a arte de distinguir entre o inimigo e nós mesmos. Eu disse que do segundo ano em diante eu tinha convencido os meus colegas a refutar sistematicamente quaisquer discursos reacionários na internet e a denunciar sites reacionários às autoridades. A partir de então, passamos a observar e a comparar o mundo real e o mundo virtual. Denunciávamos ao reitor da universidade e ao Secretário do Partido Comunista qualquer professor da universidade que estivesse promovendo o sistema de valores ocidentais ou o liberalismo durante as aulas. Nosso modelo de trabalho expandiu-se como uma rede de lojas e logo estava sendo copiado em muitas outras universidades e instituições de ensino superior. Assim provei a minha habilidade operacional e demonstrei que muitos alunos da universidade me escutam e me idolatram – sou o líder carismático da juventude de hoje.

Quando terminei de falar, o professor Z ficou em silêncio, mas eu sabia que ele tinha assimilado a mensagem. Tive certeza quando, pouco depois, ele perguntou, como quem não quer nada, "Você já assistiu às palestras do professor Gong?" Entendi na hora o que ele queria e, depois de fazer algumas perguntas, descobri que Gong tinha feito críticas abertas à antiga escola confucionista Gongyang* em aula. Reuni todos os alunos que tinham frequentado as aulas de Gong e pedi que o denunciassem ao reitor da universidade por denegrir a cultura chinesa tradicional. Os alunos também lançaram uma petição on-line exigindo uma investigação e a demissão de Gong. Esse processo ainda não chegou ao fim, mas causamos tantos problemas a Gong que ele quase não aguenta

---

* Escola de pensamento confucionista que enfatizava as ideias do governante do momento em prol da unidade do país. (N.E.)

mais. Tenho certeza de que o professor Z está muito satisfeito com o meu desempenho.

O que eu não contei ao professor Z é que as minhas denúncias ao longo do ano enfim foram acolhidas pelo governo. O Departamento de Monitoria da Internet da Secretaria de Informação do Conselho do Estado e depois o Ministério de Segurança Nacional me contataram formalmente – o que significa que agora eu sou um informante oficial das unidades de segurança pública e segurança nacional. Não contei nada ao professor Z nem aos outros membros do Grupo de Estudo SS para que não ficassem desconfiados. Quando eu relatar às autoridades que agora estou infiltrado no Grupo de Estudo SS, com certeza vão me respeitar ainda mais.

A outra coisa é uma história interessante. Seis meses atrás, quando eu tinha acabado de ser indicado como possível membro do Grupo de Estudo SS, fui assistir a uma palestra pública do professor Z. O assunto era "O papel do amor na época de prosperidade da China". Durante a palestra, ele disse: "A sociedade atual está repleta de 'amor', e a mídia não para de promover o amor intenso, o amor universal e o amor por toda a humanidade. Já faz algum tempo que as pessoas se sentem bem graças aos corações cheios de 'amor' e a um sentimento intenso de satisfação e felicidade. Toda a nação está em harmonia, os crimes violentos estão diminuindo, até a violência doméstica está diminuindo. Assim podemos ver o poder do 'amor'."

Toda vez que pronunciou a palavra "amor", o professor Z fez gestos indicando aspas.

Quase no fim da palestra, quando eu estava prestes a morrer de tédio imaginando que não ouviria nada de novo, o professor Z se saiu com a seguinte frase, dita com voz mansa: "Todos estão ocupados 'amando', e assim o espírito marcial não aparece, os inimigos somem e o ódio não vinga". Aquelas palavras me atingiram como se fossem um raio. O professor Z havia pensado muito a respeito do assunto.

Lembro que certa vez o professor Y disse: "A grande maioria das pessoas no mundo não recebeu um treinamento filosófico rigoroso e não tem a inteligência necessária para entender as coisas com clareza. Nós, filósofos, não podemos contar a verdade, pois assim seríamos rechaçados e mortos como Sócrates. Em um evento público, um filósofo só pode dizer o que as massas querem ouvir. Mesmo assim, ciente da diferença entre os iniciados e os não iniciados, o filósofo pode usar algumas palavras em código para comunicar aos iniciados e integrantes do partido a que pertence a verdadeira mensagem, como no bordão 'palavras sutis trazem significados profundos'."

Os professores Z e Y são almas gêmeas, e assim o professor Z estava usando "palavras sutis" para trazer "significados profundos".

Falou sobre o "amor" por causa das massas, e todos acharam que estava promovendo o "amor" ou afirmando que a época de ouro da China precisava desse "amor". Mas ao longo de toda a palestra o professor Z simplesmente descreveu o "amor" sem fazer apologia nenhuma. Apenas discutiu como o "amor" estava influenciando os chineses nesta época de prosperidade, mas nunca disse que os chineses precisavam de mais "amor". A frase "o espírito marcial não aparece" era a chave; uma recusa do suposto "amor" mencionado logo antes. Essa frase era o código para as pessoas como eu, porque, como integrante do Grupo de Estudo SS, eu sei que o espírito marcial é a virtude que mais admiramos e que mais defendemos. O professor Z promove o espírito marcial, e se esse espírito é positivo, então tudo que o impede de aparecer só pode ser negativo. E o que impedia o espírito marcial de aparecer na palestra do professor Z? O "amor".

Uma pessoa como eu, que tenha recebido treinamento filosófico e saiba ler nas entrelinhas para encontrar o "significado profundo", era capaz de compreender que o "amor" entre aspas do professor Z se referia ao já mencionado "amor intenso, amor universal e amor por toda a humanidade". Em tese, o espírito marcial não precisa do ódio nem de inimigos, mas os inimigos e o ódio podem fortalecer o espírito marcial – os inimigos e o ódio são o afrodisíaco do espírito marcial. O verdadeiro objetivo da palestra do professor Z, as "palavras sutis" que trazem "significado profundo", era negar a ideia de que as pessoas devem nutrir "amor" até pelos inimigos – refutar esses supostos valores universais de amor intenso, amor universal e amor por toda a humanidade que não fazem distinção entre o inimigo e nós mesmos. A palestra dava a entender que precisamos identificar os nossos inimigos e deixar que nosso ódio recaia sobre eles para que o espírito marcial possa aparecer. Foi o que entendi.

Eu também soube que poderia usar esse engenhoso método para ganhar a confiança do professor Z mais tarde. Graças a essa crença na diferença entre as forças internas e externas, tenho certeza de que ele vai me acolher como discípulo. Na mesma hora chamei seis alunos da Universidade de Beijing e da Universidade de Tsing-hua que me idolatravam para serem meus leais seguidores e comecei a praticar o espírito marcial. Sinto que hoje os universitários esqueceram a coragem e o instinto de matança. Todos foram muito influenciados pelo clima geral de amor na sociedade. Todos acabaram afeminados e abichalhados e perderam o elevado espírito varonil do machismo. Às vezes temo que eu também seja amável demais, indeciso demais para alcançar a grandeza. Tentei ao máximo estimular o instinto de matança e insisti em que não esquecessem o ódio, não esquecessem a distinção entre nós e o inimigo. Assistimos a documentários sobre o massacre de Nanjing e sobre a exterminação dos judeus pelos nazistas, e eu os incentivei a imaginar como poderiam massacrar sistematicamente os pequenos demônios japoneses. Mais tarde, durante um acampamento de treinos, eu pedi que matassem uns vira-latas para criar coragem, mas eles deixaram os malditos bichos escaparem. Acho que os universitários não passam de um bando de perdedores inúteis.

No fim, escolhi uma noite para submeter um deles a um rito de passagem.

Toda noite, no pequeno restaurante sórdido da minha avó em Wudaokou, Os Cinco Sabores, tem uma apresentação de música folclórica. É um bom lugar para eu me informar sobre as atitudes e as ideias dos jovens. Na noite do rito de passagem os meus leais seguidores estavam lá, mas todos eles estavam com a moral baixa, olhando para os copos. Talvez ele tivesse bebido demais, mas um dos leais seguidores da Universidade de Tsing-hua de repente apontou para um jovem que estava tocando violão no palco e disse: "Olhem só para aquele merda tocando violão! De cara dá para ver que ele é do interior". O leal seguidor da Universidade de Tsing-hua também vinha de uma família de camponeses, mas era ele quem mais odiava a gente do campo. Estava sempre dizendo que os camponeses são a classe social mais baixa que existe e que não merecem a solidariedade de ninguém.

Eu sempre notei que os pobres detestam os pobres, os camponeses desprezam os camponeses e as crianças adoram intimidar as outras crianças. "Olhem para a pele morena dele! Dá nojo, não é verdade?", disse o leal seguidor da Universidade de Tsing-hua. "O cara mais alto toca bem", disse outro leal seguidor; mas um terceiro discordou, dizendo: "A linguagem corporal dele é rústica demais e os dedos são grossos como um rolo de massa. E ele ainda quer tocar violão espanhol? Caralho!" "Ele é só um camponês de merda", disse o leal seguidor da Universidade de Tsing-hua, com um ódio cada vez maior na voz. Todos os meus leais seguidores olharam com nojo para o violonista camponês. "Talvez fosse uma boa ideia...", pensei em voz alta. Todos entenderam na mesma hora, e alguém disse: "Vamos pegar as nossas armas".

Esperamos na saída do restaurante, com o ódio aumentando a cada instante que passava enquanto aquele cretino ficava lá dentro rindo e bebendo. Quando ele finalmente saiu nós fomos atrás, sem saber direito o que fazer. Logo chegamos a um ponto de ônibus, e o imbecil se sentou escorado no muro de uma ruela estreita em frente ao ponto de ônibus e dormiu. Todos os meus leais seguidores atacaram ao mesmo tempo e deram uma surra de porrete no miserável até que ele não conseguisse mais se mexer. Eu estava do outro lado da rua pensando, "Chegou a hora. Agora vamos espancar esse filho da puta até a morte". Mas bem na hora apareceu um Jeep Cherokee e todo mundo se dispersou.

Demorei muito tempo para decidir se eu devia ou não contar ao professor Z o que tinha acontecido, porque o resultado seria ou excelente ou catastrófico. Se o professor X descobrisse, talvez ficasse assustado, e o professor Y talvez me criticasse, mas eu ganharia o respeito do professor Z se ele soubesse. Decidi me arriscar e contar tudo ao professor Z. Disse que eu tinha sido inspirado pela palestra sobre o "amor". Eu tinha entendido o verdadeiro significado das palavras sutis e resolvi colocá-las em prática. O ódio é indispensável se queremos atingir grandes objetivos. Deixei claro, mesmo sem dizer de maneira explícita, que eu estava disposto a cumprir missões importantes para ajudá-lo. O professor Z escutou, como sempre, sem esboçar nenhuma reação, e depois simplesmente foi embora. Não tive notícias dele por vários dias, mas por sorte os acontecimentos provaram que eu tinha entendido a mensagem do professor Z de maneira apropriada. Hoje fui aceito como membro oficial do Grupo de Estudo SS. Apostei no cavalo certo.

Neste ano completei 24 anos. Quando eu tinha 22, fiz um plano de dez anos que aos poucos está se concretizando, mas não posso me dar por satisfeito. Onde Mao estava aos trinta anos? Ele era um dos cinco membros do Comitê Permanente do Politburo do Partido Comunista Chinês. Quando penso nisso, sinto que tenho de me empenhar ainda mais.

P.S.: O SS no Grupo de Estudo SS se refere a dois alemães (mesmo que um deles fosse judeu) com sobrenomes começados em S*. O Grupo de Estudos SS começou estudando as ideias deles sobre política, teologia e filosofia, ainda que mais tarde os dois tenham perdido a importância.

P.P.S.: Tenho um pequeno aborrecimento na vida – por azar, Wei Xihong é a minha "mãe". Ela é o único fator incerto em todo o meu projeto. Preciso eliminar essa incerteza. Se ainda fôssemos governados pelo presidente Mao, ela teria sido condenada há tempos como contrarrevolucionária. Mas o governo ficou muito tolerante. Pedi ao meu superior no Ministério da Segurança de Estado para trancafiá-la em um hospital psiquiátrico pelo maior tempo possível, mas ele respondeu que eu não tinha com o que me preocupar. Disse que tudo estava sob controle; eles queriam que ela se movimentasse à vontade para monitorar os contatos dela. Não tive escolha.

EM BUSCA DO MÊS PERDIDO

Meu nome é Fang Caodi e este é o meu relato.

Finalmente encontrei um irmão perdido. O nome dele é Zhang Dou. Tem 22 anos, nasceu na província de Henan e mora

---

* Leo Strauss (1899-1976) e Carl Schmitt (1888-1985), pensadores que inspiraram movimentos de juventude direitistas e antiliberais. (N.E.)

no vilarejo rural de Huairou, nos arredores de Beijing. Como tenho 65 anos, posso chamá-lo de irmão caçula e ocupar o posto de irmão mais velho, ha, ha.

Assim como eu, Zhang Dou lembra de tudo a respeito do mês perdido, daqueles 28 dias entre o momento em que a economia global entrou em crise e a "época de ouro da China" começou em caráter oficial. Ele lembra de tudo o que aconteceu naquele mês. Dois anos de procura me ensinaram que esse acontecimento é muito raro e de extrema importância.

Zhang Dou tem asma, como eu, e toma corticosteroides há muitos anos. Esse dado me levou a formular a ousada hipótese de que nossa imunidade à perda de memória tem algo a ver com a asma. Ha! Que notícia maravilhosa! Assim fica provado que, dentro das fronteiras do país, o número de pessoas que lembram do que aconteceu naquele ano é igual ao número de pessoas que sofrem de asma crônica. Porém elas não sabem da existência umas das outras. Se eu conseguir reunir cem ou mil dessas pessoas, vou conseguir provar para toda a nação que aquele mês de fato existiu. Ha!

Na última sexta-feira fui a Wudaokou ver um amigo, e a loja no térreo do prédio onde ele mora estava sendo limpa e esvaziada. Entrei para dar uma olhada e, debaixo de uma pilha de tralha, encontrei um velho exemplar do popular jornal liberal *Semanário sulista* impresso naquele mês perdido. Deve ter sido a última edição a sair antes que o jornal fosse obrigado a parar com a publicação. Senti que eu tinha encontrado um grande tesouro, então comprei algumas outras coisas e levei junto o jornal. Quando comparei a versão impressa com a versão on-line do *Semanário sulista*, encontrei várias discrepâncias, como eu já esperava. Para dar um exemplo, a versão impressa trazia um artigo criticando a repressão naquele ano, mas na versão on-line essa parte era ocupada por um artigo que explicava por que os valores universais do Ocidente são impróprios para a China. Não sei por quê, mas quando vi que o *Semanário sulista* tinha sido profanado e distorcido a ponto de se opor a valores universais, comecei a rir. Esqueci que o café estava repleto de outros fregueses.

Aquela edição do *Semanário sulista* era a 71ª evidência que eu tinha juntado para sustentar a existência histórica do mês perdido.

Em um golpe de sorte ainda maior, já de madrugada, logo após sair da casa do meu amigo, vi cinco ou seis jovens espancando um homem caído no chão. Ao ver o meu carro, todos eles correram. Quando parei o carro, minhas experiências passadas disseram que eu não devia me envolver, mas, enquanto eu hesitava, percebi que o jovem estava arquejando – um sintoma que conheço muito bem. Desci do carro e caminhei até ele. Quando vi o braço tremendo eu compreendi. Enfiei a mão no bolso da calça dele e encontrei, como eu esperava, uma bombinha de asma. Coloquei-a na boca do rapaz, dei várias borrifadas e em seguida ele reviveu.

Será que eu devia continuar a ajudá-lo, pensei? De repente fui invadido por uma forte curiosidade. Como seria esse rapaz que tomava o mesmo remédio que eu? Tive muitos acessos desse tipo de curiosidade ao longo da vida. Posso até dizer que percorri toda a estrada da minha vida à base dessas curiosidades. Assim, decidi tomar conta do rapaz.

Ele era tão grande, tão pesado! Passei trabalho para arrastá-lo e colocá-lo dentro do carro. Quando enfim consegui, levei-o até o Terceiro Hospital da Universidade de Beijing. Temendo que ele recebesse alta e fosse embora, fui visitá-lo no dia seguinte. Ainda estava dormindo um sono profundo. Quando acordou, de tarde, ele me pediu com uma voz chorosa para fazer umas compras e entregá-las à família em Huairou; sequer pensou que eu pudesse simplesmente dar sumiço no dinheiro. Resolvi atender ao pedido. Eu esperaria até ver a carta seguinte, como em uma partida de pôquer. No terceiro dia eu soube que havia tomado a decisão certa. Ele se lembra daquele mês. Somos iguais, e enfim consegui provar para mim mesmo que não estou sozinho. Ha! Fiz de Zhang Dou o meu irmão, e um irmão mais próximo do que irmãos de carne e sangue.

Em dois anos, ele é a única pessoa como eu que encontrei. Todos os outros são diferentes.

No início eu achei que simplesmente não queriam falar sobre os eventos daquele mês. Só mais tarde percebi que tinham lembranças equivocadas, muito diferentes das minhas. No fim cheguei à conclusão de que na memória de todas as outras pessoas havia uma lacuna de 28 dias. A fim de verificar essa perda de memória, fui até a biblioteca para ler os jornais diários e semanais daquele ano, mas a biblioteca só dispunha de versões on-line e não era mais possível ter acesso às versões impressas. Os relatos on-line sobre aqueles 28 dias eram completamente diferentes de tudo que eu lembrava. Segundo os relatos on-line, a crise da economia mundial e o início oficial da época de ouro da China tinham ocorrido ao mesmo tempo. O terrível mês entre os dois eventos históricos havia desaparecido por completo.

Por algum tempo pensei que, embora o governo tivesse distorcido a realidade, pelo menos as pessoas comuns recordariam os fatos, porém mais tarde reconheci que se tratava de um caso de amnésia coletiva total.

Amnésia coletiva completa. Suspeitei que essa amnésia estivesse relacionada à vacinação contra a gripe aviária por todo o país naquela primavera, mas não pude confirmar a minha suspeita.

Comecei a frequentar os sebos e mercados de pulgas de Beijing em busca de reportagens semelhantes, mas eu só encontrava jornais oficiais do governo e revistas de entretenimento descerebrado. Não havia publicações que relatassem a verdade.

Comprei um Jeep Cherokee em Beijing e parti em direção ao Sul pela autoestrada G4, que vai de Beijing a Hong Kong e Macau, em busca de mais evidências sobre aquele mês. Apenas nos lugares mais estranhos eu conseguia encontrar indícios relevantes. Em uma pensão no sopé do Monte Huang, por exemplo, encontrei uma edição completa da revista financeira *Caijing* que relatava como a nova crise econômica no início daquele fevereiro atingiu a China; no Estúdio Cinematográfico Mundial de Hengdian, em Zhejiang, vi uma parte do *Semanário da Ásia* de Hong Kong que falava sobre como as pessoas começaram a estocar comida naquele ano; em um vilarejo miserável perto da Universidade de Wuhan, em Hubei, encontrei a metade de um antigo exemplar do *Diário da Juventude Chinesa*, publicado pela Liga Comunista da Juventude, no qual o principal artigo, "O Leviatã chegou", apresentava o filósofo político ocidental do século XVII, Thomas Hobbes; de acordo com o artigo, ao defrontar-se com uma escolha entre uma anarquia e uma ditadura, o povo sempre escolheria a última; outro artigo trazia uma retrospectiva sobre os fracassos do governo na apuração da morte de uma jovem, ocorrida durante os protestos de dez mil pessoas em Wan'an, na província de Guizhou, e supostamente encoberta pela polícia; na região ocupada pelo povo *tujia* em Xiangxi, na província de Hunan, encontrei um pedaço de um recorte do *Semanário sulista*; era um anúncio explicando como usar um rádio fabricado na China, porque na época as pessoas temiam apagões e, como assim não poderiam assistir à tevê nem navegar na internet, acabavam comprando rádios. No verso do anúncio havia um artigo que discutia a repressão da criminalidade em 1983.

À medida que o tempo passava, ficava cada vez mais difícil localizar indícios na mídia. Foi por isso que fiquei tão entusiasmado quando encontrei o *Semanário sulista* de fevereiro, que trazia evidências claras sobre a existência do mês perdido.

Fiquei ainda mais ansioso para encontrar outros como eu. Fiz uma lista de todas as pessoas que eu conhecia. As que sempre me pareceram ter um claro entendimento das coisas eu chamei de "pessoas esclarecidas". Fui falar com essas pessoas esclarecidas uma por uma, mas eu sempre voltava decepcionado. Será que sou como um daqueles sobreviventes únicos que vemos nos filmes apocalípticos? Mesmo assim, os heróis dos filmes sempre encontram outros sobreviventes depois de algum tempo. Apeguei-me a essa convicção para não perder a fé na minha busca.

Até que encontrei Zhang Dou. Nós dois achamos que isso é apenas o começo. Deve haver mais pessoas como nós em meio a mais de um bilhão de chineses.

Contei para Zhang Dou que eu tinha ido todos os dias à casa dele para ver se Miaomiao e os cachorros e gatos precisavam de alguma coisa. A cada visita gosto mais da gentil e sorridente Miaomiao e dos bichos de estimação. Zhang Dou disse que quando receber alta eu posso ir morar com eles. Ha! Fiquei bem empolgado. Preciso de um lugar seguro para guardar as evidências que juntei. Espero que Zhang Dou receba alta logo.

Uma gravação complementar em fita: Passei alguns dias visitando diversos hospitais enquanto fingia estar doente para ver os pacientes asmáticos. Tentei falar com eles sobre o mês desaparecido, mas fiquei muito decepcionado ao ver que não lembravam de nada. Achei que todos os pacientes que tomassem corticosteroides seriam como Zhang Dou e eu, mas foi um engano. Contei sobre a minha descoberta para Zhang Dou, mas também disse que não podíamos desistir. "Não podemos de jeito nenhum esquecer como estávamos sozinhos. Enquanto houver chineses que se lembrem daquele mês, precisamos ir atrás deles."

Para evitar o esquecimento, aqui está mais uma fita complementar: Semana passada, na Nova Estrada Leste, encontrei Lao Chen, que escreve para o *Mingbao* e para o *Notícias Diárias Unidas*. Lembrei que ele era uma das pessoas esclarecidas que em outra ocasião tinham me ajudado com algo importante. Será que ele ainda faz parte do grupo de pessoas esclarecidas? A dizer pela expressão que tinha no olhar, as chances parecem mínimas, embora eu não possa desperdiçar nenhuma oportunidade. Preciso visitá-lo assim que eu puder.

As anotações de Lao Chen sobre Fang Caodi

Xiao Xi, ou *feichengwuraook*, não respondeu ao meu e-mail, mas Fang Caodi me escreveu pedindo que eu fosse vê-lo. Não respondi na hora.

Nesses últimos dias não consigo pensar em nada além de Xiao Xi. O mais estranho é que, quando penso em Xiao Xi, também começo a pensar em Fang Caodi. Fico lembrando da vez que o vi correr perto do Vilarejo da Felicidade Número Dois e de todas as bobagens *mouleitao* que ele disse. Desde que nos conhecemos, muitos anos atrás, ele me chama de Lao Chen, mas dessa vez me chamou de senhor Chen. Cheguei até a imaginar que Fang Caodi, por algum motivo inexplicável, está dando sinais de um estado mental similar ao de Xiao Xi.

Abri uma caixa que eu não tinha aberto desde a minha mudança para o Vilarejo da Felicidade Número Dois e peguei os meus cadernos de anotações – um deles ostentava o título "Fang Caodi". Comecei a ler o que eu tinha escrito:

Fang Caodi, nome original Fang Lijun. Mais tarde, quando um artista de mesmo nome alcançou fama internacional, o Fang Lijun que eu conhecia mudou o nome para Fang Caodi.

Conheci Fang Caodi quando eu era editor do *Mingbao* em Hong Kong, e muitas vezes recebia cartas de um leitor americano assinadas "Lao Fang". Às vezes meu correspondente corrigia fatos ou evidências apresentadas em um artigo, mas com ainda mais frequência, depois de ler um artigo, oferecia-nos uma grande riqueza de material detalhado demais para publicação. Assim, descobri que Lao Fang entendia muitas anedotas extraoficiais e secretas a respeito da China contemporânea. Certa vez pedi, na seção de cartas, que revelasse o nome real e o endereço, e assim ele fez. Escrevi de volta agradecendo.

Ele prestava muita atenção aos meus artigos e conseguia até identificar os artigos que eu escrevia sob pseudônimo na página sobre a China do *Mingbao*. Para usar o jargão moderno, ele era meu fã.

Nos conhecemos no verão de 1989, em Hong Kong, quando ele estava voltando para o continente. Fiquei surpreso ao saber que ele queria voltar para a China numa época em que tanta outra gente queria sair. Ele me perguntou se eu conhecia a organização que estava salvando os líderes do movimento democrático de Tiananmen. Eu respondi que conhecia a Aliança de Apoio aos Movimentos Democráticos na China em Hong Kong, mas não sabia se existia alguma organização secreta tirando gente do país.

Percebi que ele tinha vivências um tanto estranhas, então sugeri um encontro no dia seguinte para tomar mais notas.

A família de Fang Lijun ou Fang Caodi veio de Shandong. Ele nasceu no que então era Beiping em 1947. O pai entrou para o Partido Comunista da União Soviética na província de Xinjiang junto com Sheng Xicai, o líder militar de Xinjiang. Mais tarde ele foi para o Partido Nacionalista. Em 1949, antes que o Exército de Libertação Popular entrasse em Beiping, tomou um avião em Dongdan, voou até Qingdao e de lá embarcou em um navio para Taiwan, deixando para trás a jovem esposa do terceiro casamento e o filho mais novo – Fang Lijun.

A divisão do Partido Comunista a que Sheng Shicai pertencia era bem diferente do Partido Comunista de Zhu De e de Mao Zedong. Haviam chegado a defender a independência de Xinjiang em relação à China. O pai de Lao Fang não apenas traiu o Partido Comunista, mas também se envolveu a fundo com grupos criminosos do Noroeste e foi responsável pelo treinamento de pessoas com "habilidades especiais" para esses mesmos grupos. Lao Fang nasceu em um antigo templo daoista na região leste de Beijing. Após a libertação, o templo foi tomado pelo Ministério da Segurança Nacional – o que mostra como os Comunistas chineses se ressentiam das técnicas sobrenaturais do daoísmo.

Depois que assumiram o poder em todo o país, os comunistas chineses começaram uma campanha para a supressão dos contrarrevolucionários. De 1950 a 1953, investiram com toda a força contra agentes nacionalistas clandestinos, elementos ligados ao crime organizado e membros de organizações religiosas e sociedades secretas. Qualquer um que possuísse "habilidades especiais" ao estilo daoista tinha grandes chances de ser considerado membro de uma sociedade secreta contrarrevolucionária. Mao Zedong sugeriu que um em cada mil chineses se enquadraria nessas categorias contrarrevolucionárias e que o Partido devia começar executando a metade deles. Muitas pessoas que haviam trabalhado para o governo nacionalista e mais tarde se rendido, e até mesmo pessoas que haviam trabalhado às escondidas para o Partido Comunista em áreas Brancas*, também foram executadas nesse período. Entre as vítimas estavam o pai do escritor Jin Yong, Zha Shuqing, e o filho do ensaísta Zhu Ziqing, Zhu Maixian.

Depois da campanha para a supressão dos contrarrevolucionários, os grupos criminosos e as sociedades religiosas secretas se esconderam e tiveram as vozes silenciadas por todo o país durante algum tempo. Os líderes que deram mais sorte fugiram para Taiwan ou para Hong Kong. O pai de Lao Fang estava envolvido em inúmeras atividades secretas contrarrevolucionárias, então ele foi para Taiwan. A mãe de Lao Fang, que era a "Grande Irmã" de uma sociedade daoista secreta, não teve a mesma sorte – ela morreu numa prisão em Beijing.

Quanto a Lao Fang – esse rebento de um espião nacionalista contrarrevolucionário e membro de grupos criminosos com uma integrante de sociedade secreta –, podemos dizer que cresceu em um templo daoista fortificado e impenetrável, sem nenhum tipo de atividade religiosa. Foi criado por um velho porteiro e ajudava

---

* Isto é, áreas dominadas pelos nacionalistas. (N.E.)

o velho a fazer vários reparos no templo. Assim foi até que terminasse o ginásio.

Lao Fang não pôde frequentar a universidade por conta do histórico familiar questionável e, por ser alguns meses mais velho, foi considerado inapto a ir para o campo junto com as "três antigas turmas" de 1967, 1968 e 1969. E seria ainda mais inapto como membro da Guarda Vermelha. Assim, no início da Revolução Cultural, foi nomeado professor do primário em uma escola no distrito de Mentougou, em Beijing. Antes mesmo que começasse a lecionar, no calor da Revolução Cultural, foi designado minerador na mina de carvão de Muchengjian, onde permaneceu durante vários anos.

Segundo o relato que fez, um dia, em setembro de 1971, ele sentiu uma vontade incontrolável de ver o Palácio de Verão. Tinha ouvido muitas histórias a respeito do lugar, mas nunca tinha estado lá, e pensou que poderia levar muito tempo até que surgisse uma outra chance. Na metade do caminho, ele descobriu que a estrada estava fechada. Imaginou que alguma coisa estivesse acontecendo – talvez a movimentação das tropas na área militar da Colina da Fonte de Jade, próxima ao Palácio de Verão. Quando voltou ao dormitório dos trabalhadores, disse a todo mundo que algo importante estava prestes a acontecer na China. E de fato aconteceu. Logo veio a notícia de que o sucessor designado pelo presidente Mao, o general Lin Biao, havia traído a nação e fugido, mas o avião dele acabou caindo na Mongólia Exterior.

Lao Fang recusou-se a voltar ao trabalho. Achava que "a história tinha chegado ao fim". Então resolveu escrever um pequeno bilhete e ir até a ponte do Lago do Norte entre o quartel-general do partido em Zhongnanhai e o Lago Norte, onde enfiou o bilhete em uma fenda na balaustrada de mármore. O bilhete dizia: "A história parou e não vai seguir adiante. A partir de agora, todas as novas revoluções serão contrarrevoluções. Parem de tentar me enganar. Que direito têm os senhores de me fazer trabalhar em uma mina de carvão?".

A asma voltou e Lao Fang teve de ficar no dormitório. Independente da pressão e das ameaças, recusou-se a voltar às minas de carvão.

Ele não conseguia lembrar se foi em 1971, quando Kissinger, o secretário de estado dos Estados Unidos visitou a China duas vezes, ou em 1972, quando o presidente Nixon foi eleito, mas os americanos trouxeram uma lista com os nomes de parentes de cidadãos sino-americanos que estavam detidos na China. Numa época em que o gelo diplomático nas relações sino-americanas estava derretendo de maneira tão teatral, a China permitiu que um grupo de pessoas deixasse o país a fim de mostrar boa vontade. Uma dessas pessoas foi Lao Fang, porque o pai dele tinha abandonado os círculos políticos do Partido Nacionalista, recebido asilo político do governo americano e estava vivendo como refugiado nos Estados Unidos.

Quando recebeu a notícia, Lao Fang dirigiu-se até a Secretaria de Segurança Pública e recebeu um passe de trânsito. Ele passou uns dias passeando ao redor do Palácio de Verão e do Lago Norte, aproveitando a paisagem por mais alguns dias. Depois voltou ao templo daoista na zona leste de Beijing para se despedir do senhor que o havia criado.

O velho ficou muito preocupado quando ouviu a história. "Por que você não vai embora de uma vez?", perguntou. "E se a política mudar e você não conseguir mais sair? Trate de comprar um bilhete de trem para Hong Kong agora mesmo!" O velho cavou umas folhas de ouro enterradas em um canto do pátio. Eram sobras de reparos no templo, e ele as havia guardado por todos aqueles anos. "Pegue isso aqui e troque por dinheiro para a viagem", disse. "A sua mãe foi a grande benfeitora do templo. Quando estava na prisão, ela levou os nossos segredos para o túmulo e alegou até o fim que esse templo só promovia atividades religiosas e não tinha nada a ver com sociedades secretas reacionárias. Graças a ela esse templo de setecentos anos continua de pé." Nesse dia o velho pôde finalmente retribuir a benfeitora do templo ajudando Lao Fang. O velho tinha criado Lao Fang, mas nunca havia revelado a verdade sobre ele próprio e sobre o templo até aquele derradeiro momento. Na época as pessoas eram muito desconfiadas.

O dinheiro logo se mostrou necessário, pois quando o trem rumo ao Sul chegou em Guangzhou, Lao Fang precisou ficar lá por uma semana enquanto aguardava o preenchimento da cota de passageiros para Hong Kong. Em Shenzhen, precisou esperar outros dois dias antes de passar por Luo Wu e chegar a Hong Kong. Sem passaporte nem carteira de identidade, apenas com um passe de trânsito dobrado, Lao Fang finalmente passou pela alfândega na Estação de Luo Wu, onde o passe de trânsito ficou retido antes que o autorizassem a entrar em Hong Kong.

Quando foi até o Consulado Americano de Hong Kong para solicitar um visto, Lao Fang deparou-se com um problema técnico. Ele não havia entrado em Hong Kong de maneira ilegal, mas tinha saído da China com um passe de trânsito; portanto, não podia ser considerado refugiado político, e assim os americanos não tinham como emitir um visto de entrada naquele momento. Seria necessário fazer uma solicitação formal de visto para reunião familiar.

Lao Fang ficou alojado em uma pensão barata nas Mansões de Chunking, em Tsim Sha Tsui. Quase um ano se passou enquanto os procedimentos do visto americano se arrastavam. Morar na pensão fez com que os horizontes de Lao Fang se expandissem. Ele conheceu mochileiros e pequenos negociantes de cinquenta países diferentes. Havia um hippie americano que tinha se cansado de Goa depois de vários anos e estava a caminho dos Estados Unidos para se juntar a uma comunidade hippie e continuar levando uma vida livre e independente. Lao Fang sentia uma inveja tremenda.

Lao Fang foi até o Monterrey Park em Los Angeles para encontrar o pai, já bastante envelhecido, que não via desde a infância. Quando estava ao lado de Sheng Shicai e do Partido Nacionalista, o pai de Lao Fang fez mal a várias pessoas. Ele tinha muito medo de que alguém quisesse vingança, e assim passava a maior parte do tempo escondido em casa sem sair para a rua. Construiu um muro alto em volta da casa e chegou a instalar uma porta de ferro no quarto. O pai tinha casado de novo, mas Lao Fang viveu com a nova família por menos de um mês. Depois seguiu o conselho paterno e se mudou para o Texas a fim de pedir ajuda a um dos antigos subordinados do pai na Chinatown de Houston. Conseguiu um emprego como contador no segundo andar da loja de móveis e antiguidades do subordinado. O subordinado tinha uma filha adolescente, e as duas famílias nutriam a esperança de que Lao Fang pudesse casar com ela. Porém a garota era completamente americanizada, e quando percebeu o que os pais estavam tramando, recusou-se até mesmo a sentar-se à mesa na presença de Lao Fang. Lao Fang passou a fazer as refeições sozinho no depósito da loja. Com certeza não era essa a vida que tinha imaginado em uma Chinatown americana.

Passados alguns meses, Lao Fang fez contato com o amigo hippie e deixou Houston com destino ao Novo México para juntar-se à comunidade hippie. A comunidade se localizava em um terreno fértil onde os membros cultivavam verduras e legumes orgânicos. Também fabricavam as próprias roupas, criavam abelhas e faziam velas e geleia. Todos se achavam muito independentes, mas a verdade era que os cereais, as matérias-primas, as ferramentas e outros itens tecnológicos de uso diário e também os remédios – como os corticosteroides que Lao Fang usava para a asma – eram todos comprados na cidade.

Mesmo que não fossem autossuficientes, não havia como escapar do trabalho braçal na fazenda. Todos os hippies vinham de famílias urbanas da classe média e achavam o trabalho muito cansativo. Mas Lao Fang costumava trabalhar duro na China, e sabia como fazer um bom trabalho e arrumar praticamente qualquer coisa sem falar demais. Por esses motivos, era uma pessoa muito querida na comunidade, e passou muitos anos felizes vivendo lá.

Infelizmente, depois de algum tempo a comunidade se dividiu por força de conflitos pessoais, e logo todo o movimento comunitário perdeu força e as pessoas se dispersaram. A grande maioria das comunidades acabou junto com a Guerra do Vietnã, e a comunidade de Lao Fang não foi exceção. Não havia membros novos e, mesmo que alguns dos mais antigos tivessem voltado, logo foram embora outra vez. No fim sobraram apenas Lao Fang e uma mulher mais velha que todo mundo chamava de "Mãe". A "Mãe" estava decidida a ficar na comunidade com Lao Fang. Eram apenas os dois, e à medida que o tempo passou o relacionamento entre ambos ficou muito parecido com um casamento tradicional.

Um dia, no início dos anos 80, a "Mãe" disse a Lao Fang que estava velha demais para ser hippie e que tinha planos de voltar para o leste americano e morar com a filha. Os dois fecharam a água e desligaram a rede elétrica, pregaram as janelas e pegaram um trem que atravessou os Estados Unidos até Maryland, onde se separaram. Lao Fang seguiu para o norte, em direção a Nova York, Filadélfia e Boston. Lá arranjou um emprego de cozinheiro em um restaurante self-service especializado em chop suey na Chinatown de Boston. O chefe gostava de Lao Fang, e ele trabalhou lá por muitos anos.

Um dia Lao Fang decidiu ir até a biblioteca Harvard-Yenching, e a partir daí ficou viciado nessas visitas. Lao Fang trabalhava apenas à noite no restaurante, e durante o dia corria da Chinatown de Boston até Cambridge para ler os periódicos chineses na biblioteca de Harvard. Foi nessa época que começou a escrever cartas para o editor do *Mingbao* – ou seja, para mim, Lao Chen.

Em Hong Kong, na época, a minha principal ocupação era entrevistar personalidades culturais famosas no continente; assim, por mais interessantes que fossem as experiências de Lao Fang, não achei valesse a pena escrever qualquer coisa a respeito. Fiquei muitos anos sem vê-lo, e só durante o nosso segundo encontro em 2006 pude fazer uma segunda série de anotações a respeito dele. Nesse ponto, achei que a vida de Lao Fang podia ser um ótimo ponto de partida para um romance, pois ele sempre aparecia nos lugares mais inusitados nas horas mais inusitadas.

Em 1989 ele voltou para o continente e, em 1992, quando Deng Xiaoping fez a célebre visita ao Sul, Lao Fang mais uma vez deixou a China – sempre em um movimento contrário à corrente.

Depois que voltou para os Estados Unidos, Lao Fang me enviou uma carta dizendo que estava fazendo bicos na Chinatown de Nova York. Para mim a notícia não pareceu nada boa. Na época eu estava em Taiwan trabalhando para o *Notícias Diárias Unidas* e ouvi dizer que o *Semanário da China* havia aberto um escritório em Nova York. Recomendei Lao Fang, e no fim ele conseguiu um emprego de assistente editorial em Nova York. Em pouco tempo foi promovido a editor-assistente. Lao Fang me escreveu com muitos agradecimentos, e de fato eu encarei aquilo como uma grande realização pessoal. Eu sabia que Lao Fang, um faz-tudo cheio de experiência e conhecimento, era a pessoa certa para o cargo editorial em uma revista de notícias. Quem teria imaginado que o *Semanário da China* deixaria de rodar depois de poucas edições?

A carta seguinte que recebi de Lao Fang dava conta de que estava na Nigéria. Mais tarde me contou que sempre manteve contato com um nigeriano que tinha conhecido na pensão internacional nas Mansões de Chunking, e foi este homem quem o convidou para ir à África. Durante a juventude, Lao Fang sempre sonhou em visitar países amistosos como Gana, Zâmbia e Tanzânia para de alguma forma contribuir com o desenvolvimento desses lugares. O convite foi aceito sem a menor hesitação. No fim Lao Fang descobriu que o amigo nigeriano pretendia estabelecer relações comerciais com a China. Queria ter Lao Fang como sócio. Lao Fang pensou em todas aquelas bolsas de pano vermelho, branco e azul em que os chineses costumam levar as coisas quando viajam. Ele podia comprá-las na China, enviá-las para a Nigéria e vendê-las por toda a África Ocidental e Central.

Aquelas bolsas de pano vermelho, branco e azul eram um sucesso entre os africanos, e por isso o sócio de Lao Fang queria abrir uma fábrica de bolsas em Lagos. Depois de ganhar dinheiro no comércio entre a Nigéria e a China, Lao Fang visitou Gana, Zâmbia e Tanzânia, mas não queria acabar os dias na África. Voltou a morar na China com o plano de abrir um pequeno restaurante cantonês nos arredores de Li Jiang, em Yunnan.

Foi sorte ter demorado tanto. O plano do restaurante fracassou muito antes que Li Jiang fosse devastada pelo grande terremoto de 3 de fevereiro de 1996. Lao Fang encarou o fracasso com indiferença. Viajou por todo o oeste da China. Disse que queria conhecer vários lugares antes que mudassem em função do turismo. Lao Fang previu que quando a China começasse a mudar em função do turismo, haveria pessoas demais e os lugares cênicos e históricos da China seriam arruinados.

Ele passou sete ou oito anos viajando e visitando Xinjiang, o Tibete, a Mongólia Interior, Qinghai, Yunnan, Guizhou, Hunan e Sichuan. Viajou a pé, de trem, de ônibus, pegando carona em caminhões – chegou até a voar em um avião militar de transporte comercial. Se você mostrar a Lao Fang um trabalho em bordado feito por qualquer grupo étnico minoritário, ele sabe dizer se foi produzido pelos *tongs* de Guangxi, pelos *yaos, miaos* ou *hmongs* do Sudoeste, e provavelmente também onde a peça foi feita. Quando o dinheiro ficava curto, pegava um trabalho de cozinheiro nas áreas turísticas próximas ao Monte Wutai em Shanxi, ao Monte Emei em Sichuan, no condado de Yangshuo em Guilin ou no sudeste de Guizhou. Como os turistas nunca retornam, Lao Fang disse que era como enganar os estrangeiros nas Chinatowns americanas com uma "culinária chinesa" meio chinesa e meio estrangeira.

Em 2006 ele se mudou para Beijing e disse que queria ver como seria trabalhar como voluntário nas Olimpíadas. Quando nos encontramos, descobri que muitos anos atrás ele havia trocado o nome de Fang Lijun para Fang Caodi. Segundo me disse, um dia estava caminhando em frente ao Templo do Sol em Beijing quando viu um grande número de pais esperando os filhos na saída da Escola Primária Fangcaodi, ou grama perfumada, e assim resolveu trocar o nome para Fang Caodi. Essa é a lógica de Lao Fang – não há lógica alguma. Com a idade avançada e uma história de vida complicada, não sei se o Comitê Olímpico o aceitou.

Quando publiquei o meu *Guia abrangente da vida cultural em Beijing* antes das Olimpíadas, comecei a pensar outra vez em escrever um romance, mas não reli as minhas anotações sobre Lao Fang. Nos últimos anos, perdi o interesse em qualquer coisa ocorrida antes de 2008. Só tenho vontade de escrever histórias sobre a época de ouro da China. Não quero mais discutir acontecimentos passados. Não quero sequer *olhar* para o material histórico sobre a Guerra Civil Chinesa, a Reforma Agrária, a Campanha para a Supressão dos Contrarrevolucionários, a Campanha dos Três Anti e a Campanha dos Cinco Anti, o Movimento Antidireitista, o Grande Salto Adiante que levou trinta milhões de pessoas a morrer de fome, o Movimento das Quatro Limpezas, também conhecido como Campanha de Educação Socialista, a Revolução Cultural, a Campanha Contra a Poluição Espiritual em 1983, o Massacre de

Tiananmen em 4 de junho de 1989, a Campanha para a Supressão do Falun Gong em 1999 e assim por diante... Quero simplesmente esquecer essas coisas. Achei que se esquecesse tudo eu teria ideias novas. Meus interesses pessoais haviam mudado por completo, e eu não achava que a nova geração de leitores chineses quisesse ler sobre todas as feridas e cicatrizes dos últimos sessenta anos. Na verdade eu só queria escrever sobre pessoas diferentes e novidades, escrever sobre a época de ouro da China. Por esse motivo, a história de Fang Caodi era inútil para mim.

Eu não queria responder ao e-mail de Fang Caodi naquele momento. Talvez mais tarde.

3

DA PRIMAVERA AO OUTONO

UM LUSTRE DE CRISTAL FRANCÊS

Xiao Xi não respondeu ao meu e-mail, então a minha vida pôde continuar feliz. Fui até o Distrito de Arte 798 para a cerimônia de abertura de uma exposição de recortes em papel feitos por mulheres do Noroeste. Minha amiga da Academia Chinesa de Ciências Sociais era a cocuradora acadêmica e me convidou para ser um dos dez palestrantes na cerimônia de abertura. Na minha fala de três minutos, fiz um resumo do Movimento das Novas Comunidades em Taiwan na década de 90 e discuti como os artistas de Taipei e os artesãos locais haviam trabalhado juntos para incentivar a produção cultural dos vilarejos. Falei com tanta desenvoltura que cheguei a me emocionar um pouco. A pessoa responsável pela curadoria disse que a exposição era um belo exemplo da vitalidade da cultura popular chinesa. Esse comentário fez com que eu me sentisse muito bem.

Como integrante da comunidade cultural, sinto que é meu dever participar desses eventos e dizer algo apropriado à ocasião – para devolver algo à sociedade.

Depois houve um almoço no restaurante Jin Jiangnan, e sentei à mesa com o representante da Fundação Nacional pelo Renascimento Cultural da China. A fundação mandou apenas um secretário-geral assistente. Ele me explicou que os projetos mais importantes da fundação consistiam em mandar chineses para vários lugares do mundo a fim de reaver tesouros nacionais roubados do Palácio de Verão e de outros lugares. Além do mais, a fundação estava trabalhando para reviver os antigos ritos da China por toda a nação, oferecendo, por exemplo, subsídios financeiros para que escolas de ensino fundamental e médio promovessem cerimônias de iniciação no começo do ano letivo em que os alunos se curvavam em respeito aos professores. A fundação também estava trabalhando com muito empenho para que vários rituais tradicionais fossem declarados cerimônias nacionais.

Comi alguns dos pratos principais e fui ao banheiro; quando voltei, um numeroso grupo de pessoas havia se juntado ao redor da mesa para escutar o representante da fundação, então decidi ir para outra mesa.

A minha amiga da Academia Chinesa de Ciências Sociais, Hu Yan, estava sentada com uma francesa da UNESCO e com uma pessoa de Taiwan que estava com a Associação Um Vilarejo Um Ofício. Se eu fosse até lá, teria de falar inglês, o que seria muito trabalhoso; então acabei desistindo. Fui até a mesa da delegação do Noroeste, onde vários assentos estavam vazios porque os repórteres estavam todos na mesa do representante da Fundação Nacional pelo Renascimento Cultural da China fazendo entrevistas. Na mesa só restavam três senhoras cortadoras de papel, duas líderes do vilarejo e uma subchefe da Secretaria de Cultura. As mulheres do Noroeste pareceram todas muito honestas e bondosas. A minha amiga da Academia Chinesa de Ciências Sociais sempre me fazia ver a bondade da China. Mesmo que em termos racionais eu soubesse que não era tão simples assim, encontrar pessoas tão boas tinha um apelo forte às minhas emoções.

A pessoa com quem eu realmente queria falar era a líder eleita pelas pessoas do vilarejo, que tinha apenas vinte anos. Ela estava sentada longe, e percebi que de qualquer maneira eu não conseguiria entender o mandarim com sotaque rural. Só o que eu podia fazer era falar com a subchefe da Secretaria de Cultura. Ela falava muito alto, mas com uma sintaxe bem clara. Vinha de um lugar chamado Dingxi, na província de Gansu. No início do projeto esse era um dos lugares mais pobres da China, mas depois de alguns anos de reforma e de abertura os habitantes finalmente conseguiram vencer a pobreza. Ela explicou como, alguns anos atrás, o governo convenceu os camponeses a se organizarem em cooperativas especializadas e adotar um regime de cultivo exclusivo, o que levou Dingxi a se transformar em uma grande produtora de batatas. Todos os Kentucky Fried Chicken e todos os

McDonald's do país usam apenas batatas produzidas em Dingxi. Ela também me contou como os líderes locais, em uma época difícil para o transporte, conseguiram arranjar um trem especial que fizesse a carga chegar ao mercado ainda a tempo. E também como se organizavam para mandar o excesso de mão de obra às plantações de algodão em Xinjiang na época da colheita.

Aprendi muita coisa com ela e perguntei se poderia me explicar como Dingxi tinha um governo tão bom enquanto muitos outros lugares com melhores condições seguiam incapazes de vencer a pobreza. "Dingxi é um lugar muito especial; temos líderes que trabalham duro e sabem fazer as coisas." Percebi que a resposta era muito prática e muito simples – tudo depende das pessoas. Se os oficiais do governo estão dispostos a trabalhar duro para fazer com que as coisas aconteçam, as pessoas comuns podem fazer a economia rural prosperar. Em outras palavras, se os atuais quadros do Partido Comunista tivessem um padrão moral mais elevado e disposição para trabalhar duro em projetos um pouco mais práticos, o povo da China poderia ter uma vida boa. Quando o almoço terminou, agradeci os conselhos recebidos. Ela disse que esperava que os membros do mundo acadêmico e cultural de Beijing fossem visitar a pequena Dingxi para oferecer sugestões. Cheio de hipocrisia, assegurei-lhe que eu encontraria tempo para fazer uma visita a Dingxi.

Sentindo-me muito feliz depois do almoço, voltei ao Distrito de Arte 798 para dar mais uma olhada. Hoje o Distrito de Arte 798 não é como o Distrito de Arte 798 de dez anos atrás. Agora o lugar macaqueia as tendências estrangeiras e tenta combinar a boemia e a burguesia. O Distrito de Arte 798 acabou sendo alvo de muitas críticas por ficar cada vez mais aristocrático, comercial e kitsch. Mesmo assim, ter um Distrito de Arte 798 é melhor do que nada. Você não encontra outro distrito artístico dessas proporções em nenhum outro lugar do mundo. Quando chegam lá, os estrangeiros ficam espantados e sentem um forte choque cultural. A impressão que tinham da China de repente vai de um extremo ao outro – de uma China retrógrada à China como o país mais criativo do mundo.

Nos últimos dois anos a arte e o design ganharam um destaque tão grande que todas as galerias internacionais passaram a vir à China para comprar obras de arte. Escolas famosas, como a New York's Parsons School of Design, o London's St. Martin's College of Art and Design e a Academia Real de Belas-Artes da Antuérpia também abriram *campi* em uma área próxima ao Distrito de Arte 798.

Toda vez que visito o 798 eu dou uma passada na Galeria Xinlong. Essa galeria não é tão cheia de obras vanguardistas. Eles têm uma grande coleção de impressionistas franceses e óleos pós-impressionistas, incluindo alguns trabalhos menores de artistas famosos e, o mais importante, inúmeros trabalhos de artistas menores daquela época. A coleção merece uma visita, e além do mais nunca desaponta o meu gosto cada vez mais conservador. A China agora se compara ao Japão em termos de acervo de óleos impressionistas e pós-impressionistas, pois existe um grupo de colecionadores ricos fascinados pela pintura francesa daquela época.

A Galeria Xinlong tem muita classe. O lustre pendurado no saguão principal não é chinês – é um legítimo lustre de cristal Baccarat.

Enquanto eu admirava o lustre e pensava que o estilo e o temperamento dos óleos impressionistas e pós-impressionistas ficavam meio fora de sintonia com o cristal Baccarat, um homem e uma mulher se aproximaram, não exatamente de mãos dadas, mas roçando os ombros, conversando e rindo. Tentei evitá-los, porém sem sucesso. O homem era Jian Lin, o meu amigo dos filmes. Quando me viu ele disse às pressas: "Lao Chen, eu gostaria de lhe apresentar a professora Wen."

"Faz muito tempo que não nos vemos, Wen Lan", disse eu enquanto apertávamos as mãos.

"Muito tempo, sr. Chen", disse Wen Lan.

Percebi que Wen Lan também me chamava de sr. Chen.

"Vocês se conhecem?", perguntou Jian Lin, surpreso.

"O sr. Chen é famoso nos círculos culturais de Hong Kong", disse Wen Lan.

Wen Lan parecia ter esquecido que eu sou taiwanês. Ela trajava roupas caras sem vulgaridade, aparentando elegância e requinte.

"O que o senhor acha de trocarmos cartões de visita?", disse Wen Lan.

"Esqueci de trazer", menti.

"Eu tenho o telefone dele", disse Jian Lin.

Wen Lan não me deu o cartão.

"Lao Chen, esta é uma bela galeria", disse Jian Lin, "mas a professora Wen acha que os preços são mais altos até do que em Paris. Vi a pintura de uma vinícola que tive a impressão de já ter visitado."

"Os preços são altos demais", disse Wen Lan com ares de autoridade.

"Vou prestar atenção", respondi e me afastei.

Eu estava um pouco desanimado e perdi a vontade de olhar as pinturas, mas de repente pensei em quatro palavras para descrever os modos elegantes de Wen Lan – lustre de cristal Baccarat.

***

Houve uma época em que eu estava pronto para casar com Wen Lan. Eu já tinha até comprado um apartamento em Hong Kong para nós. Então descobri que ela tinha planos de casar com outra pessoa.

No outono de 1991, fui ao continente entrevistar um casal de acadêmicos idosos que foram obrigados a viver dentro de casa após os eventos de 1989. Alguns dos alunos da Universidade Normal de Beijing tinham ido visitá-los. Fiquei muito comovido. Aqueles jovens não eram egoístas a ponto de pensar apenas no próprio futuro e de esquecer os professores justo quando mais precisam de ajuda.

Quem mais chamava atenção era Wen Lan, uma aluna do quarto ano, bonita, simpática e culta. Ela despertava o romântico adormecido em mim.

Pediu a todos os alunos que anotassem os telefones para mim, e senti que ela fez isso só para que eu soubesse como entrar em contato.

Convidei-a para sair e demos um passeio ao redor do Lago Houhai. A mãe dela era de Shanghai, e o pai de Beijing. Ele editava um periódico de teoria e trabalhava em um escritório no Departamento Central de Propaganda em Shatan. Wen Lan adorava literatura ocidental, acompanhava a política interna da China e era linda – para mim, uma garota perfeita.

"Qual é o significado da existência?", ela me perguntou uma vez. Fiquei balbuciando enquanto tentava pensar em algo profundo. Lembro que então ela citou Jean-Paul Sartre: "Precisamos assumir a responsabilidade pela nossa vida". Eu estava apaixonado.

Voltei para Hong Kong por alguns dias e depois arranjei um pretexto para voltar a Beijing. Wen Lan disse que pretendia viajar para o exterior, então tomei coragem e a pedi em casamento. Ela ficou tão comovida que começou a rir e a chorar ao mesmo tempo, e imaginei que ela aceitaria. Expliquei que o meu salário era suficiente para prover nosso sustento. Eu era um residente fixo em Hong Kong, e ela também poderia solicitar os papéis necessários.

Wen Lan perguntou quanto tempo depois de casarmos ela seria residente fixa, e respondi que, se os meus amigos pudessem ajudar, talvez uns dois anos. Durante esse tempo ela poderia ter um visto de entradas múltiplas para morar em Hong Kong por curtos períodos de tempo, e seguido eu iria a Beijing a serviço. Poderíamos nos ver com bastante frequência, e eu disse que "um reencontro depois de uma breve separação é como uma segunda lua de mel". Ela pareceu muito entusiasmada e cheia de expectativa. Combinamos de nos casar no verão seguinte, depois que Wen Lan se formasse. Perguntei se eu poderia conhecer os pais dela, e ela respondeu que cuidaria do assunto em breve. Eu não tinha motivo para duvidar.

Me achei o cara mais sortudo do mundo por casar com uma mulher linda de Beijing dezoito anos mais jovem do que eu. Depois que voltei a Hong Kong, vi por acaso o anúncio de alguns apartamentos em Taikoo Shin e tratei de dar entrada em um apartamento usado de noventa metros quadrados para construir o nosso ninho.

Quando a papelada ficou pronta, fiz uma ligação para Beijing. O pai de Wen Lan atendeu e me disse que ela tinha viajado para a Alemanha. "Quando ela volta?", perguntei, e ele respondeu de maneira abrupta: "Depois que casar! E não ligue mais para cá!".

Voltei correndo para Beijing e telefonei para os colegas dela que tinham me dado o telefone quando nos vimos pela primeira vez. Todos disseram que não eram amigos próximos de Wen Lan e que não mantinham contato.

Lembrei que Wen Lan havia dito que estudava francês na universidade, mas ela também estudava alemão no Instituto Goethe. Fui atrás dos registros no nome dela. Descobri que tinha se desligado de todas as instituições de ensino. Uma secretária que a conhecia me disse que Wen Lan estava de casamento marcado com um professor de alemão que trabalhava meio turno no Instituto. Não quis me dizer o nome dele. Entrei no escritório do diretor. O diretor era um especialista famoso, casado com uma chinesa, então provavelmente entendia um pouco das artimanhas das mulheres chinesas. Ele ouviu pacientemente a minha história e explicou que não podia me fornecer o contato de Wen Lan na Alemanha, mas prometeu que se eu escrevesse uma carta ele a faria chegar até ela.

Entrei em uma sala de aula vazia e fiquei lá por um bom tempo sem saber o que pensar. Peguei a caneta diversas vezes para tentar escrever algumas palavras, mas eu não sabia como começar.

Três meses mais tarde recebi uma carta de Wen Lan franqueada em Beijing. Ela contava que tinha casado com o alemão que lhe dava aulas, um executivo de uma firma alemã em Beijing, e que tinha sido amor à primeira vista. Os dois estavam morando juntos na Alemanha e estavam muito felizes. Ela não disse em que cidade moravam nem pediu desculpas – era como se nada tivesse acontecido. Explicou-se em uma única frase, na qual afirmava ser como um pardal desejoso de voar com o vento e ansioso por abrir as asas ainda hoje porque amanhã poderia ser tarde demais.

Antes de 1992, uma esposa do continente casada com um marido de Hong Kong tinha de esperar dois anos até receber permissão para morar em Hong Kong. Depois de 1992, ela teria de esperar cinco anos. Essa política discriminatória inumana era uma violação dos direitos humanos básicos e uma desgraça para Hong Kong. Se casasse comigo, Wen Lan teria de esperar dois anos para morar em Hong Kong, e assim não a culpei por ter casado com um alemão. Até entendi por que tinha escolhido "andar de burro enquanto procurava um cavalo". Mas o que me deixou realmente indignado foi a maneira como ela me enganou sem dizer nada sobre a mudança de planos. Percebi que Wen Lan só se importava consigo mesma e não tinha a menor consideração pelas outras pessoas. Perdi todo o interesse por ela.

Assim, sequer gastei a minha energia tentando imaginar que tipo de relação ela tinha com Jian Lin.

À noite, jantei sozinho em um restaurante cingapurense e li um e-book no meu celular. Eu tenho um K-Touch. Antes a K-Touch copiava as ideias da concorrência, mas agora virou uma marca internacional famosa. O celular tem todas as funções que você pode imaginar. A interface usa uma tecnologia parecida com a da Sony e tem funções que combinam os melhores elementos do iPhone e do Kindle. Mesmo que de vez em quando eu ainda vá pessoalmente à Livraria Sanlian, desde que comprei o telefone digital da K-Touch com leitor de e-books, baixo quase todos os meus livros da internet. Tenho em arquivo as obras completas de Jin Yong, Zhang Ailing e Lu Xun no telefone.

Eu estava tentando entender o ensaio "Um bom inferno perdido" de Lu Xun quando Wen Lan me telefonou e disse que gostaria de me ver. Eu disse que não tinha tempo, mas ela insistiu e me convidou para almoçar no dia seguinte no Maison Boulud, na rua Qian Men, número 23. Não é fácil encontrar um táxi por lá e eu não tenho motorista, e além do mais não estava a fim de fazer a vontade de um lustre de cristal Baccarat. Tentei mudar o local do encontro para um pequeno café na rua Qianling número 30.

"Onde fica a rua Qianliang?", perguntou ela.

"Saindo da avenida Dongsi Norte. Você deve conhecer, não?", perguntei, um pouco transtornado.

No fim Wen Lan aceitou a minha proposta – eu sabia que ela devia querer alguma coisa de mim.

Quando nos encontramos no dia seguinte, conforme eu imaginava, ela disse: "Jian Lin e eu somos apenas amigos, então não saia por aí fazendo comentários a nosso respeito. Ele é casado, como o senhor sabe."

Então Wen Lan queria me manter calado. Não nos víamos há vinte anos, e isso era tudo o que ela queria de mim. Mas não fiquei irritado. Eu só queria ver que outras cartas ela tinha na manga.

"Jian Lin é um grande magnata do ramo imobiliário", disse eu a fim de provocá-la.

"E o que é um grande magnata do ramo imobiliário?", retrucou ela. "Alguém com muito dinheiro. Nada de mais."

O tom era autoritário. Será que Wen Lan estava "andando de burro enquanto procurava um cavalo" outra vez? Admito que, embora tenha mais de quarenta anos, ela tem uma ótima aparência e todo o charme de uma mulher da Europa continental. Imagino que muitos homens já devem ter se interessado por ela.

"Você ainda está morando na Alemanha?"

Ela me lançou um olhar intrigado. "Faz tempo que não visito a Alemanha."

"Você não tinha casado com um alemão e ido morar na Alemanha?" Eu me referia ao que tinha acontecido vinte anos atrás.

"O senhor está falando de Hans?" O tom de voz parecia criticar-me por não estar a par dos acontecimentos mais recentes na vida de Wen Lan. "Faz muito tempo que nos separamos. A Alemanha era para mim um lugar sufocante e aborrecido. Fui morar em Paris, e o meu ex-marido se chama Jean-Pierre Louis." Ao ver que não esbocei nenhuma reação, Wen Lan acrescentou: "Ele é um sinólogo muito famoso". Eu não conhecia nenhum sinólogo francês. "Os sinólogos são todos loucos; eu não os suporto", acrescentou ela.

"Jian Lin chamou você de professora Wen", disse eu.

"Professora Wen ou doutora Wen, tanto faz. Fiz doutorado em Paris. Me especializei em relações euro-africanas e sou conselheira da União Europeia e do Ministério Chinês de Relações Exteriores."

Lembrei que o pai dela trabalhava no Departamento Central de Propaganda – e filho de peixe, peixinho é, dentro ou fora da organização.

"Então você pretende voltar para casa?", perguntei.

"Voltar para a China, o senhor quer dizer?", disse ela com um ar de arrogância. "Não sei. Tem alguém na Europa me esperando agora mesmo. Um velho aristocrata que insiste em casar comigo. Mas todo mundo sabe que o século XXI é o século da China. Se aparecer uma oportunidade realmente boa, talvez eu possa considerar a possibilidade de voltar e fazer alguma coisa na China. Mas por enquanto vou ficar mesmo de um lado para o outro. Tenho uma casa em Paris e outra em Bruxelas, e agora estou procurando um lugar agradável para comprar aqui em Beijing. E o senhor? O que faz aqui em Beijing?"

"Fico por casa e de vez em quando escrevo um pouco."

Ao ouvir essa resposta, Wen Lan começou a perder o interesse em mim.

Então perguntou: "Onde o senhor mora?"

"No Vilarejo da Felicidade Número Dois."

"Onde?"

"No Vilarejo da Felicidade Número Dois, na rua Dongzhi Menwai."

Ela não esboçou nenhuma reação – o mais provável é que o lugar não fosse chique o bastante para seu gosto. Quando a avaliação chegou a fim, todo o interesse de Wen Lan evaporou.

"Bem, Lao Chen, preciso ir."

"Fique à vontade."

"Quanto a Jian Lin..."

Fiz um gesto fechando um zíper imaginário em meus lábios.

"Agora que o senhor é um beijinense de longa data", disse ela com um pouco de coqueteria, "vai ter que me levar para sair quando eu voltar a Beijing!"

Eu quase respondi "Para quê?", mas consegui me deter.

Ela se levantou e disse: "Espero que o senhor cuide de mim".

Na ficção do Realismo Socialista, esse tipo de encerramento é conhecido como "final da cauda brilhante". Também poderia ser chamado de "comprando o seguro-viagem". Por um lado, agindo como uma mulher independente e importante; por outro, agindo como uma garotinha indefesa; e o tempo inteiro tomando sem oferecer nada em troca. Mal acredito que ela não se constranja dizendo essas coisas.

Senti como se eu tivesse virado uma espécie de acompanhante masculino de emergência.

Observei pela janela enquanto o motorista abria a porta de um BMW preto para que ela entrasse. O carro tinha uma placa da polícia armada.

Agora Wen Lan não é mais uma falsificação chinesa barata, pensei, mas um genuíno lustre francês de cristal Baccarat. Mesmo assim, pouco importa se ela é uma lamparina feita na China ou um lustre de cristal francês; ela ainda está no mercado, sempre correndo atrás do lucro, e ainda tem um preço.

A SEGUNDA PRIMAVERA

Por vários dias nada aconteceu e ninguém tentou me contatar. Mesmo assim, não consegui escrever nada. Xiao Xi ainda estava na minha cabeça, mas resisti à ideia de tentar contatá-la.

Os dois primeiros domingos do mês haviam passado. He Dongsheng, o oficial do governo, estava sempre lá, porém ninguém mais era convidado, e fiquei com a impressão de que Jian Lin tinha ajeitado as coisas assim por conta de He Dongsheng. Quando cheguei à recepção das Imobiliárias Yan Du BOBO, Jian Lin já tinha bebido um bocado.

"Wen Lan me deixou", disse assim que me viu entrar. "Ela me largou", disse, com evidente constrangimento.

Sem dúvida eu me identificava com a situação – um homem em plena crise de meia-idade envolvido com uma femme fatale.

Eu sabia que uma mulher com a cultura e a boa aparência de Wen Lan era capaz de enfeitiçar um amante de arte e literatura sem dificuldade.

"Com quem ela está agora?", perguntei quase por instinto.

"Com o meu primo", disse Jian Lin com um sorriso, "mas dessa vez ela vai se dar mal."

"He Dongsheng?!", exclamei.

"Não, não, um outro primo. Nós todos nos encontramos no funeral da minha tia. Wen Lan frequentou a Escola de Línguas Estrangeiras em Baiduizi e tomou aulas de francês com a minha tia."

"Quem é o seu outro primo?", perguntei.

"Você conhece o grupo EAL Investimentos Amigáveis?"

"Aquele grupo envolvido com os investimentos conjuntos do Starbucks da Wantwant na África?"

"Isso nem é nada", disse ele. "Também tem o petróleo, a mineração, as construções em grande escala..."

"Eles também estão na indústria de armas?", perguntei meio sem jeito.

"Claro que estão na indústria de armas. Na África, na América Latina."

"E o E de Europa na sigla?"

"A Turquia, o Cáucaso, a antiga Iugoslávia e a União Soviética", explicou Jian Lin.

Lembrei que o presidente do grupo EAL era um certo Ban Cuntou. "Wen Lan está com Ban Cuntou?", perguntei.

Ressentido, Jian Lin acenou a cabeça.

"Então ele está ainda mais rico do que você?" Nesse ponto eu estava fazendo uma provocação deliberada.

"Não posso competir com ele."

"Ele tem mais poder do que He Dongsheng?"

"Dongsheng se importa muito com a nação e com as pessoas", explicou Jian Lin, "mas não passa de um conselheiro que tem a confiança de certas cabeças importantes. Existe muita gente com mais poder e mais influência do que ele. Dongsheng não se compara sequer a um secretário do Comitê Permanente do Politburo. Mas o poder ou a ausência de poder depende da facção que detém o poder na Central do Partido. Você não entende o sistema governamental da China. Existem muitas regras tácitas que você não tem como entender. Você não tem como entender a situação da China contemporânea olhando para a superfície, e não há como explicá-la a alguém de fora." Jian Lin começava a perder a paciência.

Estou acostumado a essa ideia de que ninguém de fora é capaz de compreender o sistema de governo da China, então deixei que Jian Lin continuasse achando que eu não entendo a situação da China contemporânea. Ele estava contrariado e me achando um pouco irritante, então achei melhor não falar demais porque eu ainda prezava a nossa amizade, por mais remota que fosse.

"Espero que você não saia escrevendo ou falando a respeito dessas coisas", disse ele em tom sério.

"Eu não escrevo boatos", respondi com um pouco de ressentimento.

Quando terminamos de comer, não tínhamos mais nada a falar.

Eu estava apenas pensando que Wen Lan e Ban Cuntou eram uma dupla equilibrada. Wen Lan devia estar satisfeita. Depois de tantos anos "andando de burro enquanto procura um cavalo", ela deve estar cansada. Será mesmo que pretendia se tornar a primeira-dama da China?

Quando He Dongsheng chegou, Jian Lin apontou em direção à boca para lembrar-me de que eu não devia dizer nada a respeito de Wen Lan.

He Dongsheng entregou uma garrafa de Maotai* a cada um de nós e disse: "Esse Maotai veio do estoque exclusivo dos líderes do Partido em Zhongnanhai, então deve ser bom. Podem beber sem nenhuma preocupação".

Agradecemos. O líder nacional insone não era tão frio, afinal de contas.

Jian Lian pegou uma decantadeira de cristal e serviu-nos uma garrafa de Château Lafite 1989, um ótimo vinho. A seguir deu início ao filme – *A segunda primavera*. O filme tinha saído em setembro de 1975. Era o primeiro filme depois das Oito Peças Exemplares produzido pela direção do Bando dos Quatro durante a Revolução Cultural. Na época, Deng Xiaoping tinha voltado ao poder e ido às Nações Unidas. Quando retornou, disse que tinha planos de investir em tecnologia. O Bando dos Quatro rodou o filme com o objetivo de criticar Deng Xiaoping, mas quando a Revolução Cultural chegou ao fim ele permanecia inédito em muitos lugares do país.

Fiquei curioso ao ver que o diretor era Sang Hu. Ele tinha dirigido muitos filmes, como *Miserável na meia-idade* em 1949, *Sacrifício de Ano-Novo* em 1956 e *Amor imortal* e *Viva a esposa* em 1947, ambos com scripts de Zhang Ailing. De acordo com as pistas no romance autobiográfico de Zhang Ailing, *Pequena reunião*, publicado apenas em 2009, Sang Hu foi o segundo amante de Zhang Ailing depois de Hu Lancheng. Afora *A garota de cabelos brancos*, de 1972, parece que Sang Hu também dirigiu outros filmes radicais para Jiang Qinq durante a Revolução Cultural.

Olhei para He Dongsheng e percebi que ele tinha fechado os olhos mais uma vez. Só então notei por que ele vinha frequen-

---

* Destilado à base de sorgo. (N.E.)

tando as nossas reuniões noturnas por tantos meses. Em geral, He Dongsheng sofria de insônia, mas enquanto "assistia" aos filmes conseguia relaxar e tirar um bom cochilo.

Depois olhei para Jian Lin, que tampouco estava assistindo ao filme. Estava com a cabeça baixa e enfiada entre as mãos. Nunca imaginei que fosse tão sério – ele estava mesmo sofrendo por amor.

O pano de fundo da história era o rompimento entre a China e a União Soviética. Na primeira primavera dos anos 60, havia duas facções trabalhando em um estaleiro. Uma facção era mais confiante e queria usar a própria tecnologia e as próprias pesquisas para construir um navio de guerra Sea Hawk. A outra facção achava que os velhos métodos chineses não seriam o bastante e, portanto, queria usar tecnologia "estrangeira" avançada e depender da cooperação de especialistas ocidentais para construir um navio de guerra Flying Fish. A facção do Sea Hawk era composta por trabalhadores do estaleiro e engenheiros de nível mediano, enquanto a facção do Flying Fish era composta pelo gerente do estaleiro e por especialistas de alto nível que nutriam uma "adoração cega" pelos estrangeiros e pelo caminho branco em detrimento do vermelho. Entre uma facção e outra, havia um acadêmico que não conseguia se decidir e um secretário muito correto e muito bem-informado que trabalhava no Comitê de Trabalho do Partido Comunista. As duas facções se recusavam a ceder, mas na segunda primavera a facção do Sea Hawk tinha conseguido terminar o navio de guerra e estava claro quem havia seguido pelo caminho certo. O Grupo dos Quatro estava usando os "adoradores cegos" dos estrangeiros para criticar Deng Xiaoping.

Quando o filme terminou e as luzes se acenderam, He Dongsheng abriu os olhos e fez uma longa análise. Sem dúvida ele tinha assistido a todos aqueles filmes na época em que saíram.

"Foi assim no passado e assim é hoje – percorremos um longo caminho em círculo para retornar a uma nova fase histórica em que a ordem foi restaurada", disse.

Jian Lin e eu escutamos com atenção.

"Uma rejeição total da tecnologia estrangeira é um equívoco, mas não adianta depender por completo da tecnologia estrangeira. A confiança é relativa, e não absoluta. Um grande país não pode sofrer com falta de confiança, mas tampouco pode ter confiança absoluta em si mesmo. Na época do Velho Mao, o padrão de vida das pessoas era muito baixo, e assim podíamos ser confiantes em relação à comida e aos bens de consumo, mas ele queria ser confiante em relação à ciência, à tecnologia, à informação e à energia sem contar com nenhuma ajuda estrangeira. Ele abandonou o comércio exterior para fazer negócios com pequenos países de terceiro mundo, como a Albânia. Sonhava com uma confiança absoluta que em última análise era desnecessária e prejudicial ao desenvolvimento do país.

"Na época das reformas e da abertura do Velho Deng, os americanos queriam que o mundo inteiro abandonasse a confiança. Esse tipo de fundamentalismo liberal tampouco tem fundamentos científicos – nem os Estados Unidos conseguem colocá-lo em prática. Na época, exportávamos como loucos para ganhar dinheiro no exterior, e por um tempo a estratégia deu muito certo. Mas num mundo em que o dólar americano é a moeda internacional, precisávamos comprar enormes somas em dólar para manter o valor do *renminbi* baixo a fim de sustentar as exportações. Essa política não tinha como se sustentar por muito tempo porque resultaria em um viés estrutural. No fim, quando o dólar caiu e a economia americana afundou, quase fomos arrastados junto.

"Por sorte, ajustamos as nossas políticas econômicas. Dito de maneira bem simples, adotamos uma espécie de confiança relativa. Começamos a exportar nossos produtos industrializados para a Rússia, para Angola, para o Brasil, para a Europa e para o Canadá, e a comprar óleo, grãos, minerais, lenha e outras matérias-primas escassas aqui no país. Também mantínhamos relações comerciais com a Europa e os Estados Unidos e comprávamos Boeings e ferramentas industriais de alta tecnologia. Afora essas coisas, fazíamos todo o possível – o que podíamos plantar, nós plantávamos; o que podíamos desenvolver, nós desenvolvíamos; e os commodities que pudéssemos consumir, nós consumíamos, desde batatas e commodities de pequenos produtores a telefones celulares e automóveis. Somos um país enorme, com um bilhão e trezentos milhões de habitantes, e portanto somos o nosso próprio mercado mais importante. Nossa dependência excessiva dos Estados Unidos acabou, mas não praticamos mais o mercantilismo nem o isolacionismo do Velho Mao de maneira cega. Ainda temos um bom comércio exterior, mas ele não chega a mais de 25% do nosso PIB. É ou não é um belo sinal de confiança?"

He Dongsheng ficava muito inflamado enquanto falava, mas ao terminar voltava à condição de balão murcho. Sabíamos que a palestra havia terminado, então nós simplesmente ficamos bebendo vinho em silêncio. À meia-noite, depois que He Dongsheng foi ao banheiro, nós três nos despedimos.

"Você aceita uma carona?", perguntou ele quando saímos, e dessa vez eu respondi "Aceito, obrigado". Eu não queria ficar para trás ouvindo as pieguices de Jian Lin sobre Wen Lan.

Me senti um pouco constrangido quando atravessamos o estacionamento subterrâneo. He Dongsheng não disse nada, e eu não queria começar uma conversa por medo de ser rechaçado, então fiquei quieto.

He Dongsheng tinha uma caminhonete Land Rover, um carro importado tão comum em Beijing que não chegava a chamar atenção. A placa também era uma placa convencional – provavelmente tomada de empréstimo a outra pessoa.

Após dar a partida, He Dongsheng tirou do bolso da camisa um pequeno instrumento elétrico, como um controle remoto de televisão. Com o primeiro toque uma luzinha verde se acendeu, e três segundos mais tarde vieram outras duas luzinhas. Então ele pôs o objeto de volta no bolso e disse: "Está tudo certo".

Fiquei tentado a perguntar, mas logo ele ofereceu uma explicação. "É contra gravações e rastreamento."

"Mas quem poderia querer gravar ou rastrear você?" Não tive como evitar a pergunta.

"Ora, todo mundo!", respondeu ele. "O Comitê Central de Disciplina, a Segurança do Estado, a Segurança Pública, o Exército de Libertação Popular... São tantas pessoas e tantas organizações que não há como saber. Mas quem não tem oponentes? Eu monitoro os outros e os outros me monitoram. Eu conheço os seus segredos e você conhece os meus; todo mundo tem um dossiê com o próprio nome escrito na capa; é assim que se joga esse jogo."

Mais uma vez eu estava aprendendo. Mesmo o Partido e os líderes nacionais temiam a espionagem. Agi com frieza enquanto eu ajustava o cinto de segurança, fingindo que eu já tinha visto tudo aquilo e que nada poderia me abalar. No entanto, fiz alguma coisa errada enquanto tentava ajustar o meu banco, e quando dei por mim o assento estava deitado e eu, com os olhos fixos no teto. He Dongsheng me ajudou a levantar e explicou que os dois bancos da frente deitavam para que ele pudesse dormir no carro. Ele deve ter percebido que a resposta soou um tanto ambígua e talvez merecesse uma explicação melhor, mas qualquer outro comentário só pioraria as coisas. Não pedi mais nenhuma informação sobre a cama no carro.

"Onde você mora?", perguntou He Dongsheng.

"No Vilarejo da Felicidade Número Dois."

Ele conhecia o lugar.

Perguntei se tinha visto algum dos nossos colegas da Conferência por uma China Próspera. "Não" foi a lacônica resposta.

Achei que He Dongsheng tinha encerrado, mas ele continuou dizendo, "Shui Xinghua é um capitalista de princípios. Sabe o que eu aprendi naquela Conferência por uma China Próspera?"

"O quê?"

"Foi a primeira vez que eu notei que as elites intelectuais da China, de Taiwan e de Hong Kong pensam de maneira totalmente distinta – a estrutura do conhecimento, a consciência relativa a diferentes assuntos, o discurso, os conceitos históricos e as visões de mundo apresentam diferenças fundamentais. Além do mais, não apenas vocês não nos entendem como nós tampouco entendemos vocês e, para ser bem franco, não estamos muito dispostos a entender. Esse entendimento profundo é quase impossível. Quando fui à Conferência por uma China Próspera, notei que, se as elites intelectuais dos países são assim tão diferentes, as pessoas comuns devem ser mais diferentes ainda. Essa compreensão me ajudou muito a pensar sobre Taiwan e Hong Kong mais tarde."

Eu havia morado nos três lugares e entendia muito bem a opinião de He Dongsheng. Fiquei surpreso ao saber que apenas uma Conferência por uma China Próspera havia bastado para que se desse conta das diferenças.

"Nos últimos anos as elites de Taiwan e de Hong Kong têm aprendido muito com o continente", disse eu.

"Não é fácil para os estrangeiros entender os problemas chineses", respondeu He Dongsheng.

Devíamos estar trafegando em alta velocidade porque bem nesse ponto um policial nos atacou. Pensei que o policial não devia saber o que estava fazendo, mas eu não imaginava qual seria a reação do meu companheiro. Observei enquanto He Dongsheng parava o carro e falava ao celular: "Estou na Estrada Gongti Leste, quase na Estrada de Xindong".

Ele desligou quando o policial gordo pediu-lhe a carteira de habilitação. He Dongsheng não respondeu, e quando o policial repetiu o pedido disse apenas "Espere um pouco", sem nem ao menos olhar na direção do homem. Notei que o policial estava quase perdendo a paciência, mas bem na hora o telefone dele tocou. Quando o policial atendeu a ligação, He Dongsheng ligou o motor e saiu. "Meu secretário vai cuidar do assunto", disse.

Imaginei que o secretário já devia ter recebido muitas ligações noturnas para limpar a sujeira feita pelo chefe insone quando dirigia rápido demais. Trabalhar como secretário de um figurão deve ser complicado.

Depois do incidente, He Dongsheng não falou mais nada. Fiquei um pouco triste porque eu estava gostando das palestras. Para dizer a verdade, eu gostava daquele insone líder nacional e do Partido.

WUDAOKOUPENGYOU

Na manhã do dia 2 de maio, quando liguei o computador, vi que eu tinha recebido um e-mail de *wudaokoupengyou*, "Amiga de Wudaoku". Eu costumava apagar todos os e-mails de endereços desconhecidos para fugir dos vírus, mas em tempos recentes vinha abrindo todos para ver quem os havia enviado. Como eu tinha imaginado, *wudaokoupengyou* era Xiao Xi.

Ela pedia que eu a encontrasse em frente à feira dos produtores próxima ao Portão Sul do Estádio Gongti.

Eu sempre gosto de andar por essas feiras. No norte da China as estações são bem definidas, e diferentes frutas e legumes acompanham as mudanças no clima. Você pode ver essas mudanças nas feiras de produtores, e além do mais os produtos são muito mais frescos do que nos supermercados. As feiras de produtores fazem com que eu me sinta em contato com as pessoas comuns. Você não tem como evitar a sensação quando a multidão ao redor o empurra de um lado para outro. Se você para no meio do caminho, logo Tios e Tias com os braços carregados de legumes tratam de empurrá-lo para longe.

Naquele dia eu fiquei um pouco nervoso. Xiao Xi já estava mais de meia hora atrasada. As autoridades administrativas de Beijing não eram muito sensatas. A feira dos produtores tinha autorização para funcionar apenas até as 10 da manhã, e já estava quase na hora de acabar. Nos meus pensamentos eu estava amaldiçoando os burocratas mesquinhos de Beijing que não davam a mínima para as pessoas comuns quando ouvi Xiao Xi gritar "Lao Chen!".

Virei e notei que Xiao Xi estava sorrindo e parecia bastante feliz. "Você veio!", disse eu. "Estou aqui", completou ela.

Xiao Xi trazia uma bolsa de lona na mão.

"Espere aqui enquanto eu compro uns legumes", disse ela.

"Não, eu vou com você."

Faltando dez minutos para a hora de fechar, a feira estava apinhada de gente. Segui atrás de Xiao Xi. Eu avançava quando ela avançava e parava quando ela parava. Senti como se eu estivesse me roçando em Xiao Xi, e o tempo inteiro eu sentia o perfume que ela exalava. Mas Xiao Xi estava ocupada demais pechinchando, pagando e recebendo o troco e a seguir abrindo caminho com o ombro em meio ao aglomerado de pessoas até a banca seguinte. Os dez minutos passaram depressa e eu me senti muito à vontade, como há muito tempo não me sentia.

No e-mail, Xiao Xi tinha dito que pretendia ir até a minha casa e preparar um almoço para mim, e eu estava entusiasmado com o convite.

"Hoje só podemos comer frutas e legumes", disse Xiao Xi quando deixamos o mercado.

"Por mim tudo bem", respondi.
"Você tem arroz em casa, não?", perguntou ela.
Respondi que eu tinha.
Na verdade eu não tinha quando recebi o e-mail de Xiao Xi, mas passei no Carrefour e comprei arroz, óleo, especiarias, frango, carne de gado e de cordeiro. Comprei até uns apetrechos de cozinha. Imaginei que Xiao Xi pudesse comprar uns legumes na feira de produtores.
"Você ficou preocupado com o meu atraso?", quis saber Xiao Xi.
"Não muito", menti.
"Precisei me livrar desses sujeitos que ficam me seguindo", disse Xiao Xi, mudando o tom de voz.
No caminho, ela me contou muitas das coisas que tinha feito para me ver. Alguns dias atrás ela tinha saído para ver casas, como se tivesse planos de se mudar. No fim encontrou um pequeno apartamento mobiliado em um daqueles blocos dilapidados em estilo soviético construídos na década de 70. Hoje de manhã ela se encontrou com o proprietário, encheu um caminhão de coisas e pagou o aluguel. Depois pegou uma bolsa de lona e disse que estava indo às compras.
Xiao Xi percebeu que os dois sujeitos que a estão seguindo iam falar com o proprietário sobre a instalação de um grampo enquanto ela estivesse fora. Graças a uma mudança na atitude do antigo senhorio ela descobriu que estava sendo seguida e grampeada. O outro sujeito talvez desistisse de segui-la, afinal ela já tinha acertado o aluguel e não tardaria a voltar do supermercado. Mesmo que a seguisse, o supermercado Jingkelong tinha duas entradas e duas saídas, então ainda seria possível despistá-lo. Mas ela sempre fingia não saber que estava sendo vigiada, e assim os observadores não ficavam muito atentos.
Quanto mais eu ouvia Xiao Xi, mais alarmado eu ficava. Aquelas impressões só podiam ser o resultado de uma sensibilidade ou de uma imaginação excessiva. Mas ela também podia estar sendo vigiada. Por acaso eu não tinha visto os fumantes aquele dia no jardim do Museu Nacional de Arte? Eu nunca mencionei a minha suspeita. A questão, naquele instante, era: Xiao Xi, você conseguiu

mesmo despistá-los? Se não, os problemas dela poderiam acabar se tornando meus, como eu já havia imaginado.

"Você tem certeza de que ninguém está seguindo você?"

Ela se deteve e olhou para trás, para a esquerda e para a direita. "Está vendo? Não tem ninguém."

Olhamos ao redor na ampla Estrada de Xindong e confirmamos que não havia ninguém à vista. Me senti envergonhado. Xiao Xi tinha passado por muitas dificuldades para me ver, e eu estava pensando nas consequências que aquilo podia trazer para mim. Mas como não ficar preocupado com a preservação da minha vida estável e pacata?

"O que houve? Relaxe, está tudo bem", disse Xiao Xi.

"Xiao Xi, o que você pretende fazer?", perguntei enquanto ela estava parada no calçamento.

"Vou pensar em alguma coisa", ela brincou. "Talvez eu saia de Beijing hoje à tarde."

Detive-me por um instante, zonzo e sem saber o que pensar.

"Você quer comer ou não, afinal?", perguntou ela com um sorriso.

Começamos a andar em direção ao Vilarejo da Felicidade Número Dois.

Era um dia agradável e florido de primavera, e o ar trazia o perfume das flores de acácia-do-japão. Era um aroma poderoso e sensual que despertou em mim um amor intenso. Senti vontade de chorar. Tudo o que eu queria dizer era "Xiao Xi, vamos ficar juntos, vamos parar de nos atormentar e levar uma boa vida juntos".

Mas não me atrevi. Não tive coragem.

Xiao Xi trabalhava com afinco e desenvoltura na cozinha enquanto eu servia de assistente desajeitado. Quando ela tirou a jaqueta pude ver a cicatriz irregular na altura do ombro, bem onde o jipe do exército havia batido. Pensei comigo mesmo: "Xiao Xi é uma pessoa boa de verdade, apesar dos defeitos".

"Lao Chen, todos os nossos velhos amigos estão mudados", disse ela de repente enquanto cortava o *bok choy*.

Lembro que ela tinha dito algo parecido no jardim do Museu Nacional de Arte. Então perguntei: "Mudados como? Me explique".

"Eles estão... satisfeitos demais", completou ela depois de uma breve pausa. "Lao Chen, você também está satisfeito?"

Senti que era um teste, então respondi: "Xiao Xi, por que *você* está tão insatisfeita?"

Foi essa a conversa que tivemos, como duas pessoas de meia-idade.

Xiao Xi deteve-se por um instante com uma expressão ilegível no rosto e me perguntou: "Lao Chen, você lembra de como era antes? Quando você estava lá, em 1989, na época em que eu trabalhava no velho restaurante de Wudaokou com a minha mãe, e depois nos anos 90, quando abrimos o novo restaurante – você se lembra do que falávamos? Você se lembra do que nos incomodava, dos motivos para a nossa luta, dos nossos ideais? Você lembra, Lao Chen?"

E eu perguntei de volta, cheio de ternura: "Xiao Xi, por que você não esquece? Estamos vivendo em outra época".

Ela me encarou com uma expressão decepcionada e, depois de algum tempo, disse: "Eu já esqueci demais. Durante o tempo que passei internada no hospital psiquiátrico, esqueci muitas coisas. Não quero esquecer mais nada".

Quando eu estava prestes a fazer mais perguntas, Xiao Xi me deu a impressão de que preferia abandonar o assunto. "Vamos almoçar", disse ela, e baixou a cabeça para continuar cortando o *bok choy*. Nesse instante eu soube que a tinha perdido.

Quando o almoço foi servido, Xiao Xi ainda estava à vontade, mas já havia tirado uma conclusão a meu respeito – eu era uma das pessoas ao redor dela que haviam mudado.

Logo antes de começarmos a comer, ela tomou um remédio e me disse com toda a franqueza: "É um antidepressivo que o psiquiatra me receitou, mas eu acho que não adianta nada. Quando esses acabarem, vou parar de tomar".

Eu disse que as batatas raladas com pimenta vermelha e o *bok choy* com vinagre estavam deliciosos. Ela disse que estava muito feliz de ter preparado uma refeição para mim. Na verdade, senti que aquilo era uma despedida.

Ainda na mesa da cozinha, resolvi fazer uma última tentativa para me redimir aos olhos dela. Naquele instante eu tive um palpite quanto ao que Xiao Xi estaria pensando. Ela acha que todos haviam mudado enquanto ela era a única que ainda sentia raiva. Tentei sondá-la dizendo: "Sabe, Xiao Xi, algumas pessoas fingem ser melhor do que as outras, e fingir é uma boa forma de se proteger". Quando vi os olhos dela se iluminarem eu sabia que havia tocado em um ponto importante.

"Mas, claro, se você finge por um tempo muito longo, depois acaba misturando o que é real com o que é falso", prossegui. Xiao Xi me escutava em silêncio.

Segui essa linha de raciocínio, elaborando-a à medida que eu avançava: "Lu Xun disse que certas pessoas são nostálgicas em relação a um inferno perdido porque sempre vai haver um inferno ruim muito pior do que o bom inferno perdido. Isso é óbvio. Mas entre um bom inferno e um paraíso falso, o que as pessoas vão escolher? Não importa o que você diga, muitas pessoas acham que um paraíso falso é melhor do que um bom inferno. Elas sabem muito bem que o paraíso é falso, mas não se atrevem a denunciá-lo. E assim, à medida que o tempo passa, as pessoas esquecem que o paraíso *é* falso. Começam a argumentar a favor do paraíso falso, dizendo que na verdade é o único paraíso que existe. Mas sempre existem algumas pessoas, ainda que sejam uma minoria ínfima, dispostas a escolher o bom inferno, por mais doloroso que seja, porque ao menos no bom inferno todos têm plena consciência de que estão vivendo no inferno".

Eu não sabia direito onde pretendia chegar, mas quanto mais eu falava, mais achava que aquilo fazia sentido. Xiao Xi me escutou com atenção. No continente, o nome de Lu Xun – um escritor às vezes comparado a Dickens e até mesmo a Joyce – tem um poder especial sobre pessoas de uma certa idade e com uma certa educação. Na pior das hipóteses, a estratégia tinha me aproximado de Xiao Xi.

Ela me observou por alguns instantes antes de perguntar: "Você está dizendo que sou nostálgica demais para o meu inferno perdido e que estou me recusando a aceitar o nosso paraíso falso?"

"Estou falando sobre duas escolhas", respondi meio sem jeito.

"Entre um bom inferno e um paraíso falso, qual você escolheria?", ela perguntou.

Xiao Xi tinha ido direto ao cerne da questão. Tinha feito a pergunta decisiva, e portanto eu tinha de tomar cuidado. Eu queria nos aproximar, então tratei de ser vago. "Talvez... se fosse necessário... eu estivesse disposto a considerar o bom inferno."

Xiao Xi sorriu. Se ela estivesse mais perto, talvez eu a houvesse beijado, mas infelizmente a mesa da cozinha nos separava.

"Lao Chen, posso dar um abraço em você?", ela perguntou.

Dei a volta na mesa e enlacei-a com força.

"Bem-vindo de volta ao nosso bom inferno!", disse ela.

Eu queria muito dizer: "Xiao Xi, vamos ficar juntos", mas as palavras não saíam da minha boca.

Bem na hora o interfone do apartamento tocou. Xiao Xi ficou tensa e no mesmo instante eu a soltei. "Xiao Xi", pensei, "encontraram você e dessa vez não há escapatória."

Pronto para encontrar problemas, fui até a porta. Quando olhei mais uma vez para Xiao Xi, ela ainda estava de pé, imóvel e com a respiração suspensa.

Apertei o botão do interfone e gritei: "Quem é?".

O homem no outro lado da linha pareceu surpreso. "Er... hm... é o sr. Chen?"

Vi Xiao Xi pôr o casaco às pressas, juntar a bolsa de lona e chegar mais perto para ouvir.

Gritei mais uma vez: "Quem é?"

"Sr. Chen... aguarde um instante, por favor...", disse o homem, que parecia ter se afastado do interfone.

"Tem alguma outra porta de saída?", perguntou Xiao Xi. Balancei a cabeça.

Então a voz de uma mulher falou no interfone. "Lao Chen, abra a porta! Por favor, abra a porta", insistiu.

"Quem é?", perguntei aos berros.

"Sou eu!", ela gritou de volta.

Percebi que era a voz de Wen Lan.

"É uma amiga minha", expliquei a Xiao Xi.

Xiao Xi abriu a porta e disse: "Vou ficar escondida no canto do corredor enquanto você abre o portão".

A precaução me pareceu desnecessária, mas antes que eu pudesse dizer qualquer coisa, Xiao Xi já tinha aberto a porta do apartamento e saído.

Apertei o botão e escutei o portão de ferro se abrir lá embaixo. Xiao Xi se escondeu na escada para o andar de cima. O meu prédio não tem elevador, e assim escutei os saltos de Wen Lan batendo nos degraus que levavam até o terceiro andar.

Assim que chegou ao meu apartamento ela esbravejou: "Por que diabos você demorou tanto para abrir o portão?".

"O que você quer aqui?", perguntei enquanto eu bloqueava o acesso ao apartamento.

"Uma pessoa me destratou, eu fiquei magoada e preciso de um ombro amigo", disse ela.

"Você acha que eu estou sempre à sua disposição", pensei.

Wen Lan apresentava sinais claros de agitação e tinha os olhos marejados. "Por que você está me olhando desse jeito cruel? Você nunca me tratou assim. Não disse que queria cuidar de mim?"

O que Xiao Xi pensaria ao escutar aquilo?

"Entre", disse eu por entre os dentes.

Wen Lan entrou e fechou a porta. Eu sabia que Xiao Xi aproveitaria a oportunidade para fugir depois de tirar uma conclusão equivocada sobre o meu relacionamento com Wen Lan.

"O que houve? Por que você parece tão impressionado?".

"Como foi que você me encontrou aqui?", perguntei, sem esconder a raiva.

"Rua Dongzhi Menwai, Vilarejo da Felicidade Número Dois. Perguntei ao guarda onde morava o escritor de Hong Kong e ele me trouxe até aqui."

"Você acha mesmo que eu estou sempre à sua disposição?", perguntei, baixando o tom de voz.

"Do que você está falando?"

"Eu não quero ver você nunca mais", disse eu, devagar e com grande deliberação. "Nunca mais."

"Como assim?", perguntou Wen Lan aos gritos, como se mal conseguisse acreditar no que tinha escutado.

"Saia daqui agora", disse eu com calma e frieza, "e não volte nunca mais."

"Repita o que você disse", ela insistiu.

"Eu disse para você sumir daqui agora", falei, apontando em direção à porta.

"Muito bem, seu desalmado", disse Wen Lan, como se finalmente tivesse entendido a mensagem, "mas saiba que você me magoou e que isso não vai passar em branco."

Wen Lan caminhou até a porta antes de se voltar para trás e fazer um gesto obsceno. Devagar, repeti o gesto para ela.

Paraíso na terra

Eu não devia ter deixado Xiao Xi ir embora. Não devia ter demorado tanto para declarar o meu amor. Estou arrependido.

Faz duas semanas que não recebo notícias. Escrevi um e-mail para *wudaokoupengyou*, mas não recebi nenhuma resposta. Procurei informações sobre *wudaokoupengyou* na internet, mas só encontrei páginas sobre Wudaokou e amizade. Não encontrei nenhuma postagem de Xiao Xi. A situação era bem diferente de quando ela estava usando o e-mail *feichenwuraook* e o apelido "se não for para ser sincero, não me aporrinhe". Agora que Xiao Xi sabe estar sendo vigiada, o e-mail e o apelido dela não devem mais ter relação alguma. É provável que ela tenha usado o e-mail *wudaokoupengyou* só para entrar em contato comigo. Mas quais seriam o e-mail e o apelido atuais de Xiao Xi?

A revelação veio tarde demais, mas desde que Xiao Xi foi embora eu percebi que a amo de verdade. Eu estaria disposto a desbravar o inferno por ela. O mais estranho é que o meu sentimento de felicidade nesses últimos dois anos sumiu de repente. Anseio pelo amor de Xiao Xi e não estou mais feliz.

Um dia em que o ar de Beijing estava perfumado com o aroma flores de salgueiros e cidônias, fui até a casa de Dong Niang, caminhei desanimado até o quarto dela, tirei a camisa e as calças e me atirei em cima da cama.

Dong Niang começou a se despir na minha frente e disse: "Tire a roupa toda, querido, hoje é por conta da casa".

"Por que hoje é por conta da casa?", perguntei.

"Porque é a minha última vez", ela respondeu.

"Como assim última vez?"

"Eu estou indo embora. Estou saindo de Beijing."

"Você está saindo de Beijing?", perguntei meio atordoado.

"Não chore, não chore", brincou Dong Niang. "Querido, Dong Niang nunca viu você tão triste em todos esses anos. Você ainda é o meu querido, não?"

"É verdade, estou muito infeliz", disse eu.

"Então deixe Dong Niang cuidar de você", disse ela.

Ela me beijou, mas eu mantive uma certa distância. "Xiao Dong, vamos apenas conversar."

Ela me soltou e saiu da cama. "Eu vou ler a sua sorte nas cartas de tarô."

Eu não gosto de chamá-la de Dong Niang. Prefiro chamá-la de Xiao Dong ou Pequena Dong, como na época do Clube Paraíso. Quando Xiao Dong descobriu que eu era escritor, pediu que eu lhe recomendasse bons romances. Na verdade eu não era muito necessário, pois ela adorava ler ficção e, mesmo antes das minhas sugestões, já tinha lido várias obras de Qiong Yao, Yan Qin, Cen Kailun, Yi Shu e Zhang Xiaoxian*. Eu sugeri romances traduzidos, a começar por Jane Austen. Xiao Dong leu os seis romances de Jane Austen e, para ser franco, fez leituras melhores do que as minhas. Depois ela leu uns quantos outros romances populares em tradução. Lembro de ter perguntado quais eram os livros favoritos dela, e descobri que eram *As pontes de Madison*, de Robert Weller, e *Quanto dura o pôr do sol?*, de Qiong Yao. Nossos gostos eram diferentes mas, como nós dois gostávamos de ler, eu sempre me sentia próximo de Xiao Dong. Por anos continuamos nos encontrando depois que ela saiu do clube e começou a receber os clientes em casa, mas para mim ela era sempre a Xiao Dong que gostava de ler romances. Houve uma época em que clientes de Taiwan pagavam para jogar pôquer e fumar charutos na casa dela, e algumas vezes juntei-me ao grupo. Eles falavam que Dong Niang isso e Dong Niang aquilo, e no fim eu também comecei a chamá-la de Dong Niang em vez de Xiao Dong.

---

* Escritores de Taiwan e Hong Kong muito populares na China continental. (N.E.)

"Onde está a minha amante?", perguntei de maneira um pouco desastrada.

Ela começou a pôr as cartas, mas logo eu mudei de ideia. "Não, não, não, vamos ver outra coisa." Eu tinha certas reservas quanto às habilidades de Xiao Dong com as cartas de tarô. Achava que ela fazia aquilo por simples diversão. Mas e se ela dissesse mesmo o nome de algum lugar? Nesse caso eu precisaria decidir se levava a previsão a sério e saía atrás da minha suposta amante ou não. Eu não podia entregar o meu destino nas mãos de Xiao Dong. Expliquei a ela uma outra situação, o típico dilema das cartas de tarô. "Estou em uma encruzilhada. A primeira estrada me conduz a uma vida estável e confortável, mas na qual nunca vou me sentir muito satisfeito. A segunda estrada me conduz a um monte de problemas, talvez problemas insolúveis, mas também pode me conduzir ao verdadeiro amor e à mais pura felicidade. Que estrada eu devo escolher?"

Ela embaralhou as cartas e então as dispôs em duas fileiras. A seguir, disse: "A primeira estrada é muito tranquila e próspera; na segunda estrada existem muitos obstáculos e incertezas, mas o amor está lá". A resposta era uma simples repetição da minha pergunta.

Mas depois ela disse: "Essas cartas falam sobre uma mudança. Você já esteve na primeira estrada por um bom tempo. Se quer trilhar a segunda estrada, é o que você deve fazer. Senão você vai se arrepender mais tarde". Era tudo o que eu queria ouvir.

"Xiao Dong, eu ainda gosto de chamar você de Xiao Dong; muito obrigado", disse eu.

"Lao Chen, essa foi a primeira vez que você... me mostrou o seu verdadeiro rosto nesses últimos dois anos."

"O meu verdadeiro rosto? Quem realmente eu sou? Por acaso antes eu não era real?"

"Antes você era como todos os outros... sempre, sempre..."

"Sempre feliz?", perguntei com o coração batendo forte.

"Exato. Tudo começou há uns dois anos. Você e todos os meus outros clientes, e na verdade todo mundo ao meu redor, de repente ficou extremamente feliz!"

"Todas as pessoas ao seu redor mudaram?", perguntei, repetindo as palavras de Xiao Xi.

"Dá para dizer que sim", respondeu Xiao Dong.

"Mas você não mudou, não é mesmo? Por que não?", perguntei.

Xiao Dong ficou em silêncio por um tempo. Depois ela disse: "Lao Chen, somos amigos há mais de dez anos. Posso me abrir com você?"

Acenei a cabeça.

"Você sabia que eu sou o tipo de mulher que em Hong Kong chamam de 'mulher do Dao' – uma *junkie*?"

A notícia não me chocou. "Eu nunca imaginaria se você não me contasse. Nunca vi nenhuma marca de agulha", respondi.

"Eu não uso agulhas. Os clientes não iam gostar nem um pouco", ela explicou.

"Que tipo de drogas você usa?", perguntei.

"Qualquer coisa que eu possa tomar por via oral", respondeu ela.

"Depois eu quero que você anote os nomes para mim. Eu gostaria de saber quais são", disse eu com um certo tom de vigilância. "Mas vamos, continue. O que acontece depois que você toma as drogas?"

"Às vezes eu viajo, mas às vezes também fico numa pior, você entende? E às vezes eu fico muito consciente das coisas que me cercam. Nessas horas eu vejo que o mundo mudou, que tem algo de errado com as pessoas ao meu redor."

"E o que é esse 'algo de errado'?", perguntei.

"Não sei direito... As pessoas estão diferentes, inclusive você, Lao Chen", disse ela. "Todos estão... todos se sentem felizes demais. Eu não sei explicar, mas as pessoas não são mais como eram antes. Não estou falando de uma viagem cheia de loucuras como as de outros viciados. É uma viagem muito sutil e muito suave."

Eu tentava ao máximo entender o que ela estava dizendo. Achei que entendia, mas na verdade eu não conseguia.

"Eu e o meu namorado não aguentamos mais", disse ela. "Ele é australiano. Costumava escrever guias de viagem para mochileiros e mora na China há vinte anos. Ele diz que a mentalidade chinesa muda em intervalos de poucos anos. Mudou em 1992, quando Deng Xiaoping visitou o Sul, em 1994, com o macrocontrole econômico, em 1997, com a devolução de Hong Kong, no ano 2000, quando a China entrou na OMC, em 2003, depois da epidemia de SARS, em 2008, com a tocha olímpica e a cerimônia de abertura, e mais uma vez nesses últimos cinco anos. Ele diz que no passado os países com os mais altos índices de Felicidade Interna Bruta eram sempre países como Nigéria, Venezuela e Porto Rico. As pessoas desses lugares sempre se diziam muito felizes. Você nem imagina como a China se saía mal nessa lista, mas de repente, nos últimos anos, nós pulamos para o primeiro lugar. Mais de um bilhão de pessoas se dizem muito felizes! Você não acha que tem alguma coisa errada com os chineses? Como podem ser tão felizes?"

Pensei que o namorado estrangeiro sem dúvida havia dado a Xiao Dong uma perspectiva diferente.

"O meu namorado também usa drogas", ela acrescentou. "Uma vez ficamos chapados juntos e tivemos uma grande discussão sobre Jane Austen. Foi incrível. Depois nós ficamos muito próximos. Você lembra daquele ano da repressão? Quando eu estava morando no distrito de Wangjing? Eu sabia que alguém podia me denunciar à polícia, então fui para a casa do meu namorado, no Quarteirão Diplomático. Não saí de casa por semanas a fio, senão eu talvez nem estivesse viva hoje para contar a história. Está vendo? Parece que você não lembra."

"As minhas lembranças dessa época são muito difusas...", eu disse.

"Hoje, as pessoas normais não lembram", disse ela. "Quem lembra somos nós, os anormais. É por isso que eu e o meu namorado não aguentamos mais. Nesses últimos dois anos aqui em Beijing ficou cada vez mais difícil encontrar o que a gente precisa. Os traficantes são cada vez mais raros. Mais para o início do ano, visitamos uma região montanhosa de Yunnan para ver se as coisas estavam melhores por lá. Descobrimos que as pessoas da região são um pouco mais parecidas com a gente. Claro que encontramos muitos junkies, alguns deles mal-intencionados, mas também encontramos pessoas boas. E havia também os montanheses, que não têm as pequenas viagens como as pessoas das planícies. O meu namorado chama essa pequena viagem de *hai-lai-lai*, ou viagem suave. Às vezes ele exagera e diz que agora todo mundo se parece com aqueles trabalhadores felizes da Revolução, ou com os soldados e camponeses nos pôsteres da Revolução Cultural. Vivendo em meio a essas pessoas, você mal percebe. Não é em Beijing, mas em todos os lugares que visitamos, todo mundo está curtindo um *hai-lai-lai*, a não ser nas regiões montanhosas ou no extremo Noroeste. Eu e o meu namorado conversamos durante muito tempo e no fim decidimos nos mudar para Yunnan, perto da Autoestrada Nacional 320, na fronteira com Myanmar." Ela ficou em silêncio e esperou a minha reação.

"Eu tenho uma amiga que sente a mesma coisa", disse eu. "Ela também não suporta esse *hai-lai-lai*."

"É mesmo?"

"Ela toma antidepressivos."

"Talvez os antidepressivos tenham o mesmo efeito", disse Xiao Dong após um momento de reflexão.

"Pode ser", disse eu. "Ela é a segunda estrada que mencionei quando você leu as cartas do tarô."

PARTE DOIS

1
Andando de um lado para outro

A época da satisfação

"A época da satisfação!" – Zhuang Zizhong, um dos veneráveis fundadores da *Dushu*, muitas vezes meditava sobre essa expressão. Ele se considerava um privilegiado por ter vivido o suficiente para ver o dia em que a China venceu as diversas épocas de atribulação e entrou na Época da Felicidade – a época de ouro da prosperidade e da satisfação na China. Muitas vezes dizia para si mesmo que a coisa mais importante na vida é viver o máximo possível. Todos os outros fundadores da *Dushu* haviam falecido, e Zhuan Zizhong era um dos poucos figurões que ainda restavam. Toda a glória pertencia a ele.

Durante o festival de primavera, o membro do Politburo responsável pela propaganda cultural visitou-o em casa e levou um repórter da Televisão Central da China. Embora a ocasião não se comparasse a épocas passadas, quando o celebrado Ji Xianlin recebia visitas do premiê, o festival ainda era um evento importante no mundo cultural e editorial. Zhuang Zizhong não era nem um acadêmico clássico nem um romancista premiado. Alguns anos atrás, se você ouvisse dizer que um membro do Politburo faria uma visita à casa do fundador de um periódico acadêmico, acharia que era uma piada. Assim podemos ver a importância que o atual Politburo atribui aos intelectuais e pensadores; algo que não víamos desde o fim dos anos 80.

Na abertura da recepção de Ano-Novo promovida pela *Dushu*, Zhuang Zizhong demonstrou modéstia e disse que toda a honra pertencia à *Dushu*. Os esforços de vários editores ao longo de mais de trinta anos não tinham sido em vão, e a *Dushu* finalmente foi agraciada com o reconhecimento dos líderes do Partido Central.

Zizhong lembrou que por algum tempo o Partido não compreendeu o periódico e censurou-o tanto pelo tom como pelo viés ideológico, e que mesmo um pouco mais tarde, quando essa relação melhorou, o Partido não confiava de verdade no periódico. Mas tudo havia mudado nos últimos dois anos. Para começar, todos os editores-chefes e editores-assistentes passaram a colaborar uns com os outros, como que por milagre. De repente todos os autores que escreviam para o periódico, e que até então tinham posições diferentes em relação à melhor forma de governar o país, chegaram a um consenso. Depois que os novos editores organizaram um seminário abrangente sobre "A Nova Prosperidade Chinesa" dois anos atrás, a *Dushu* recuperou o espaço perdido e voltou a ocupar a posição de mais importante periódico acadêmico para a vida cultural e intelectual da nação. O Partido também passou a considerá-lo uma publicação de extrema importância.

Zhuang Zizhong havia feito dez sugestões de políticas nacionais relativas à Nova Era de Prosperidade da China:

uma ditadura democrática de partido único;
um estado de direito baseado na estabilidade;
um governo autoritário que governa para o povo;
uma economia de mercado controlada pelo estado;
uma concorrência justa garantida pelas empresas estatais;
um desenvolvimento científico pautado pelas características únicas da China;
uma política externa harmoniosa e centrada no bem-estar da nação;
uma república multiétnica governada por um grupo ético soberano de chineses *han*;
uma visão de mundo baseada no pós-ocidentalismo e no pós-universalismo;
uma restauração da cultura nacional chinesa ao nível de líder mundial etc.

Todas essas posições – hoje princípios firmes e bem-estabelecidos – pareciam ser o simples resultado do bom senso. Mas por que a *Dushu* precisou defendê-las por tantos anos para conseguir um consenso favorável? Segundo Zhuang Zizhong, pouco importava o que tinha acontecido; o principal era que a *Dushu* havia obtido o reconhecimento do Partido, um sinal de que o periódico era reconhecido como uma publicação devotada ao Partido e à nação. Zhuang Zizhong afirmou que essa foi sua maior conquista na idade adulta.

Agora ele está sentado na cadeira de rodas enquanto a jovem esposa o empurra em direção ao carro novo. Quando o membro do Politburo visitou-o durante o festival do Ano-Novo Lunar, ficou decidido que Zhuang Zizhong teria um motorista e um carro oficial. Um dos deveres oficiais desse carro é levar Zhuang Zizhong todas as tardes de sábados para dar um passeio na Livraria Sanlian.

***

Quando Zhuang Zizhong saiu de casa, Lao Chen, o escritor taiwanês radicado há anos em Beijing, tinha acabado de sair do Vilarejo da Felicidade Número Dois e começado a caminhada que fazia todas as tardes até um dos três Starbucks próximos. Como era sábado, os Starbucks do Sanlitun Village e do centro comercial de Ginza, na rua Dongzhi Menwai, estariam muito cheios; a única opção era o Starbucks do Shopping da Fartura, na Torre da PCCW, próximo à Estrada Gongti Norte. Lao Chen torcia para que os yuppies de colarinho branco estivessem malhando na academia, e não no Starbucks, ocupando todas as poltronas e navegando na internet, usando toda a banda da conexão.

A única coisa diferente naquele dia era que, ao contrário do havia acontecido nos últimos dois anos, Lao Chen não estava muito feliz ao sair de casa. O sentimento de felicidade o havia abandonado. Não seria exagero dizer que, quando saiu pela porta, Lao Chen estava se sentindo miserável.

Lao Chen não se sentia bem desde que Xiao Xi havia deixado o apartamento no Vilarejo da Felicidade. A partida de Xiao Dong fez com que se sentisse ainda pior.

Alguns dias depois que Xiao Xi partiu, Lao Chen foi a Wudaokou para visitar a Grande Irmã Song. Apareceu às dez da manhã, porque nesse horário o jovem e talentoso Wei Guo estaria na escola. O plano era perguntar à Grande Irmã Song se ela tinha notícias de Xiao Xi. Lao Chen chegou pela porta dos fundos do restaurante Os Cinco Sabores e ficou meio escondido, tentando evitar que o vissem até que a Grande Irmã Song abrisse a porta. Estava usando um sobretudo bege do tipo usado por Ng Man Tat, o ator cômico de Hong Kong que na época fazia o papel de um detetive particular, ou por Law Kar-ying no papel de um tarado. Mas é claro que Lao Chen não estava se vendo por esse ângulo. Segundo pensava, o sobretudo deixava-o mais parecido com Humphrey Bogart, o durão de Hollywood, ou com Graham Greene. Devido a essa interpretação equivocada em relação à própria aparência, Lao Chen fez com que a Grande Irmã Song desse um grito de susto quando ele a cumprimentou.

Depois de acalmá-la, Lao Chen perguntou se ela sabia como entrar em contato com Xiao Xi. A Grande Irmã Song tirou um bilhete do bolso do casaco e disse: "Eu sabia que você ia aparecer. Algum tempo atrás, quando eu ainda conseguia mandar e-mails para Xiao Xi, ela me perguntou se devia marcar um encontro com você, e eu respondi que sim. Mas depois ela não me disse se tinha encontrado você. Dois dias atrás eu recebi um torpedo. Não sei de onde foi mandado, mas copiei a mensagem porque imaginei que você apareceria".

"O que essas letras significam?", perguntou Lao Chen ao ver o bilhete que trazia quatro palavras chinesas romanizadas – *mai zi bu si*.

"Não sei", respondeu a Grande Irmã Song.

"Foi Xiao Xi quem enviou essa mensagem à senhora?"

"Deve ter sido."

Lao Chen estava apenas meio convencido quando a Grande Irmã Song tomou-lhe as mãos, dobrou os joelhos em uma mesura e implorou: "Lao Chen, você precisa salvar Xiao Xi, por favor!".

"Levante-se, Grande Irmã, levante-se", disse Lao Chen enquanto a ajudava ficar de pé.

A Grande Irmã Song começou a chorar, e Lao Chen também; logo ele tirou um lenço branco do bolso e enxugou os olhos.

"Lao Chen, eu sei que você vai salvar Xiao Xi", disse a Grande Irmã Song. "Você é um bom homem, Lao Chen, e vai salvar Xiao Xi."

"Prometo fazer todo o possível", disse Lao Chen. "Tudo o que eu puder fazer."

Quando chegou em casa, Lao Chen sentou-se em frente ao computador e olhou perplexo para aquele bilhete: *mai zi bu si*. Na última vez ele tinha percebido na hora que *feichengwuraook* significava "se não for para ser sincero, não me aporrinhe, ok?". Mas o que significaria *mai zi bu si*? "Vender aparência fio de tecido?" "Carta espinhosa enriquece a posteridade?" Lao Chen tentou alguns ideogramas, mas o problema com a romanização do chinês é que os tons não são indicados, então cada som pode representar muitos ideogramas diferentes.

Lao Chen lembrou-se da época em que era menino e morava em Tiu Keng Leng, quando a mãe trabalhava na cozinha de uma igreja católica. Nas manhãs de domingo ela o levava para a missa protestante porque depois os frequentadores da igreja ganhavam um saco de farinha doado pelo povo dos Estados Unidos. Em geral a mãe cochilava durante a missa, mas ele gostava de ouvir o sermão do pastor. Certa vez o pastor mencionou o que Jesus havia dito sobre um único grão de trigo, que "Se o grão de trigo caindo na terra não morrer, fica ele só; mas se morrer, dá muito fruto". Em outras palavras, um grão de trigo que cai na terra não morre de verdade – *maizi bu si*. Será que na internet Xiao Xi havia trocado o nome para *maizibusi* – "o grão não morre"? Lao Chen não tinha a menor lembrança de quaisquer sentimentos religiosos em Xiao Xi.

Ele procurou os quatro caracteres de *maizi bu si* na internet e descobriu várias páginas sobre literatura e religião. Descobriu, por exemplo, um livro sobre Zhang Ailing e sobre a escola ficcional de Zhang chamado *O grão caído na terra não morre*, escrito por um professor de Harvard chamado Wang Dewei, e também a tradução chinesa *Maizi busi* do romance autobiográfico de André Gide *Si le grain ne meurt*. Lao Chen pesquisou cerca de dez páginas, mas não encontrou nada que parecesse escrito por Xiao Xi. Já não tinha mais paciência para continuar procurando. A promessa de salvar Xiao Xi feita à Grande Irmã Song começava a pesar-lhe nos ombros como a cruz do Calvário. De qualquer maneira, independente do quanto o coração pesasse, a vida precisava seguir adiante – então ele saiu em busca do costumeiro Latte Dragão Negro com Lichia.

***

O que Lao Chen não esperava era que Fang Caodi, antigamente Fang Lijun, estivesse aguardando-o na Estrada de Xindong por quase duas horas. Fang Caodi já o havia encontrado lá, recebido um cartão de visitas e escrito um e-mail, mas Lao Chen não tinha respondido. Dessa vez, Fang estava decidido a esperá-lo no mesmo lugar e a simular outro encontro casual.

A essa altura, Fang Caodi era quase capaz de dizer, pela simples aparência, se uma pessoa lembrava das coisas como Zhang Dou e ele próprio. No último encontro, a expressão satisfeita no rosto de Lao Chen excluiu-o desse grupo. Mas Fang Caodi sempre havia acreditado que Lao Chen fosse um sujeito inteligente, e Fang raramente mudava de opinião em relação às pessoas. Assim, ficou muito feliz ao ver Lao Chen sair do Vilarejo da Felicidade Número Dois com a testa franzida e um olhar de extrema preocupação no rosto.

"Senhor Chen", exclamou Fang enquanto tirava o boné de beisebol e caminhava em direção a Lao Chen. "Sou eu, Fang Caodi." Ele deu um tapinha na careca como que para refrescar a memória de Lao Chen.

"Senhor Chen, o senhor está com uma aparência ótima hoje", disse Fang.

"Lao Fang, hoje não estou para conversa", respondeu Lao Chen.

"O senhor não está bem?", perguntou Fang. "Não se preocupe. Como poderia estar bem com um mês inteiro faltando?"

"Lao Fang, eu tenho compromissos", disse Lao Chen. "Podemos conversar outra hora."

"Para onde o senhor está indo?"

Lao Chen refletiu por um instante. Não podia responder que estava indo tomar um café no Starbucks. "Estou indo para a Livraria Sanlian."

"Eu lhe dou uma carona, sr. Chen", prontificou-se Fang Caodi. Ele abriu a porta dianteira do Jeep como que para dizer "Entre".

"Não precisa", disse Lao Chen, ainda na tentativa de evitá-lo. "Eu vou pegar um táxi. Você deve ter outras coisas para fazer."

"Não tenho", respondeu Fang. "Vim especialmente para falar com o senhor, sr. Chen."

Resignado, Lao Chen entrou no carro.

"Senhor Chen...", começou Fang Caodi enquanto dirigia.

"Pare de me chamar de sr. Chen!", irritou-se Lao Chen. "A Bíblia diz que quando o mundo está cheio de mestres, o fim dos dias está próximo."

"Não vejo graça", disse Fang em tom sério. "Mas então vou chamá-lo apenas de Lao Chen, tudo bem?"

"Sobre o que você quer falar, afinal?", perguntou Lao Chen, exasperado. "Vamos, fale de uma vez!"

"Um mês inteiro desapareceu, Lao Chen", disse Fang. "O que nós vamos fazer? Precisamos recuperá-lo!"

"Se o mês desapareceu, ele desapareceu e pronto", respondeu Lao Chen, bastante irritado com o assunto. "O que importa? Que falta faz um mês?"

Porém, à medida que Fang Caodi falava, algumas memórias se reavivavam na lembrança de Lao Chen, que assim começou a prestar mais atenção. "É muito estranho que um mês desapareça, Lao Chen. Você não percebeu que todo mundo ao seu redor mudou nos últimos anos?"

A pergunta soava como as declarações de Xiao Xi e de Xiao Dong.

"Antes e depois daquele mês, toda a China mudou, e os chineses também", disse Fang.

Lao Chen sempre tinha achado que Fang Caodi exagerava as coisas.

"Agora a China está dividida entre dois tipos de pessoas", continuou Fang. "Um tipo é a maioria, e o outro tipo é uma minoria ínfima."

"Quantas pessoas fazem parte dessa minoria ínfima?", perguntou Lao Chen.

"Até agora só conheço duas", respondeu Fang; "eu mesmo e Zhang Dou, meu irmão jurado. Mas acreditamos que haja outros. Temos a esperança de que você também seja um de nós."

"Por que vocês acham que eu faço parte dessa minoria?"

"Porque você não é feliz. Você está com um aspecto horrível, úmido e lamentável, como uma fatia de pão molhado."

"E só porque não estou feliz eu faço parte da minoria de vocês?"

"Esse é apenas um sinal externo", explicou Fang. "O principal é descobrir se você lembra dos acontecimentos no mês desaparecido ou não."

Pensando em Xiao Xi e em Xiao Dong, Lao Chen decidiu sondar Fang Caodi. "Lao Fang, por acaso você usa algum tipo de droga, como, digamos...?"

"Ah, você é um de nós!", exclamou Fang, surpreso.

"Não fique tão empolgado. Primeiro responda à minha pergunta", exigiu Lao Chen.

"Zhang Dou e eu temos asma crônica e tomamos corticosteroides há muitos anos."

"Arrá!", exclamou Lao Chen.

"Nada de 'arrá!' por enquanto", disse Fang. "Eu fiz uma pesquisa e descobri que a maioria das pessoas que toma corticosteroides para a asma não pertence à nossa pequena minoria. Além de mim, até hoje só descobri Zhang Dou."

"Talvez outras drogas deem o mesmo resultado", disse Lao Chen.

"Como assim, Lao Chen?"

"Corticosteroides, antidepressivos, analgésicos com propriedades anestésicas, drogas ilícitas de outra espécie... talvez o efeito seja o mesmo", especulou Lao Chen. "Mas nem todo mundo que usa drogas ou remédios por muito tempo acaba assim. As drogas e remédios só aumentam as chances. E também precisamos atentar para variáveis combinadas, como, por exemplo, o tipo de droga que alguém toma, a dieta dessa pessoa, a personalidade ou simplesmente a sorte. Todos esses fatores podem ter influência. E se tiverem? Em primeiro lugar, você sente que todo mundo ao seu redor mudou;

em segundo lugar, nota que as pessoas se tornam felizes demais e chegam até a se sentir levemente dopadas; e, em terceiro lugar, você se lembra de coisas que todo mundo parece ter esquecido." Lao Chen estava pensando que Xiao Dong se lembrava de muitas coisas, enquanto Xiao Xi se lembrava apenas de algumas.

"Exato!", emendou Fang Caodi. "É assim que nós somos. Lembramos muitas coisas que as outras pessoas esqueceram, e em especial os acontecimentos daquele mês."

"Do mês perdido?" Lao Chen enfim compreendeu. "Então você está dizendo que um mês inteiro desapareceu no esquecimento?"

"Exato. Em uma amnésia coletiva."

"Que mês foi esse?", perguntou Lao Chen.

"O mês em que a economia mundial entrou em crise e a época de ouro da China começou em caráter oficial", disse Fang. "Para ser exato, foram 28 dias."

Lao Chen devaneou um pouco enquanto pensava no romance detetivesco que tinha escrito na época, chamado *Treze meses*. Recompondo-se em seguida, perguntou: "Por acaso essas duas coisas – a crise da economia global e o início da época de ouro da China em caráter oficial – aconteceram ao mesmo tempo, sem nenhum intervalo entre uma e outra?"

"Lao Chen, você é engraçado", disse Fang, rindo.

Lao Chen calou-se enquanto fazia um grande esforço para lembrar, mas as memórias eram difusas. Tudo aquilo podia ser apenas resultado da imaginação demasiado fértil de Fang Caodi – talvez os 28 dias jamais houvessem desaparecido. No fim, Fang Caodi percebeu que Lao Chen não estava brincando. "Lao Chen, você não lembra mesmo? Ainda há pouco eu achei que você era um de nós."

Fang Caodi, Zhang Dou, Xiao Xi e Xiao Dong – todos eram membros do clube, pensou Lao Chen.

"Bem, nesse caso lamento ter incomodado", disse Fang sem esconder a decepção.

"Não, não, não", disse Lao Chen, "eu com certeza não sou um de vocês, mas... É como se vocês fossem alienígenas do espaço sideral que aterrissaram na Terra por acaso, e eu fosse o terráqueo capaz de fazer contato. Sou o amigo de vocês aqui na Terra. Você entende o que estou querendo dizer?"

"Entendo", respondeu Fang. "Você é o traidor dos terráqueos."

Lao Chen achou que não valia a pena discutir. "Eu conheço pessoas que podem fazer parte do seu clube."

"Excelente!", disse Fang. "Onde estão elas?"

"Não sei. Estou procurando uma delas nesse exato instante."

"É mesmo? Eu vou ajudar você. Podemos procurar juntos."

Lao Chen olhou para Fang Caodi, tentando decidir se aceitava ou não a oferta de ajuda e que riscos correria se a aceitasse.

"Eu sou um especialista", disse Fang. "Passei os últimos anos trabalhando nisso, procurando o mês perdido, procurando outras pessoas como eu, procurando evidências. Aceite a minha ajuda, Lao Chen."

"Vou pensar a respeito, Lao Fang."

Fang Caodi ficou em silêncio por algum tempo, mas quando os dois estavam chegando à Livraria Sanlian ele disse: "Lao Chen, hoje em dia não tem nada que valha a pena ler nas livrarias. Viajei por todo o país e em toda parte é a mesma coisa; os livros foram alterados por decreto oficial. Não imagine que você possa encontrar qualquer coisa sobre a situação real. Se não acredita em mim, veja por si mesmo. Não existe nenhum livro que mencione o mês perdido, e muito menos o Massacre de Tiananmen em 1989. Não existe sequer um livro decente sobre a Campanha Antidireitista ou sobre a Revolução Cultural. Tudo não passa de um amontoado de mentiras."

Lao Chen não respondeu, mas ficou irritado com Fang Caodi. "Não preciso de instruções para visitar uma livraria", pensou. "A Livraria Sanlian tem milhares de livros. Por acaso Fang Caodi leu todos? Só os diários de pessoas vivas ocupam várias prateleiras. Eu costumava vir aqui uma vez por semana, e pelos últimos dois anos tenho vindo uma vez a cada dois ou três meses. Por acaso não sei encontrar os livros melhor do que ele? O especialista aqui sou eu. Lao Fang é apenas um pé no saco."

Quando os dois chegaram à frente da Livraria Sanlian Taofen, Lao Chen desceu do carro decidido a fugir, porém no mesmo instante Fang Caodi fez uma ligação para o celular dele. Lao Chen atendeu o telefone. "Agora você tem o número do meu celular. Pode me ligar qualquer dia, a qualquer hora do dia ou da noite." Fang disse que aguardaria a ligação. Antes de acelerar o carro para ir embora, Fang pôs a cabeça para fora da janela e disse: "Lao Chen, aposto que eles não tem sequer os livros de uma autora famosa como Yang Jiang, e muito menos as memórias dela sobre a Revolução Cultural."

Então Fang Caodi foi embora. Lao Chen continuou pensando: "Afora as obras banidas em Hong Kong e em Taiwan e os livros impressos de maneira ilegal por editoras clandestinas no continente, muitas obras controversas que antes eram distribuídas legalmente na China – livros como *Os precursores da história*, a coletânea de textos do Partido Comunista Chinês escritos entre 1941 e 1946 sob o regime do Partido Nacionalista Chinês editada por Xiao Shu; *O passado não é neblina*, as célebres memórias de Zhang Yihe sobre a Campanha Antidireitista; e as *Obras póstumas em memória de Yu Luoke* – agora são de fato inacessíveis. O relato escrito em 2003 por Yang Xianhui sobre os três mil direitistas que morreram de fome em Gansu, *O que aconteceu em Jiabiangou*, e as *Regras tácitas* de Wu Si, um livro-denúncia sobre a corrupção oficial, podiam ou não estar disponíveis, mas os best-sellers de Yang Jiang, como *Seis capítulos da minha vida "na pior"* e *Atingindo os limites da vida humana* tinham de estar disponíveis. *Nós três* é publicado pela própria Sanlian. Como seria possível que não tivessem o livro à venda?

***

Assim que Lao Chen entrou na livraria, pediu a um dos atendentes que procurasse as obras de Yang Jiang no computador. Depois de olhar para a tela, o funcionário disse: "Não temos nada".

Os jovens de hoje não têm muita intimidade com os livros, pensou Lao Chen. "Estão em falta?"

"Nem constam no sistema. Nunca tivemos os livros aqui na loja."

"Talvez algum tempo atrás?"

"No sistema não consta nenhum registro."
"Mas *Nós três* é publicado pela Sanlian."
"Pode ser, mas no sistema não consta nenhum registro."
"Onde posso falar com o gerente?"
"Provavelmente no café do segundo andar."

Lao Chen era uma pessoa um tanto analítica, e logo começou a pensar que nos últimos dois anos não tinha lido nenhum relato pessoal sobre a história do Partido Comunista Chinês ou sobre a República Popular. Não tinha sequer tocado em memórias da Campanha Antidireitista ou da Revolução Cultural. Tinha apenas lido romances chineses clássicos, obras célebres entre os estudiosos de literatura. Por algum tempo, não tinha prestado atenção às obras não ficcionais nem aos livros de memórias que a Sanlian tinha nas prateleiras. Assim, decidiu ir ao andar de baixo e dar uma boa olhada.

O subsolo havia sido reformado. Antes, ao descer a escada você dava de cara com os títulos da própria Sanlian; agora o espaço era ocupado pelos livros de ficção, e ao lado estavam as seções sobre estudos chineses clássicos, religião e livros populares sobre mídia e entretenimento. Ainda existia um mercado forte para ficção e estudos clássicos, religião e livros populares sobre mídia e entretenimento, mas os números não se comparavam aos das seções de best-sellers, comércio, autoaprimoramento e guias turísticos no térreo. A partir da curva em forma de L no subsolo havia uma diminuição considerável no número de clientes. Naquele ponto começavam as seções de filosofia, história e política. Era o lugar onde Lao Chen havia sentido falta de ar depois da recepção de Ano-Novo. A cabeça de Lao Chen doía como se estivesse a ponto de explodir. Quando desistiu da tarefa e subiu as escadas, a cabeça parou de latejar. Lao Chen resolveu sentar e apressou-se até o café no segundo andar.

Estava pensando em encontrar uma poltrona confortável em um lugar discreto dentro do café quando foi surpreendido por uma exclamação de "Xiao Chen!". Virou a cabeça e viu Zhuang Zizhong, o venerável fundador da *Dushu,* sentado com o gerente da Sanlian, alguns membros mais ou menos familiares dos círculos culturais e uma jovem. Na recepção da *Dushu,* Lao Chen não tinha cumprimentado Zhuang Zizhong porque havia muitas pessoas ao redor, mas dessa vez não havia escapatória. Sentiu um bocado de culpa quando apertou a mão de Zhuang e disse, cheio de entusiasmo: "Senhor Zhuang! Que prazer."

Zhuang Zizhong apontou na direção da jovem e disse, em tom de brincadeira, "Essa é a minha esposa, a quem estou subordinado. Acho que vocês não se conhecem."

"Sra. Zhuang", disse Lao Chen enquanto apertava a mão da mulher. "Pode me chamar de Xiao Chen."

"Vocês todos se conhecem?", perguntou Zhuang Zizhong aos demais companheiros, e todos acenaram a cabeça.

"Eu ainda tenho aquele recorte", prosseguiu Zhuang, "de quando Xiao Chen me entrevistou para o *Mingbao*. Faz um quarto de século."

Todos pareceram bastante impressionados.

"Sente-se, Xiao Chen", disse Zhuang. "Tem algo que eu gostaria de lhe perguntar. Como o *Mingbao* noticiou a visita do líder do Partido Central à minha casa?"

O site estava bloqueado no continente e Lao Chen não chegou a ler a notícia, porém mesmo assim disse: "Ah, deram um bom destaque, mais ou menos como no *Notícias de Beijing*".

O sr. Zhuang ficou radiante.

Lao Chen não perdeu a oportunidade de fazer a pergunta que lhe ocupava os pensamentos. "Sr. Zhuang, é verdade que hoje os intelectuais estão mesmo dispostos a fazer uma reconciliação harmônica com o Partido Comunista?"

No mesmo instante Lao Chen sentiu que havia exagerado na franqueza.

"Como assim, 'os intelectuais estão dispostos a fazer uma reconciliação harmônica com o Partido Comunista?'", perguntou Zhuang, sem parecer contrariado com a pergunta. "A pergunta devia ser se o Partido está disposto a fazer uma reconciliação com os intelectuais."

Nesse exato instante alguém mais apareceu para cumprimentar Zhuang Zizhong, e Lao Chen aproveitou a oportunidade para perguntar ao gerente da Sanlian: "Por que os senhores não têm nenhum livro de Yang Jiang?"

"Que Yang Jiang?", perguntou o gerente.

"A esposa de Qian Zhongshu, Yang Jiang."

"Ah", exclamou o gerente, "essa Yang Jiang. Deve ser porque ninguém estava comprando os livros dela."

A cabeça de Lao Chen voltou a latejar. Por algum tempo ele não tinha lido nenhuma obra desse tipo, mas será que os gostos do público em geral também haveriam mudado?

Lao Chen voltou-se para Zhuang Zizhong e disse: "Sr. Zhuang, preciso ir agora para cuidar de uns assuntos. Foi muito bom rever o senhor; se cuide". Então se voltou para a sra. Zhuang e disse: "Cuide bem do sr. Zhang; ele é um tesouro nacional!".

Ao sair da Livraria Sanlian, Lao Chen se perguntava se não teria sido bajulador demais, se chamar Zhuang Zizhong de "tesouro nacional" não teria sido um exagero. Porém não tardou a lembrar do que Wei Xiaobao sempre diz no romance *O cervo e o caldeirão*, de Jin Yong: "Tudo pode dar errado, menos a bajulação. Que mal faz deixar os outros felizes?".

Ao sabor do vento

Assim que chegou em casa, Lao Chen tomou duas aspirinas, foi para a cama e dormiu até a manhã seguinte; quando acordou, não tinha vontade de sair da cama. Ao meio-dia, preparou um macarrão instantâneo – um dos sabores da marca Kang Shi Fu, mas nem se preocupou em saber qual. Quando terminou de comer, foi consultar na internet os sites da Dangdang e da Amazon chinesa para ver se encontrava as obras de Yang Jiang – e, de fato, não havia nenhuma entrada com esse nome.

A seguir fez buscas sobre o dia 4 de junho de 1989 e sobre o Falun Gong em 1999 e, conforme o esperado, não encontrou nenhum livro. Mas a seguir descobriu que tampouco havia livros sobre a Campanha de Retificação de Yan-an, a Reforma Agrária, o Muro da Democracia, o Movimento de Cinco de Abril, a Campanha contra a Poluição Espiritual e a Campanha para a Repressão do Crime – não havia nenhum livro sobre esses assuntos tão discutidos nos anos 80 e 90. Os únicos livros que apareciam nos resultados eram *A China contemporânea* e uma edição popular da *Breve história da China* – duas obras básicas sobre história chinesa moderna e contemporânea autorizadas pelo governo nos últimos dois anos.

O velho Fang Caodi de fato era muito astuto, e dessa vez estava com toda a razão. Depois de vasculhar as livrarias e até mesmo os sites que alegam vender todos os livros do mundo, dentre tantos milhares de títulos, Lao Chen não encontrou uma única obra que discutisse os fatos reais da história chinesa contemporânea. Por que ele não havia percebido antes?

Durante a Revolução Cultural e no início da reforma e da abertura, havia pouquíssimos livros nas livrarias, e todo mundo sabia que os fatos reais estavam sendo suprimidos. Hoje, existe um caleidoscópio de livros por toda parte; a quantidade de títulos é vertiginosa, mas os fatos reais continuam sendo suprimidos. A única diferença é que as pessoas têm a ilusão de estar lendo o que têm vontade e escolhendo as próprias leituras.

Ao continuar a pesquisa, descobriu que não conseguia encontrar nada usando termos de busca como "4 de junho de 1989", "Incidente em Tiananmen" e assim por diante. O material que aparecia sobre a Revolução Cultural era terrível – um amontoado de besteiras nostálgicas escritas para os que haviam passado a adolescência ao sol de um passado glorioso. Os poucos artigos que discutiam a história da Revolução Cultural não passavam de versões oficiais devidamente censuradas.

Nessas condições não parece estranho que hoje os jovens não saibam dizer o nome dos membros do Bando dos Quatro, nem que as pessoas nascidas depois de 1980 nunca tenham ouvido falar de Wei Jingsheng, o dissidente que clamou pela democracia como a Quinta Modernização, nem de Liu Binyan, o mais célebre repórter investigativo do *Diário do Povo* na década de 80; e não parece estranho que quando o líder estudantil Wang Dan dá palestras no exterior sobre o Massacre de Tiananmen, sempre haja expatriados chineses que o ridicularizam. A geração de hoje não tem como descobrir os fatos reais – e nem adianta pensar na mídia oficial e nas escolas.

Como é grande a distância que separa as gerações em relação ao conhecimento da história chinesa contemporânea, pensou Lao Chen. Para as pessoas que tem entre cinquenta e sessenta anos, esses acontecimentos importantes fazem parte da cultura geral. Quando se encontram, ainda hoje as pessoas discutem esses assuntos, e muitos guardam livros e periódicos da época, impossíveis de encontrar hoje. Uma vez que compartilham esse conhecimento, as pessoas um pouco mais velhas não percebem como estão marginalizadas. Faz muito tempo que elas deixaram de representar a sociedade. Já não existem meios para que possam transmitir os próprios conhecimentos às gerações mais jovens. Lao Chen refletiu sobre o paraíso artificial e o bom inferno de Lu Xun. Em um bom inferno, as pessoas têm consciência de estar vivendo no inferno e assim desejam transformá-lo, mas depois de viver muito tempo em um paraíso artificial, as pessoas se acostumam e passam a acreditar que estão em um paraíso de verdade.

Todas essas ideias eram bastante óbvias – o próprio Lao Chen era um exemplo de carne e osso. Nos últimos anos, tinha evitado ler a dolorosa história contemporânea da China; tudo o que queria ler eram os famosos clássicos chineses e ficção romântica. Ele não tinha percebido que a história tinha sido reescrita e os fatos reais tinha sido retocados e apagados com um aerógrafo. Lao Chen era um escritor de ficção, alguém com talento para contar histórias. Sabia que, no mundo semiótico do pós-modernismo contemporâneo, a realidade era um mero construto e a história estava sujeita a diferentes interpretações. Os pós-modernistas questionam a veracidade dos fatos reais e até mesmo a possibilidade de existência dos fatos reais. Mesmo assim, se havia pessoas de olhos bem abertos apertando-os para tentar alterar a realidade, distorcendo os fatos reais da história sem o menor escrúpulo e falsificando registros sem nenhum pudor – Lao Chen tinha de sentir pelo menos uma pontada de inquietude.

Mas era apenas uma pontada.

Se Lao Chen não fosse repórter, dificilmente acharia necessário respeitar a realidade. O respeito pela história, pela realidade e pelos fatos reais é uma reação adquirida. A maioria das pessoas não se importa muito com a verdade.

Na verdade, não há como uma pessoa comum se importar com essas coisas – o preço cobrado pela dedicação à verdade é demasiado alto.

Além do mais, os fatos reais são muitas vezes dolorosos, e quem não prefere o prazer à dor?

Nesse ponto, Lao Chen queria livrar-se do pesado fardo da história. Será mesmo que podemos culpar as pessoas por essa amnésia histórica? Será que devemos forçar a geração mais jovem a recordar o sofrimento dos pais? Nossos intelectuais têm mesmo o dever de andar por um campo minado para se opor à máquina do estado?

As pessoas comuns já não se encontram ocupadas o bastante vivendo as próprias vidas?

A geração mais jovem não deve olhar para o futuro?

Não seria mais importante que os intelectuais criticassem um pouco menos, fizessem mais sugestões, agissem com um pouco mais de praticidade e despendessem mais energia nos problemas nacionais?

A vida das pessoas hoje não é muito melhor do que foi no passado?

Quem dispõe de tempo para pesquisar esses fatos históricos? E, além do mais, nem todos os relatos de testemunhas foram banidos; ainda existem muitos livros disponíveis. Apenas os livros que não se afinam ao discurso histórico ortodoxo do Partido Comunista Chinês são completamente banidos.

Lao Chen ponderou um novo conceito: a liberdade a noventa por cento. Hoje somos bastante livres – noventa por cento dos assuntos, ou até mais, podem ser discutidos em liberdade, e noventa por cento das atividades, ou até mais, não estão mais sob o controle do governo. Não é o suficiente? A grande maioria da população sequer consegue lidar com noventa por cento de liberdade; acham que é demais. As pessoas não estão reclamando da informação em excesso e do entretenimento fora de controle?

Quanto mais pensava a respeito do assunto, mais Lao Chen achava que tinha razão. Ele tinha uma longa lista de livros que pretendia ler, incluindo livros de estudos clássicos chineses, como as vinte e quatro histórias oficiais, e clássicos da ficção, como os romances russos do século XIX. Este era o ponto alto da ficção ocidental, mas como as orientações de leitura em Taiwan e na China eram diferentes na época, enquanto os intelectuais do continente estavam lendo a ficção da Rússia imperial, Lao Chen estava lendo ficção norte-americana. Lao Chen sentia um pouco de culpa por ser um escritor de ficção e nunca ter lido os grandes romances russos. Sempre dizia para si mesmo que um dia haveria de completar essa lacuna na formação literária. Agora, com a velhice se aproximando, o que mais faltava? Para Lao Chen era suficiente ter acesso a esses clássicos; não precisava de muita liberdade.

Além do mais, quando a situação nacional permitisse, o estado poderia aliviar as restrições e permitir uma liberdade de até noventa e cinco por cento. Talvez até já tenhamos noventa e cinco por cento. A diferença em relação ao Ocidente era mínima. Países ocidentais também impõem restrições à liberdade de expressão e de ação. O governo alemão, por exemplo, restringe a liberdade de expressão das organizações neonazistas, e muitos estados nos Estados Unidos negam aos homossexuais o direito de casar. A única diferença é que, em tese, o poder dos governos ocidentais é concedido pelo povo, enquanto na China a liberdade do povo é concedida pelo governo. Mas será que essa distinção é tão importante?

Até a empregada de Lao Chen diz que "as coisas estão muito melhores do que eram antes".

A China está progredindo, então vamos torcer para que continue assim pelos próximos dez ou vinte anos; ninguém quer presenciar mais distúrbios sociais.

Se todos cuidam bem das próprias responsabilidades, aos poucos a nação se desenvolve e a vida das pessoas comuns melhora – o que é bom para todos.

"A culpa é toda de Fang Caodi", pensou Lao Chen, "que veio com essas bobagens sobre um mês desaparecido e a supressão dos livros de Yang Jiang – fiquei transtornado."

Agora, Lao Chen tem apenas duas preocupações: decidir o tema do próximo romance e encontrar o amor tão esperado.

Telefonou para a amiga Hu Yan, da Academia de Ciências Sociais da China.

***

Hu Yan também havia decidido que devia ficar em casa e descansar aos fins de semana em vez de trabalhar. Ela estava quase na meia-idade, os filhos eram todos universitários, e já não era mais necessário trabalhar com tanto afinco – pelo menos era o que o marido lhe dizia.

Também sabia que nunca conseguiria levar a cabo todos os projetos que tinha. As coisas haviam mudado bastante em relação ao passado. Antes, os projetos de pesquisa em que trabalhava não eram considerados importantes, ela tinha dificuldade para conseguir subsídios e muitas vezes arranjava problemas. Mas hoje ela pode ser considerada uma especialista na área em que atua, e as pesquisas sobre a sociedade e a cultura rurais tornaram-se uma importante área de estudos.

Hu Yan lembrava que no início dos anos 90, quando estava no sudeste de Guizhou fazendo uma pesquisa sobre as meninas de grupos étnicos minoritários que não conseguiam frequentar a escola, precisava das doações feitas por pessoas de Taiwan e Hong Kong para bancar o projeto. No meio dos anos 90, quando estudou a dificuldade que os filhos de camponeses em áreas urbanas enfrentavam para frequentar a escola, os círculos acadêmicos de Beijing depreciaram o projeto, e funcionários governamentais de vários escalões rejeitaram as investigações e chegaram até a tentar impedi-las. Mas no ano 2000 as coisas deram um giro de cento e oitenta graus quando o governo central anunciou as novas políticas rurais. Todos os governos locais precisavam desenvolver políticas correspondentes, e assim foram buscar a ajuda de especialistas acadêmicos. Hu Yan recebeu grandes aportes do governo para investigar a construção rural e a circulação de bens e de capital em áreas rurais – aportes vultuosos o bastante para despertar a inveja dos colegas.

Nos últimos anos, enquanto fazia pesquisas de campo, Hu Yan percebeu um curioso fenômeno: a rápida expansão de igrejas protestantes em residências comuns. Segundo os dados de um estudo realizado em 2008, o número total de protestantes nas "igrejas clandestinas", no Movimento Patriótico das Três Autonomias – a igreja protestante sancionada pelo estado – e na Igreja Católica Patriótica era de cinquenta milhões, mas na cabeça de Hu Yan o número devia estar mais próximo de cem milhões; esse aumento de cem por cento havia se dado nos últimos dois anos. Mas Hu Yan estava bastante ocupada com o grande número de projetos importantes que comandava – um número grande demais; assim, perguntou-se se valeria a pena estudar as igrejas domésticas no meio rural. Como não era especialista em sociologia da religião, se conseguisse elaborar um projeto e captar recursos do governo, ainda mais gente ficaria roxa de inveja. A boataria e as indiretas seriam violentas – acusações de hegemonia acadêmica ou de imperialismo intelectual seriam as ofensas mais brandas.

Hu Yan sempre havia mantido uma boa reputação e nunca tinha despertado boatos acadêmicos, e assim precisou medir as consequências de levar adiante a pesquisa sobre o movimento das igrejas clandestinas. Mas a tentação era grande. Se a China tinha um bilhão e trezentos milhões de habitantes, e destes cem milhões eram cristãos – um em cada treze –, o governo seria obrigado a considerá-los importantes. Hu Yan sabia que o movimento das igrejas clandestinas em breve seria um assunto social muito debatido. Como poderia resistir a levar a pesquisa adiante? Nos últimos tempos, Hu Yan vinha sentindo uma empolgação que durava dias inteiros.

No entardecer de domingo, enquanto o marido estava na cozinha preparando o jantar e cantando canções revolucionárias, Hu Yan ficou no escritório tentando descobrir como dar início à pesquisa sobre as igrejas clandestinas. Foi quando recebeu um telefonema de Lao Chen. O amigo queria a opinião dela sobre um assunto. Os dois combinaram de almoçar no restaurante ao estilo de Sichuan ao lado da Academia de Ciências Sociais da China.

***

No dia seguinte, Lao Chen levou Fang Caodi para visitar Hu Yan. Lao Chen havia explicado para Fang que, se quisesse conhecer a verdadeira situação da China, o mais indicado seria falar com Hu Yan. Ninguém conhece as camadas mais baixas da sociedade melhor do que ela. Se Hu Yan diz que nunca ouviu falar de alguma coisa, então essa coisa não existe.

Lao Chen queria testar de uma vez por todas a teoria de Fang Caodi sobre os 28 dias desaparecidos.

"Quando eu me lembro de alguma coisa", disse Fang Caodi com notável teimosia, "nada me faz esquecer, não importa o que os outros digam."

Lao Chen tinha outro motivo importante para encontrar Hu Yan. Poucos dias antes, ela tinha enviado por e-mail um relatório da pesquisa sobre as igrejas cristãs clandestinas na China, e Lao Chen queria perguntar se ela sabia alguma coisa a respeito de *maizi busi* – "o grão não morre".

Durante o almoço, Hu Yan explicou a situação: estava ajudando o governo a elaborar políticas para a administração de cooperativas agrícolas e instituições de financiamento rural e a investigar os efeitos sociais da circulação de bens e de capital nas áreas rurais.

"De maneira bem resumida", perguntou Lao Chen, em busca de uma resposta direta, "a situação no campo está melhor ou pior?"

"Ainda existem problemas", respondeu Hu Yan, "mas no geral a situação é favorável."

Depois de pedir e receber uma resposta sucinta, Lao Chen se deu por satisfeito. Já tinha visitado diversas cidades na China e sabia que as cidades de primeiro, segundo e terceiro nível eram todas muito prósperas, e que até as cidades com nível de condado tinham um bom desenvolvimento. As pessoas em ambientes urbanos viviam bem e o governo tinha conseguido estabelecer um bom padrão de vida para a população sem grandes dificuldades. Mas Lao Chen não sabia muito sobre a situação no meio rural. Só tinha visitado vilarejos rurais próximos às grandes cidades e nunca havia morado no campo. Assim, de vez em quando telefonava para Hu Yan e perguntava se a situação no campo estava melhor ou pior, como alguém que faz uma ligação de longa distância para casa e se tranquiliza ao ouvir que todos estão bem. Certo de que a situação rural havia melhorado, Lao Chen dizia para si mesmo que toda a China estava em constante progresso, e que assim poderia desfrutar da boa vida que levava sem nenhum peso na consciência. Quanto aos detalhes da situação favorável mencionada por Hu Yan, Lao Chen não precisava de nenhuma enxurrada de informações; deixaria o caso para os especialistas em assuntos rurais.

"Professora Hu", interrompeu Fang Caodi, "o que a senhora pensa da época em que a economia mundial entrou em crise e a época de ouro da China começou em caráter oficial?"

Hu Yan deu a impressão de não ter entendido a pergunta.

"Estou falando daquele mês", prosseguiu Fang, "ou melhor, daqueles 28 dias, para ser exato."

"A primeira página do *Diário do Povo* noticiou que a economia mundial entrou em crise e a época de ouro da China começou em caráter oficial", disse Hu Yan, demonstrando paciência. "Foi esse o dia em que o dólar americano perdeu um terço do valor de uma só vez e o governo chinês anunciou a Nova Política de Prosperidade, também conhecida como NPP. Todos sabem disso. Não sei de onde o senhor tirou esses 28 dias, sr. Fang."

Fang Caodi permaneceu em silêncio, e Lao Chen pensou para si: "Lao Fang, dessa vez você não tem o que responder".

Lao Chen perguntou sobre o relatório que Hu Yan tinha escrito a respeito da pesquisa sobre o movimento das igrejas cristãs clandestinas.

"Nós recomendamos que o governo central abandone essa suscetibilidade religiosa", disse Hu Yan. "Sugerimos que não tratem o assunto em termos de 'nós contra o inimigo' nem como 'uma contradição no seio do povo'. Pedimos apenas que tratem a religião como um aspecto normal da vida. Devíamos tirar lições das políticas equivocadas para não cometer outros erros como a supressão do Falun Gong em 1999."

"De jeito nenhum", acrescentou Fang Caodi; "não podem repetir esse erro de jeito nenhum, pois seria maldade demais."

Hu Yan concordou com um aceno de cabeça.

"Hu Yan", perguntou enfim Lao Chen, "o que você pensa das palavras *maizi busi*, 'o grão não morre'?"

"Não conheço muito bem a Bíblia cristã", explicou Hu Yan, "mas acho que essa frase é do Novo Testamento – algo como 'o grão caído na terra não morre'. Qualquer cristão conhece essa passagem. Na província de Henan existe uma igreja clandestina chamada *luodi maizi*, 'O Grão Caído na Terra da Igreja'."

"Onde em Henan?", perguntou Lao Chen em seguida.

"No oeste ou no norte de Henan", respondeu Hu Yan. "Posso pedir o endereço exato para os meus colegas."

"Você pode mesmo providenciar o endereço?", perguntou Lao Chen.

"Claro."

***

Quando se despediram de Hu Yan, Fang Caodi disse: "A professora Hu Yan é uma boa pessoa, mas não é uma de nós."

"Graças a Deus ainda existe gente no mundo que não é como você", retrucou Lao Chen.

"Eu soube assim que vi a expressão dela", acrescentou Fang Caodi; "ela estava feliz demais. E, como eu já esperava, não sabia de nada sobre o mês perdido."

"Fang Caodi", apelou Lao Chen, "esqueça essa história de mês perdido. Não vale a pena. A vida é curta demais; cuide apenas dos seus assuntos."

Fang Caodi não respondeu. Lao Chen sabia que, por mais astuto que fosse, jamais conseguiria mudar Fang Caodi.

Quando os dois estavam sentados no carro, Fang Caodi disse: "Lao Chen, você me concede a honra de ir à casa de Miaomiao para jantar comigo, com ela e com Zhang Dou?".

Lao Chen não estava muito disposto a ir para a casa de Fang Caodi, mas como talvez precisasse de ajuda para encontrar Xiao Xi e não tivesse mais nada para fazer, concordou.

A aceitação do convite agradou Fang Caodi. "Essa área costumava ser cheia de manifestantes de fora da cidade que vinham protestar contra o governo", disse Fang Caodi, apontando para a avenida Chang'an enquanto dava a partida no carro. "Uma vez fui até lá só para ver se eu conseguia encontrar outras pessoas como eu em meio à multidão. O que você acha que aconteceu? Não se vê mais um manifestante sequer, e as cabanas onde costumavam ficar na zona sul foram todas demolidas. No início eu achei que a sua amiga pudesse estar se escondendo por lá."

Fazia anos que Lao Chen não pensava nos manifestantes de fora da cidade, mas tinha certeza de uma coisa: mesmo se houvesse manifestantes por lá, Xiao Xi não estaria na multidão. A área era próxima à procuradoria e aos tribunais, e Xiao Xi manteria distância desses lugares para que nenhum conhecido a avistasse.

Fang Caodi continuou falando sobre todos os assuntos imagináveis enquanto Lao Chen o ignorava em boa medida. Na verdade, Lao Chen não teria aceitado o convite se soubesse que Fang morava tão longe de Beijing.

Quando chegaram à casa de Miaomiao, em Huairou, Fang Caodi apresentou-o a Zhang Dou, a Miaomiao e ao bando de cães e gatos. Depois levou Lao Chen até a sala de estar. As quatro paredes eram cobertas por estantes de metal apinhadas de recortes de jornal, revistas e outras tralhas de toda espécie. No meio havia uma escrivaninha, uma cadeira dobrável e uma cama portátil.

"Lao Chen", disse Fang Caodi enquanto apontava para os jornais e revistas, "essas são as evidências que juntei ao longo dos últimos dois anos. Elas provam o que realmente aconteceu durante aqueles 28 dias. Você é um intelectual. Passou a vida inteira em busca da beleza e da verdade. Lutou para defender o que é certo... você precisa compreender todo o trabalho que fiz. Dê uma boa olhada nos documentos enquanto preparo o nosso jantar à luz de velas."

Lao Chen ficou de pé no cômodo, sozinho e contrariado. Miaomiao entrou e pôs um prato com biscoitos de chocolate em cima da mesa, e em seguida se retirou.

Lao Chen estava entediado. Pôs na boca um dos biscoitos sem açúcar e pegou alguns periódicos antigos e outros jornais locais para folheá-los ao acaso. Não conseguia entender como Fang Caodi discernia os fatos verdadeiros dos falsos naquele material. Ele leu meia página do *Semanário Sulista*, do *Diário Metropolitano Sulista* e do *Diário da Juventude Chinesa*, e uma edição e meia da *Caijing*, da *Janela Sulista* e do *Semanário da Ásia*.

Lao Chen pensou que estava morando em Beijing naquela época e que as coisas estavam calmas, sem grandes perturbações;

qualquer perturbação maior teria deixado lembranças. As supostas evidências reunidas por Fang Caodi davam a entender que outras regiões do país tinham enfrentado um período conturbado, o que não chegava a ser estranho. A China é tão grande que não chega a ser estranho haver tumultos todos os dias em regiões diferentes. Lao Chen nunca lia aquele tipo de periódico, e mesmo que por algum motivo uma notícia houvesse lhe chamado a atenção, ele a teria ignorado. A China é um país tão grande e existem tantas coisas que você nunca fica sabendo que a situação é meio como a do cego que examina um elefante – como poderia compreender a forma do animal? É uma impossibilidade epistemológica. Os fragmentos de evidência reunidos por Fang Caodi não explicavam coisa nenhuma. Na verdade, não era correto dizer que um mês havia desaparecido; no máximo as pessoas tinham recordações diferentes daquele mês. Além do mais, se você quisesse mesmo olhar para as coisas ruins que acontecem na China, não faltariam exemplos. Mas se olhasse para as coisas boas, encontraria um grande panorama. Todos os países grandes são assim. Olhe para os Estados Unidos ou para a Índia. Qual é a grande diferença em relação à China? Hoje em dia, o mais importante é que a economia mundial está em crise no mundo inteiro, a não ser na China, onde a recessão deu lugar a uma época de ouro.

Xiao Xi, onde está você? Espero que você consiga deixar o passado para trás e voltar à boa vida do presente. Se você quiser viver comigo, podemos viver bem.

Talvez fosse efeito dos biscoitos de chocolate, mas Lao Chen melhorou e sentiu-se ainda mais determinado a encontrar Xiao Xi.

Graças à primavera que chegava aos poucos, a atmosfera do nosso jantar à luz de velas no pátio externo foi muito alegre. Fang Caodi cozinhava um prato atrás do outro e empilhava-os na mesa. Convidou Lao Chen a experimentar o primeiro e pediu a Zhang Dou que tocasse o violão espanhol para deixar o clima mais agradável. Um pouco mais ao lado, no jardim, Miaomiao começou a dançar com os cães e os gatos. Lao Chen comeu alguns bocados e achou os pratos muito saborosos. "De que região da China são esses pratos?", perguntou a Fang Caodi.

"São legumes chop suey", respondeu Lao Fang. "Você pode ver que estou usando pimentas de Sichuan, molho de feijão preto de Hunan, molho de camarão de Guangdong, capim-limão da Tailândia e coentro, manjericão, folhas de limoeiro e alho-poró da China. Tudo orgânico. A comida vem direto da horta para a mesa. E nós fertilizamos a horta com os dejetos dos gatos e dos cachorros, e também com o nosso."

A conversa estava agradável, e o mais surpreendente para Lao Chen foi descobrir por que motivo Fang Caodi tanto o admirava. Lao Chen sempre achou que era por causa do estilo literário, mas Fang Caodi disse que era por causa de uma frase que Lao Chen disse certa vez e que já havia esquecido. Em 1989, quando aceitou um convite de entrevista, Fang Caodi disse que era clarividente. Quando viu o bloqueio militar na estrada para o Palácio de Verão em 1971, soube na hora que era por causa do incidente entre Mao Zedong e Lin Biao. Quando olhou pela janela das Mansões de Chungking em direção à Estrada Mi Dun e viu um homem se jogar da janela para a calçada, soube na hora que algo tinha dado errado em Hong Kong, e de fato o Índice Hang Seng despencou de setecentos pontos para pouco mais de cem. Na comunidade hippie, em 1975, enquanto os amigos batiam panelas para comemorar o fim da Guerra do Vietnã, Fang Caodi teve a visão de uma multidão de refugiados saindo do Vietnã – e, claro, a visão se concretizou. Em um dado momento, Lao Chen interrompeu-o e perguntou: "Mas o que significam essas premonições? Elas mudam alguma coisa mais tarde?".

"Lao Chen", disse Fang Caodi, "com essa simples pergunta você me fez despertar de um sonho. Os poderes de premonição que faziam de mim uma pessoa diferente nunca tinham exercido a menor influência sobre o mundo e nunca tinham mudado o meu próprio destino. Na verdade eles não tinham significado algum." A partir de então, Fang Caodi deixou de atribuir importância às premonições e de fazer cobranças injustificadas a si mesmo. Tudo graças à simples pergunta de Lao Chen. Nesse momento, Fang Caodi percebeu que Lao Chen era uma pessoa extraordinária.

"Pequeno irmão", disse Fang Caodi a Zhang Dou, "Lao Chen é muito mais sábio do que nós; precisamos dar ouvidos a ele, entendido?"

Ao ouvir essa frase, Lao Chen, que ainda comia com muito gosto, ficou um pouco constrangido. Ele se levantou para dar um abraço em Lao Fang.

Lao Chen tinha gostado muito do jantar – tanto, na verdade, que um pouco daquele sentimento perdido de felicidade pareceu voltar. Sentiu-se tão bem que chegou a contar àqueles dois companheiros insignificantes como havia conhecido He Dongsheng, o líder nacional insone. Contou que no primeiro domingo de cada mês ia assistir a filmes antigos, que He Dongsheng sempre dormia durante as sessões porque não conseguia dormir à noite e que dirigia por toda a cidade e, se fosse abordado por um policial de trânsito, ligava para um secretário que se encarregava de limpar a sujeira.

Depois do jantar, Zhang Dou tocou violão e Fang Caodi cantou *Blowing in the Wind*, de Bob Dylan. Lao Fang fez uma imitação perfeita do jovem Dylan.

Enquanto os dois bebiam chope Yanjing e comiam biscoitos, Zhang Dou pegou o computador e acessou a internet. Fang Caodi pediu a Lao Chen que explicasse melhor como poderia ajudá-lo a encontrar a amiga.

"Não sei direito", respondeu Lao Chen. "Eu só tenho esse bilhete." Então tirou o bilhete do bolso. "O que isso significa?", quis saber Fang Caodi.

"Acho que é uma romanização de *maizi busi*, 'o grão não morre'", respondeu Lao Chen. Zhang Dou examinou o bilhete.

"Vamos até Henan procurar por ela", disse Fang Caodi. "Eu dirijo. A professora Hu disse que a igreja fica em Henan; podemos descobrir o resto lá mesmo."

"Nossa. Não fique tão empolgado", pediu Lao Chen. "A igreja se chama Grão Caído na Terra, mas eu nem sei ao certo se Xiao Xi se chama *maizi busi*, nem se existe qualquer relação entre os dois nomes."

"Encontrei *maizibusi*!", exclamou de repente Zhang Dou. Chen e Fang Caodi reuniram-se ao redor do computador.

"Você simplesmente fez uma busca por *maizibusi*?", perguntou Lao Chen.

"É", disse Zhang Dou.

Lao Chen havia tentado usar ideogramas chineses para escrever *maizibusi*, mas a ideia de procurar o texto romanizado nem lhe passou pela cabeça.

Havia um único link – uma postagem feita duas semanas atrás na lista "Olho de gato" do servidor club3.kdnet.net.

"Idiot Numbskull, você diz que sofreu uma decepção tão grande que nunca mais vai postar outra mensagem. Bem, eu também estou decepcionada, mas entendo – afinal, todos os seus artigos são apagados pela polícia cibernética e atacados por um bando de brutamontes com cabeça de adolescente (pessoas de cinquenta ou sessenta anos que agem como brutamontes na internet). Você nunca usa artifícios de linguagem e sempre apresenta fatos e argumentações sensatas, o que explica a minha admiração pela sua decisão; e assim me sinto ainda mais forte para seguir adiante. Não tenho medo dos brutamontes, e muito menos desses marginais da terceira idade. Vou seguir até o fim porque acredito na racionalidade das pessoas e na libertação da verdade. Até mais, amigo; ainda vamos nos encontrar no mundo virtual. *Maizibusi*."

"É ela?", perguntou Fang Caodi.

"Tem todo o jeito", respondeu Lao Chen.

"A dizer pelo tom, ela é uma de nós", comentou Fang.

"A dizer pelo tom, ela não é jovem", disse Zhang Dou.

"De onde a mensagem foi enviada?", Fang Caodi perguntou a Zhang Dou.

"Não sei. Preciso de ajuda para descobrir."

Quando viu que podia ser Xiao Xi, Lao Chen ficou tão emocionado que precisou sentar e segurar as lágrimas.

"Escute o que tenho a dizer sobre aqueles 28 dias", disse Fang Caodi enquanto alcançava a Lao Chen uma garrafa de chope Yanjing e sentava-se à frente do convidado. Ele tomou fôlego, como um atleta que se aquece para uma corrida.

"Naquele ano, logo antes do Festival de Primavera, fiz uma viagem para Macau e na volta passei uns dias em Zhongshan, na província de Guangdong. Zhongshan era uma cidade muito próspera, mas de repente as pessoas de Hong Kong e de Macau pararam de comprar casas e passar férias por lá, as fábricas fecharam, os agricultores precisaram ficar no campo e os recém-formados não conseguiam arranjar emprego. Eu trabalhei por alguns dias na cozinha de um restaurante especializado em pombo assado, mas logo fui dispensado. Não me importei muito, afinal eu ainda podia me divertir. No oitavo dia do primeiro mês lunar, percebi em uma banca que o *Diário Sulista* e todos os outros jornais diários traziam exatamente a mesma manchete na capa: 'A economia mundial entra em crise'.

"Todos ficaram preocupados, a atmosfera estava tensa e a minha senhoria veio me procurar. 'O senhor se registrou na delegacia quando veio para cá?', perguntou ela. 'Em que século a senhora acha que estamos?', perguntei. 'Por acaso os forasteiros precisam se registrar na delegacia para morar aqui em Zhongshan na província de Guangdong?' A senhoria respondeu que se não me registrasse eu não poderia ficar lá, e eu respondi que ela estava desrespeitando o nosso contrato. Nesse ponto os vizinhos apareceram. As autoridades subdistritais tinham pedido que aparecessem. Disseram que a senhoria podia até pagar a minha estadia em uma pequena pousada, mas eu não poderia mais ficar naquele pátio; e me obrigaram a devolver imediatamente a chave do quarto. Pedi de volta a minha caução e disse que eu estava disposto a desocupar o quarto."

"O que você está querendo dizer?", perguntou Lao Chen, já um pouco impaciente.

"Medo irracional", disse Fang Caodi. "Uma semana inteira. Todo mundo dizia que a China ia sucumbir ao caos, que a máquina do estado havia sumido e que a situação beirava a anarquia. Foi sorte que os camponeses não estivessem na cidade, porque de outra forma surgiriam problemas graves. Mas eu nunca devia ter saído de Zhongshan. Se uma cidade como Zhongshan sofreu com a tensão, eu devia ter imaginado que mais para o interior do continente seria ainda pior. À medida que avançava pelas montanhas, eu me sentia como um rato atravessando uma rua movimentada e acabava tomando decisões precipitadas. Eu ainda queria fazer turismo e visitar Jinggangshan, a base revolucionária de Mao Zedong em Jiangxi e o Monte Longhu. Quando passei por Shaoguan e cheguei à divisa com uma cidade chamada Meishang Ya, onde as províncias de Guangdong, Hunan e Jiangxi se encontram, o ônibus parou e todos os passageiros tiveram que descer. Os forasteiros não puderam entrar na cidade. Não fomos parados pela polícia, mas por um grupo de moradores. Eu me afastei e fiquei na casa de um camponês até que, dois dias mais tarde, fui recolhido pela polícia da Segurança Pública. O camponês me denunciou porque o Exército de Libertação Popular tinha começado uma repressão geral.

"E aí eles descobriram que eu tinha um passaporte americano", continuou Fang. "Não que eu não quisesse ser chinês quando voltei dos Estados Unidos, mas é bem mais difícil recuperar a cidadania chinesa tendo a americana do que conseguir uma cidadania americana sendo chinês. Então eu me registrei em Beijing como pessoa jurídica e me contratei como gerente; eu renovava o meu contrato de tempos em tempos e assim conseguia um visto de trabalho. De vez em quando eu ia para Hong Kong ou para Macau, mas eu podia voltar e ficar o tempo que eu quisesse na China.

"Mas de volta à minha prisão. Houve uma audiência diante de seis pessoas em um escritório da Secretaria de Segurança Pública. Dois policiais, dois promotores e dois juízes. Uma das promotoras era uma mulher incrivelmente velha, e uma das juízas era uma jovem.

"'Olhe só para o senhor', disse a promotora. 'O senhor não parece um americano. Diga alguma coisa em inglês para nós.'

"Eu recitei uma parte da letra de *Blowing in the Wind*, de Bob Dylan, com razoável fluência. Mas a promotora não quis saber. 'Não há dúvida de que o senhor é chinês. Ninguém é bobo de acreditar que o senhor é americano. Por que um americano se esconderia na casa de um camponês? Que diabos um americano estaria fazendo por aqui, afinal? Não há nenhuma atração turística nem oportunidades de negócio aqui. Para mim o senhor tem jeito de ser um espião americano.'

"'Espiões estrangeiros são executados', disse o promotor.

"'A senhora tem alguma objeção?', perguntou a promotora olhando para a jovem.

"'Ele não pode ser executado', disse a juíza.

"'Por que não?', perguntou o promotor. 'Devemos punir os criminosos com rigor e celeridade.'

"'Se capturamos um espião americano', disse a juíza, 'nosso dever é mandar um relatório para as autoridades superiores.'

"Os dois promotores responderam que o procedimento seria lento demais.

"'Vamos dar logo a sentença', disse o promotor.

"'O senhor não tem autoridade para sentenciar', disse a jovem juíza.

"'Por que não?', perguntou o promotor. 'Os americanos mandaram um espião para cá, e nós, chineses, não estamos muito felizes. Não é assim?'

"'Talvez o senhor não esteja muito feliz', retrucou a juíza, 'mas isso não é motivo para cometer uma estupidez. Se ele é um espião, temos que enviar um relatório para as autoridades superiores; se não for, precisa ser liberado o mais rápido possível.'

"'Os cidadãos americanos não têm mais direito a extraterritorialidade', disse o promotor.

"'Ninguém está falando de extraterritorialidade', respondeu a juíza. 'Um chinês não é culpado de nenhum crime só por andar com um passaporte americano em território chinês; isso está de acordo com todas as leis chinesas.'

"Os dois promotores adotaram uma expressão de inquietude ao ouvir as palavras da jovem juíza.

"'Colega', disse a promotora, 'não adianta discutir. A senhora sabe muito bem que está desperdiçando o tempo da polícia. Não foi nada fácil prender esse sujeito, e agora a senhora quer simplesmente deixar que ele vá embora. Também é um desperdício de tempo para a nossa equipe. E além do mais a senhora está interferindo com o nosso cronograma de trabalho. Nesse ritmo não vamos conseguir atingir as metas estipuladas pelas autoridades superiores.'

"O promotor acenou a cabeça enquanto os dois policiais de segurança pública e o outro juiz continuavam calados.

"'Não estou preocupada', teimou a juíza. 'Eu trabalho de acordo com as leis do país. Se ele é um espião, enviem um relatório para as autoridades superiores. Se não é, tratem de soltá-lo.'

"A promotora encarou a juíza com uma expressão terrível. Ela estava prestes e explodir, mas os homens simplesmente baixaram a cabeça. Fiquei impressionado. Um filme de suspense estava acontecendo diante dos meus olhos. Em seguida a promotora gritou 'Tirem esse homem daqui!', e eu fui levado para a rua. A minha vida e a minha liberdade estavam salvas.

"Mesmo em uma cidade deserta", prosseguiu Fang Caodi, "a China tem pessoas extraordinárias como essa mulher. Em nome dessa jovem juíza, não posso deixar que o mundo esqueça o que aconteceu durante o mês perdido."

Lao Chen ficou comovido com a história de Fang e desejou ainda mais estar ao lado de Xiao Xi.

"Eu vi que não podia continuar de um lado para o outro", continuou Fang Caodi; "se me pegassem mais uma vez, talvez me executassem de verdade. Havia um templo daoista perto da cidade, e quando mencionei o nome de alguns monges daoistas que eu tinha escutado, o velho monge me deixou ficar por lá. Outra hora eu vou contar para você sobre a minha reclusão monástica e a prática de *inedia*. Você já ouviu falar de *inedia*, não? É quase o mesmo que um jejum. Você imagina que sou capaz de praticar *inedia* por duas semanas? Podíamos fazer uma competição para ver quem pratica *inedia* por mais tempo..."

"Esqueça a competição", disse Lao Chen, conferindo uma mensagem no celular; "você já ganhou. Detesto perder uma única refeição que seja. Termine a história. Preciso falar com você a respeito de uma outra coisa."

"Eu queria praticar *inedia* no templo durante 21 dias", prosseguiu Fang, "mas quando completei catorze dias, o velho monge veio com uma tigela de mingau e disse: 'Você precisa sair lá fora e ver o que está acontecendo no mundo'. O pedido era sensato, então voltei para o campo, onde o clima ainda estava muito tenso; os jornais noticiavam que a repressão parecia não ter fim. Por sorte o transporte público estava normal, e assim fui até a cidade com nível de prefeitura de Zhangzhou em Jiangxi. O silêncio era assustador. As pessoas evitavam olhar nos olhos umas das outras, como aconteceu em Beijing depois de 4 de junho de 1989. No início de março, os jornais vespertinos anunciaram que a repressão havia chegado ao fim, e no dia seguinte todos os jornais traziam a mesma manchete: 'A época de ouro da China começa em caráter oficial'. De repente todo mundo começou a sorrir e a soltar rojões nas ruas. E como você pode ver, se passaram 28 dias entre o momento em que a economia mundial entrou em crise e o momento em que a época de ouro da China foi anunciada em caráter oficial. O país trocou a anarquia e o medo absoluto pelo medo relativo da repressão policial. A época de ouro da China só foi anunciada após a repressão, e não, como todo mundo hoje em dia pensa, no mesmo dia em que a economia mundial entrou em crise. Esse é o fim da minha história. Sobre o que você queria falar, Lao Chen?"

"Recebi uma mensagem de Hu Yan. Ela disse que a Igreja do Grão Caído na Terra fica em Jiaozuo, na província de Henan. Lao Fang, vamos para Henan."

2
A FÉ, A ESPERANÇA E O AMOR DE VÁRIAS PESSOAS

O GRÃO CAÍDO NO TERRA NÃO MORRE

Fang Caodi tinha seguido o rio Yangzi de norte a sul e, enquanto dirigia o Jeep Cherokee em alta velocidade pela autoestrada G4 e ultrapassava todos os carros que apareciam pela frente, contou ao escritor taiwanês Lao Chen sobre as coisas estranhas e fascinantes que havia testemunhado.

Fang Caodi disse que havia um lugar chamado Vilarejo Feliz nas proximidades das Montanhas Taihang, na província de Hebei; todos no vilarejo eram muito felizes, embora a mídia recebesse ordens constantes de não fazer nenhuma reportagem sobre o lugar. O motivo mais provável é que houvesse uma enorme fábrica secreta de produtos químicos um pouco mais acima. Quando um repórter em Shijiazhuang, a capital da província, mencionou a existência da fábrica, Fang Caodi tratou de ir direto ao Vilarejo Feliz. De fato, todos no vilarejo eram sorridentes e amistosos ao extremo. E todos pareciam saudáveis. Os homens usavam flores no cabelo, e havia senhoras descansando sentadas de peito descoberto, com os seios murchos ao sol; não pareciam se importar nem um pouco com a presença de forasteiros. Era um espetáculo jamais visto na China. Fang seguiu o curso do rio desde o vilarejo e, cinco quilômetros adiante, encontrou uma enorme fábrica de produtos químicos com um amplo perímetro cercado, repleto de avisos. Não havia como chegar mais perto, mas ele pôde ver pequenos aviões decolando e aterrissando no que parecia ser um aeroporto particular.

Lao Chen escutava a história sem atrever-se a dizer uma única palavra, por medo de que Fang Caodi se distraísse ao volante. Fang dirigia com tanta pressa e falava com tanto entusiasmo que por vezes quase tocava os veículos no sentido oposto. Se os dois chegassem vivos a Henan, Lao Chen jurou que agradeceria a Deus *e* ao Buda.

Lao Chen não queria morrer na estrada antes de encontrar Xiao Xi. Se fosse morrer em um acidente, esperava que ao menos pudesse segurar a mão de Xiao Xi e olhar nos olhos dela durante os últimos segundos de vida. Se fosse morrer de morte natural, esperava que Xiao Xi estivesse sentada ao junto da cabeceira, velando por ele. Lao Chen queria envelhecer ao lado dela. No entanto, tudo indicava que Xiao Xi estivesse vivendo um verdadeiro inferno pessoal, incapaz de encontrar uma saída. Ele precisaria dar alguma esperança, acabar com a solidão, fazer todo o possível para tirá-la desse sofrimento infernal. Lao Chen tirou um lenço do bolso e, fingindo limpar os óculos, enxugou os olhos rasos de lágrimas.

Aproveitou também para comer um dos biscoitos de chocolate de Miaomiao. Lá fora estendia-se a infinita Planície da China Setentrional, e dentro do peito Lao Chen trazia um amor infinito; nunca imaginou que ainda pudesse se sentir assim.

Enquanto seguiam em direção ao sul desde Beijing, além de Baoding, mas antes de chegar a Shijiazhuang, Fang Caodi parou no acostamento em frente ao cruzamento de uma estrada secundária.

"É só seguir pela autoestrada de Shijiazhuang que logo estaremos lá", disse Lao Chen olhando para o GPS.

Fang Caodi não respondeu.

"O que houve?", perguntou Lao Chen.

"Me desculpe", disse Fang Caodi, "mas estou tendo uma premonição."

"Uma premonição sobre o quê?", perguntou Lao Chen, preocupado com Xiao Xi.

"Uma premonição", disse Fang, "sobre o Vilarejo Feliz."

"Mas o que acontece na premonição?" Lao Chen ficou aliviado ao saber que não tinha relação alguma com Xiao Xi.

"Eu não sei", disse Fang, "mas eu gostaria de ir até lá dar uma olhada. Não vai levar muito tempo e o vilarejo é perto daqui."

Lao Chen não tinha alternativa senão concordar.

Eles pegaram a estrada secundária e seguiram em direção ao oeste por uma estrada pavimentada durante cerca de meia hora, e depois andaram pelas montanhas por cerca de vinte minutos em uma estrada de cascalho. Desceram do carro e caminharam outra meia hora a pé em uma estrada montanhosa até chegar ao Vilarejo Feliz.

O vilarejo estava deserto. Fang Caodi entrou nas casas, uma a uma. "Os moradores nem ao menos levaram as ferramentas de trabalho no campo ou os apetrechos de cozinha", disse. "Parece um tanto suspeito."

Lao Chen estava intrigado com outra coisa. Havia percebido que todas as casas no Vilarejo Feliz eram construções simples e rústicas como as que se veem por toda a área rural ao norte da China, principalmente em Hebei. Os camponeses de Hebei não são os mais pobres do país, mas na opinião de Lao Chen a arquitetura da província era a menos bonita de toda a China rural; as construções não tinham nenhum aspecto decorativo, e por várias gerações as pessoas vinham construindo apenas casas simples e rústicas; era fácil perceber que os camponeses de Hebei não davam muita importância à estética. Mas, apesar da simplicidade, todas as casas tinham pinturas coloridas nas paredes externas. As pinturas faziam pensar nas imagens de Ano-Novo conhecidas como *nianhua*, mas a execução apresentava um estilo muito mais livre, e algumas chegavam a exibir posições sexuais encantadoras. No estado de espírito em que se encontrava, Lao Chen percebeu com muita clareza os sentimentos de amor representados nas pinturas. Uma parede apresentava uma flor muito colorida, pintada em tamanho natural. Esse tipo de decoração e de ornamento era algo raro em um vilarejo primitivo de camponeses em Hebei. Mas os camponeses de lá eram legítimos grafiteiros, e talvez o Vilarejo Feliz fizesse justiça ao nome.

Lao Chen pensou que seria interessante conhecer os camponeses que haviam feito as pinturas, mas não naquela situação.

"O que houve?", perguntou a Fang Caodi, que estava olhando rio acima com uma expressão indecifrável no rosto. "Vamos."

"Faz menos de um ano", disse Fang, "e todos foram embora."

"Não me peça para andar outros cinco quilômetros rio acima", pediu Lao Chen. "Não aguento caminhar mais um quilômetro sequer."

"Deve haver uma estrada até a fábrica de produtos químicos", disse Fang Caodi.

"A estrada parece vir de Shanxi", disse Lao Chen, tentando desencorajar a caminhada até a fábrica de produtos químicos que Fang Caodi estava prestes a sugerir. "Eu consigo pensar em mil razões que podem ter levado os camponeses a abandonar o vilarejo, e nenhuma tem relação com a fábrica. Você não devia ficar imaginando conspirações o tempo inteiro."

Fang Caodi continuou de pé, imóvel, e então Lao Chen usou a carta que trazia na manga. "Lao Fang", disse, "você sabe que as premonições não podem impedir que as coisas aconteçam."

"Você tem razão", respondeu Fang Caodi. "Vamos embora."

***

Wei Xihong, beijinense, também conhecida como Xiao Xi; mais recente apelido na internet: *maizibusi*; último emprego conhecido: vendedora de picolé em Xinzheng, a lendária cidade do Imperador Amarelo na província de Henan; antes, empregada como bilheteira em três vilarejos que alegam ser o lar do mítico Pangu*, e em Zhoukou, no leste de Henan, um lugar famoso pela relação que tem com a deusa Nüwa. A dizer pelo itinerário, a próxima parada deve ser no Monte Shennong, batizado em homenagem ao lendário fundador da agricultura, ou em um dos vários lugares que alegam ser o local onde o Grande Yu dividiu as águas e criou o continente chinês.

De fato, ela esteve em Jiaozuo, antes conhecida como Huaichuan. Existem seis cidades na região, e dizem as lendas que o local onde o lendário Imperador Yandi ou Shennong plantou os cinco grãos e provou as cem ervas fica próximo. Não é preciso dizer que a área tem diversos parques com temas históricos e uma profusão de empregos relacionados ao turismo. Mesmo assim, ela não procurou

---

* Criador do mundo, segundo a mitologia cosmogônica chinesa. (N.E.)

emprego logo ao chegar, mas ficou vagando por um tempo, uma vez que Jiaozuo evocava memórias muito obscuras e íntimas.

Em 1983, quando se formou em Direito, o primeiro cargo que assumiu foi o de assessora jurídica em um tribunal com nível de condado sob a jurisdição de Beijing e encarregado de casos de repressão. Os colegas no grupo de seis pessoas – dois policiais, dois promotores e dois juízes – não ficaram nada felizes com o estilo dela e tentaram pressioná-la a consentir com as execuções. Os exemplos que usaram para tentar convencê-la vinham de Zhengzhou, Kaifeng e Louyang, que já tinham executado quarenta ou cinquenta pessoas. Mesmo um lugar pequeno como Jiaozuo tinha executado trinta pessoas. Quando Wei Xihong visitou Louyang, Kaifeng e Zhengzhou, os acontecimentos relacionados à repressão sequer lhe ocorreram. Mas, quando foi a Jiaozuo, os eventos daquele ano surgiram bem diante de seus olhos.

Os acontecimentos mudaram a vida dela para sempre e provaram que não tinha sido talhada para ser juíza na República Popular da China.

Wei Xihong ficou de cama por dois dias em uma pequena pensão em Jiaozuo antes de tomar uma decisão. Ela resolveu se livrar dos fantasmas da repressão de 1983. Na manhã do terceiro dia, tomou um pequeno ônibus para o Condado de Wen, em Jiaozuo, e foi até a vila de Wenquan. Andou sem destino de um lado para o outro até passar por uma grande casa que estava com o portão do jardim aberto e tinha várias pessoas elegantes e de aparência amistosa descansando no pátio.

Um dístico de primavera estava colado no portão do jardim. O verso da direita dizia "O Céu concede a Árvore da Vida, / Fé, amor e esperança para sempre". O verso da esquerda dizia "A Fonte da Vida irrompe da terra / Corpo, mente e alma em entrega total". "Será que é uma igreja?", pensou Xihong. "Mas esse tipo de atividade não é clandestina? Como podem se expor dessa maneira?"

Nesse ponto, as pessoas que estavam no pátio entraram na casa; apenas um homem de meia-idade ficou no portão, encarando

Wei Xihong. Logo ele deu alguns passos para se aproximar, e assim Wei Xihong percebeu que era manco. "Seja bem-vinda", disse o homem. Wei Xihong entrou no pátio devagar, com o olhar fixo na faixa horizontal estendida na fachada: "O grão caído na terra não morre".

Wei Xihong pensou: "Eu já ouvi que o espírito não morre e que a matéria não pode ser destruída, mas aqui está escrito que um grão de trigo nunca morre – essa ideia está de acordo com o materialismo filosófico".

***

O responsável pela Igreja do Grão Caído na Terra se chamava Gao Shengchan. A partir desse nome, que significa "alto nível de produção", não era difícil adivinhar que os pais dele estivessem entre os oficiais locais de menor importância que davam aos filhos nomes como "produção" e "planejamento", em conformidade com as políticas governamentais da época.

Dois anos atrás, Gao Shengchan, Li Tiejun e mais três pessoas haviam fundado uma igreja protestante clandestina na cidade de Jiaozuo. Logo entraram em conflito com o Movimento Patriótico das Três Autonomias, foram capturados pela polícia de Segurança Pública a mando da Secretaria de Religião local e transferidos para a prisão. Eles se autointitularam "grão caído na terra", um nome inspirado no ensinamento de Jesus segundo o qual um grão de trigo que cai na terra e morre dá origem a muitos outros grãos de trigo. Estavam todos decididos a morrer em nome da fé e ganharam ainda mais força na prisão; jamais abandonariam a obra de Deus. Depois de soltos, ficaram ainda mais destemidos. Li Tiejun, que tinha feito algum dinheiro nos negócios, comprou um terreno em Wenquan, construiu um local de encontro e estabeleceu uma irmandade cristã. Quatro pessoas do grupo estabeleceram irmandades semelhantes nos vilarejos ao redor de Jiaozuo e puseram em prática a política do campo que circunda a cidade proposta por Mao Zedong. Gao Shengchan ia de irmandade em irmandade pregando a palavra de Deus. Agora a Secretaria de Religião já não os incomodava mais como antes.

O mais estranho era que um número de pessoas quase maior do que seria administrável pedia para entrar na igreja.

Mais de vinte ou trinta pessoas participavam dos encontros diários e dos grupos de leitura da Bíblia na irmandade de Wenquan, e mais de cem ou duzentas pessoas frequentavam os cultos aos fins de semana. Os paroquianos traziam novos membros a cada dia que passava, e alguns, como Wei Xihong, vinham direto da rua.

Gao Shengchan chegou a temer que uma atividade intensa da igreja pudesse chamar a atenção das autoridades. No entanto, Li Tiejun e os outros três líderes haviam dedicado a vida à obra de Deus e pretendiam seguir em frente a despeito das consequências; Gao Shengchan não teria como impedi-los. Quando Li Tiejun sugeriu colocar dísticos de primavera com temas cristãos no portão da igreja, Gao Shengchan foi contra, por achar que daria muito na vista. Na China há muitas coisas que você pode fazer, desde que não faça muito estardalhaço. Gao não conseguiu dissuadir Li, e Li Tiejun disse que não bastava a igreja oferecer um bom produto: também precisava de boa propaganda, e os dísticos de primavera cumpririam esse papel. As palavras de Li Tiejun comoveram Gao Shengchan: "A nossa missão é justa e honrada, e eu me recuso a esconder a nossa luz debaixo do alqueire". No fim, Li estava certo. Muitas pessoas descobriram a igreja graças aos dísticos de primavera, apareceram nos cultos e no fim se converteram.

Mais tarde, oficiais da Secretaria de Religião foram até a igreja para investigar as atividades do grupo. A atitude dos oficiais não foi antagônica: não falaram muita coisa e, depois que foram embora, não se ouviu mais falar a respeito deles. Nos últimos dois anos o governo tem sido muito discreto.

Gao Shengchan tinha se formado na Universidade Normal da província. Antes de ir preso trabalhava como professor, e foi um ávido leitor da *Dushu* antes de começar a acreditar em Jesus Cristo. Era um intelectual – não tinha uma vivência de camponês, como Li Tiejun e os outros, e, portanto, tinha mais preocupações. A grande preocupação era que a política de tolerância do governo pudesse acabar em breve, porque o número de adeptos em todo o país estava crescendo muito depressa, em especial nas igrejas budistas e protestantes. Juntos, os membros das igrejas domésticas protestantes e das igrejas do Movimento Patriótico das Três Autonomias sancionadas pelo governo somavam cinquenta milhões em 2008. Agora, Gao Shengchan tinha outro número em mente: cento e cinquenta milhões. A maioria tinha entrado para a igreja nos últimos dois anos, e as igrejas domésticas eram responsáveis por 80% dos recém-convertidos. Desde a Libertação, a não ser pelos camponeses e trabalhadores, nunca havia existido um grupo de interessados tão representativo da população do país. Durante as repressões contra os proprietários de terra e camponeses ricos, capitalistas e direitistas, era sempre a maioria esmagadora contra uma pequena minoria, mas agora uma maioria dividida de um bilhão e duzentos milhões defrontava-se com uma minoria unida de cento e cinquenta milhões de pessoas religiosas. O Partido Comunista não poderia suprimir a cristandade como havia suprimido o Falun Gong. Por outro lado, como o Partido não estaria preocupado com um número tão grande de cristãos? Gao Shengchan esperava que esse número continuasse a aumentar depressa e ao mesmo receava que o Partido Comunista pudesse investir contra a igreja. Pedia a Deus que concedesse outros dez anos de paz para que o movimento crescesse e jurou que, nesse tempo, trabalharia o bastante para elevar o número de cristãos a trezentos e cinquenta milhões. Assim os cristãos representariam um quarto da população – uma fração que parecia garantir a estabilidade e a segurança da igreja.

Para assegurar o crescimento a longo prazo, Gao propôs que cada nova ordem ou seita cristã se ocupasse apenas dos próprios assuntos. Os evangélicos, os liberais, os fundamentalistas e os carismáticos não deviam se reunir, e as igrejas dentro da mesma seita não deviam se reunir com muita frequência. Gao não queria dar ao governo a impressão de que as igrejas domésticas estavam se alastrando pela província ou pelo país. Muitos frequentadores das igrejas não entenderam essas preocupações e criticaram-no por querer restringir o movimento, preocupar-se apenas com o próprio grupo ou tentar assumir o papel de líder supremo. Gao Shengchan sempre respondia, no entanto, que o importante era se comunicar diretamente com Deus, e não com outros frequentadores.

Outra coisa que Gao Shengchan podia fazer era escrever artigos e fazê-los circular entre os fiéis; na verdade, essa era uma forma de fornecer informações ao governo. O tema mais importante que abordava era "Deus é Deus e César é César". A igreja cristã não busca poder político secular; é apenas uma força que luta pela estabilidade social, e portanto o governo secular não deve interferir com a religião. A intenção era influenciar o governo a mudar de atitude e aceitar a ideia de que a política e a religião são esferas independentes. Gao queria erigir uma barreira entre o regime político e a fé que professava, pois essa conquista teria um papel muito importante no desenvolvimento da religião nessa conjuntura histórica. Também escrevia blogues sob diferentes pseudônimos para apoiar os acadêmicos de Beijing que defendiam uma dessensibilização à religião. Por ora, a Igreja Cristã da China também se beneficiaria com a iniciativa.

Durante o processo de dessensibilização, no entanto, Gao Shengchan foi contra pressionar o governo e contra as exigências dos intelectuais cristãos radicais das grandes cidades, que exigiam o reconhecimento oficial e a legalização do movimento das igrejas domésticas, que assim poderia vir a público e promover abertamente as igrejas clandestinas. Gao achava que o governo não poderia reconhecer oficialmente as igrejas domésticas; a dessensibilização era o máximo que estavam dispostos a dar. Após a dessensibilização, a melhor coisa para o governo seria agir como se não soubessem da existência das igrejas domésticas, e a melhor coisa para a Secretaria de Religião seria agir como se nunca tivessem ouvido falar de qualquer igreja doméstica além daquelas pertencentes à denominação do Movimento Patriótico das Três Autonomias. As igrejas domésticas não deviam fazer nada que pudesse constranger o governo. Se ninguém criasse problemas, todos poderiam manter a dignidade e funcionar a contento.

Gao Shengchan pensava que as gerações futuras diriam que essa foi a época do purismo na Igreja Protestante da China. Como opera fora do Movimento Patriótico das Três Autonomias, a cristandade protestante ainda mantém alguns traços clandestinos, e os benefícios seculares da conversão religiosa são poucos. O resultado é que a maioria dos novos membros entra para a igreja por convicção legítima; professam a fé pela fé. Se alguns líderes religiosos ou voluntários cedem à corrupção, essa é a exceção, não a regra. Na China, as pessoas atrás de fama, de lucro ou de poder entram para o Partido Comunista, partidos que se dizem democráticos, grupos de interesse comercial, gangues criminosas ou para a indústria do entretenimento; poucos com essas tendências escolheriam a arena religiosa. Mesmo que a escolhessem, entrariam para as organizações reconhecidas pelo governo, ou fundariam uma seita própria; dificilmente se aventurariam em uma denominação protestante. Por outro lado, em um país como os Estados Unidos, onde o protestantismo cristão é a religião da maioria, as igrejas não conseguem evitar as associações com a fama, o lucro, o poder e os grupos de interesse. Gao Shengchan esperava que a cristandade chinesa continuasse na clandestinidade por um bom tempo, porque assim os mais ambiciosos não teriam interesse no movimento das igrejas domésticas e os cristãos chineses poderiam manter o coração puro.

A Igreja do Grão Caído na Terra tem uma boa reputação nos círculos cristãos da China, e, como todos os líderes passaram algum tempo na prisão, muitos cristãos estrangeiros iam visitá-los. Li Tiejun e os outros gostavam de ter contato com estrangeiros, mas Gao Shengchan era um tanto cético; temia que o Partido Comunista os acusasse de colaborar com poderes estrangeiros. Mesmo assim, foi graças ao contato com estrangeiros que Gao Shengchan percebeu com clareza que, embora as igrejas cristãs não almejem o poder secular, elas podem acabar sendo arrastadas para a política. Nos Estados Unidos, por exemplo, em assuntos como aborto, pesquisa com células-tronco e casamento homossexual, os cristãos evangélicos muitas vezes se unem ao Partido Republicano e às facções de direita para proteger os interesses dos grandes capitalistas. Alguns cidadãos americanos foram a Henan para visitar Gao Shengchan na prisão e pedir que se opusesse às políticas de controle de natalidade do governo chinês, mas os apelos foram ignorados. Até hoje, nenhum grupo cristão norte-americano convidou esse respeitável intelectual cristão chinês e líder carismático do movimento das igrejas clandestinas para visitar os Estados Unidos, e muito menos para visitar a Casa Branca e encontrar o presidente.

O que Gao Shengchan ainda pode fazer é insistir em que a Igreja do Grão Caído na Terra não aceite doações monetárias do exterior, não receba Bíblias contrabandeadas para a China e não convide pastores de outras nacionalidades para pregar nas igrejas. Gao Shengchan foi acusado de promover uma Igreja Patriótica da Negação. Por sorte, até agora Li Tiejun e os outros concordam com Gao Shengchan nesses assuntos, porque a economia chinesa está forte, os membros da igreja fazem doações consideráveis e a igreja não tem necessidade de doações estrangeiras e muito menos de Bíblias estrangeiras.

Havia um resultado positivo que às vezes dava grandes dores de cabeça a Gao Shengchan. Depois de entrar para a igreja, os fiéis passavam a ter uma afinidade natural graças à identidade comum, e muitas vezes queriam expressar o espírito cristão do amor universal colaborando em projetos conjuntos e protegendo uns aos outros. Se um irmão ou uma irmã em Deus está em apuros, todos se sentem no dever de oferecer ajuda. Gao tinha ouvido falar de várias ocasiões em que uma aproximação entre empresários e oficiais do governo havia prejudicado os direitos e o bem-estar das pessoas comuns, e quando membros das igrejas clandestinas estavam no meio das pessoas comuns, os irmãos e irmãs de fé se organizavam para resistir aos empresários e aos burocratas. Na cabeça dos oficiais do governo, esses incidentes eram vistos como um confronto entre os fiéis e o regime. Certos oficiais da região viam as igrejas domésticas como uma pedra no sapato e pressionavam a Secretaria de Religião a tomar uma atitude. Se esses incidentes começassem a ocorrer com mais frequência, o governo talvez mudasse a atual política de tolerância.

Foi esse o motivo para que a chegada de Wei Xihong despertasse não apenas alegria, mas também ansiedade em Gao Shengchan.

Gao Shengchan lembrava de ter corado no primeiro encontro com Wei Xihong. O Senhor devia ter guiado os passos dela até a igreja.

Desde a fundação da Igreja do Grão Caído na Terra em Wenquan, Gao ficava no pátio e levava muitas ovelhas desgarradas de volta aos braços do Senhor. A diferença foi que, assim que viu

Wei Xihong, Gao Shengchan soube que ela não era uma moradora local; aquela mulher tinha uma aura de cultura; era uma intelectual, como ele. Wei Xihong lia a Bíblia com grande interesse e fazia perguntas sofisticadas e pertinentes. O que ela mais queria entender era por que todos acreditavam em Deus e como os membros da igreja, mesmo depois de sofrerem com a repressão e a clandestinidade, não guardavam nenhum ressentimento e pareciam mais felizes do que qualquer outra pessoa.

"Porque temos amor no coração, e porque temos ao Senhor Jesus Cristo", dizia Gao Shengchan nos sermões.

Wei Xihong admirava o interesse mútuo que os irmãos e irmãs da igreja demonstravam uns pelos outros; era um sentimento muito mais sincero do que a solidariedade entre as classes que lhe haviam ensinado desde a infância. Esse tipo de amizade amorosa lembrava-a dos intelectuais que havia conhecido no restaurante de Wudaokou nos anos 80. Eles também tinham espírito solidário. Mas agora não restava mais nada.

Wei Xihong não conseguia afastar um pensamento: se não fosse a fé religiosa será que as pessoas boas da China continuariam sendo boas? Na situação atual da China, com o sistema político e a atmosfera social, não é nada fácil "guardar a própria virtude sozinho", como disse Meng Zi. Que tipo de poder moral e espiritual leva uma pessoa a escolher a bondade? Sem a fé religiosa, a bondade é uma opção complicada demais.

Mesmo assim, Wei Xihong não sentia nenhum impulso de acreditar na religião. Durante toda a vida ela tinha sido uma discípula do materialismo e do ateísmo, e agora não poderia mudar de ideia. A razão fazia com que rejeitasse as alegações da religião teísta.

A única pessoa na irmandade com quem podia ter uma discussão de alto nível era Gao Shengchan, mas ele era o pregador mais importante nas quatro irmandades da Igreja do Grão Caído na Terra. As igrejas domésticas de Jiaozuo e de Henan convidavam-no para fazer sermões com frequência, e assim não podia ficar o tempo todo em Wenquan. Assim, Wei Xihong decidiu que acompanharia Gao Shengchan para escutar as pregações e continuar fazendo perguntas.

Mas havia uma outra coisa a respeito da irmandade que Wei Xihong não percebia muito bem. Aqueles humildes e devotos seguidores de Cristo também conheciam uma certa forma de contentamento – "apenas nós conhecemos a verdade" – que deixava Wei Xihong pouco à vontade. Embora Gao Shengchan sempre demonstrasse muito entusiasmo durante as pregações, na vida cotidiana parecia um pouco melancólico; e como além do mais era manco, Wei Xihong tinha facilidade para se comunicar com ele. Assim, decidiu se aproximar.

Wei Xihong não tinha pretensões amorosas, porém não se podia dizer o mesmo a respeito de Gao Shengchan, que nos últimos tempos vinha pensando em casar. Mas Wei Xihong ainda não era cristã, e todas aquelas postagens na internet sob o pseudônimo *maizibusi* eram contra o governo e poderiam causar problemas.

Foi então que ocorreu o incidente no Vilarejo da Família Zhang.

Muitas famílias de camponeses no Vilarejo da Família Zhang fazem parte da irmandade cristã. Pouco tempo atrás, o governo da vila, junto com um grupo de interesses comerciais, violou os direitos dos habitantes e cercou os terrenos que cultivavam. Quando os irmãos e irmãs da Igreja do Grão Caído na Terra discutiram o assunto, Wei Xihong mostrou-se particularmente interessada. Explicou vários conceitos jurídicos para os fiéis e instigou-os a lutar pelo cumprimento da lei. Quando ficaram sabendo que ela era formada em Direito, todos ficaram muito admirados. O grupo elaborou uma estratégia em três etapas. Primeiro, iriam até o tribunal do condado entrar com uma ação contra o governo da vila; depois, fariam um protesto em frente à sede do governo da vila, e por último fariam uma gravação do protesto para colocá-la na internet junto com todas as evidências de corrupção no governo da vila. A última etapa foi decidida quando Wei Xihong disse que "A internet é o Comitê Central de Ética e a autoridade virtual da segurança pública do povo". Mas se agissem assim, a Igreja do Grão Caído na Terra seria arrastada em direção ao movimento de defesa dos direitos dos camponeses, o que traria consequências difíceis de prever.

Gao Shengchan falou com Li Tiejun a respeito do assunto e pediu a Li que dissuadisse os fiéis de conferir maiores proporções ao incidente. Ninguém imaginava que Li Tiejun fosse criticar a atitude de Gao Shengchan. "Lao Gao", disse, "quando tenho algo a dizer, eu digo. Todo mundo está achando que você e Wei Xihong são um casal. Mas foi ela quem assumiu o posto de Grande Irmão Gao – ela é o exterior, e você é o interior. A *maizibusi* está falando por você!"

UM AMOR QUE EXCEDE TODO O ENTENDIMENTO

Ao se aproximar da província de Henan, Fang Caodi começou a falar sobre as muitas coincidências ao longo de sua vida. "Lao Chen, você acredita em coincidências?", perguntou.

Lao Chen acreditava que um escritor de ficção precisa depender de coincidências, embora na vida real o valor das coincidências seja exagerado. Não era preciso responder às perguntas de Fang Caodi com muita frequência porque de qualquer maneira ele falava sem parar. Fang não havia fechado a boca desde Beijing. Assim, como resposta, Lao Chen ofereceu um simples dar de ombros.

"Eu sabia que nem precisava perguntar", disse Fang Caodi; "um escritor precisa acreditar em coincidências. Você sabe que a vida é como a ficção: tudo é coincidência, senão nesse instante eu não estaria no carro indo para Henan com você."

"Você já leu os romances sobre coincidências de Paul Auster?", perguntou Lao Chen por mera curiosidade.

"Não", respondeu Fang, "mas eu li os contos de mistério de Seichō Matsumoto. Sem coincidência não existe ficção."

"A ficção é uma coisa", emendou Lao Chen, "e a vida real é outra. Muitas coincidências são provavelmente uma predestinação. À primeira vista parecem ser coincidências, mas no fundo 'a rede do céu tem malha espaçosa, embora nada possa escapar dela', como disse o velho Laozi. Existem causas e efeitos, e sempre existem pistas, mas na maioria das vezes não as encontramos."

"Uma análise muito perspicaz, Lao Chen", sentenciou Fang. "Muito perspicaz."

"Ah!", exclamou Lao Chen ao olhar para o visor do celular. "Zhang Dou encontrou postagens de *maizibusi* no club.kd.net e nos sites Xin Lang e NB. São postagens recentes. Em uma ela diz que finalmente afastou o fantasma de 1983. Em outra diz que está no condado de W na cidade de J na província de H ajudando a defender os direitos dos camponeses. A mensagem de Hu Yan dizia que a Igreja do Grão Caído na Terra fica em Jiaozuo, na província de Henan. Aí estão as letras J e H. Agora só precisamos encontrar o condado de W."

"O condado de Wen", disse Fang. "Deve ser o condado de Wen. Porque eu estive lá – outra coincidência."

"Então vamos para o condado de Wen", respondeu Lao Chen, avesso a contestar a lógica de Fang. Ele consultou a rota para Wenquan no condado de Jiaozuo no GPS.

***

Liu Xing, o ex-colega de Gao Shengchan na universidade, era vice-ministro do Departamento de Propaganda do Comitê Municipal de Jiaozuo. Responsável pela propaganda na mídia. Quando Gao Shengchan telefonou pela manhã, Liu Xing convidou-o no mesmo instante para jantar no Hotel Yiwan. "Lá nós podemos bater um bom papo", disse Liu.

Dois ou três anos atrás, Liu Xing evitaria falar em público com Gao Shengchan, mas, como não foi promovido na última mudança no governo local, Liu compreendeu que tinha chegado ao ponto máximo da carreira oficial. Ele já tinha cinquenta anos. Sem figurar na nova liderança, não tinha nenhuma perspectiva de ser promovido no futuro. Nesse caso, que diferença faria ser visto jantando com um velho amigo da universidade?

Fang Caodi e Lao Chen perderam algumas horas visitando o Vilarejo Feliz e chegaram à cidade de Jiaozuo às nove da noite – tarde demais para ir até a vila de Wenquan. Tiveram de passar a noite em Jiaozuo. A essa altura, Fang Caodi, a pedido de Lao Chen, fez uma reserva no Hotel Yiwan. No salão privativo do restaurante, Liu Xing e Gao Shengchan já haviam tomado algumas bebidas e estavam a ponto de começar uma discussão séria.

Gao Shengchan falou a Liu sobre os problemas que a igreja estava enfrentando – alguns dos irmãos e irmãs tinham se envolvido nas disputas pelas terras do Vilarejo da Família Zhang e as coisas poderiam esquentar. Mas os problemas religiosos eram assuntos para a Secretaria de Religião, não para Liu Xing, e assim Gao Shengchan pôde discutir a situação como um velho amigo. Gao Shengchan sabia que não poderia começar perguntando a Liu Xing como resolver o problema. Se assim fizesse, Liu Xing não lhe contaria a verdade sobre nada. Gao Shengchan simplesmente descreveu os problemas e os dois continuaram bebendo e batendo papo enquanto Gao esperava que Liu dissesse alguma coisa importante.

Embora tivesse tomado umas quantas doses, Liu Xing era um burocrata tão calejado que fazê-lo falar era quase como tirar leite de pedra – e em geral ninguém conseguia arrancar-lhe segredos. Liu comentou que todos os escalões do governo estavam estudando um documento enviado pelo Partido Central sobre o qual teriam de responder um teste. Ele sabia recitar o texto de cor:

"A filosofia que norteia o governo, no atual estágio de desenvolvimento, é praticar um modelo de governo virtuoso para as pessoas e administrar a relação entre os quadros do partido e as massas. Os quadros do partido são os servidores do povo e o povo é pai dos quadros do partido. Os quadros do partido precisam tratar as diferenças entre as pessoas de maneira adequada, estabelecer um mecanismo de resolução de disputas e diferenças em todos os níveis da sociedade, estabelecer um mecanismo de alerta a fim de preservar a estabilidade social, trabalhar ativamente para evitar e tratar de maneira adequada todo e qualquer tipo de incidente coletivo, manter uma sociedade estável e harmônica, obedecer às leis de repressão severa a todo e qualquer tipo de atividade criminosa e, acima de tudo, zelar pela segurança e pelos valores fundamentais da Nação."

Em outras palavras, o governo pretendia adotar uma postura que ajudasse a resolver os problemas das pessoas comuns. Portanto, não se pode admitir a ocorrência de incidentes coletivos capazes de perturbar a harmonia da sociedade. Os oficiais do partido não apenas devem evitar provocações às pessoas comuns, mas também permanecer atentos, dispor de sistemas de alerta para comunicar a ocorrência de protestos, resolver problemas antes que qualquer incidente aconteça, diminuir os problemas grandes e eliminar os problemas pequenos. Se os quadros do partido não trabalharem na prevenção pode ocorrer um incidente de protesto coletivo – e nesse caso, não importa o que aconteça mais tarde, a culpa recairá sobre os oficiais do partido.

No que consiste uma ditadura de partido único? "Ditadura" significa apenas que o partido que detém o poder tem poderes absolutos para pôr em prática uma ditadura sempre que desejar. Nesse ponto, toda a máquina do estado pode praticar a ditadura contra as pessoas ou contra uma parcela da população sem autorização e sem nenhuma restrição imposta pelo povo. Para evitar problemas, o partido que detém o poder em uma ditadura de partido único tenta despertar nas pessoas em toda a parte um sentimento de solicitude paternal em relação ao governo do partido-estado. Na China de hoje, o Partido quer evitar problemas. Apenas o núcleo de interesses do Partido Comunista permanece inalterável, por mais flexível que sejam as manobras adotadas e por mais razoáveis que sejam os métodos empregados.

Gao Shengchan entendia muito bem. A igreja havia se desenvolvido sem nenhuma interferência governamental pelos últimos dois anos porque a política atual do governo era evitar problemas. Todos os oficiais temiam que algum incidente de grandes proporções ocorresse na área sob a jurisdição em que atuavam, temiam perder as funções – e assim ninguém se atrevia a mexer nos vespeiros. E as igrejas clandestinas eram alguns desses vespeiros.

O que Liu Xing estava dizendo era muito deliberado, e Gao Shengchan interpretou aquelas palavras da maneira exata. A mensagem tácita era a de que, embora as pessoas tivessem medo dos oficiais, os oficiais também tinham medo das pessoas. Se aparecessem notícias de um protesto em massa, seria bem provável que os oficiais quisessem resolver a situação. Os estágios preparatórios de um protesto em massa são o momento em que os dois lados têm o maior espaço de manobra, mas quando os protestos começam as consequências são imprevisíveis. Se os protestantes forem acusados de balbúrdia, arruaça, roubo e agressão e depois jogados na cadeia, tanto os oficiais como as pessoas vão sofrer. Mesmo que o protesto resulte na demissão e na substituição de alguns oficiais, pouco resolve.

Mas a quem se deve avisar a possível ocorrência de um protesto em massa? Se você for aberto demais, o incidente se torna público e os oficiais perdem a dignidade; se for aberto de menos, não consegue o que pretende. Liu Xing, por exemplo, pode simplesmente fingir que não sabe de nada, porque o assunto não é problema do departamento em que trabalha. Gao Shengchan comeu a fruta de sobremesa em silêncio, pensando: "Que oficial poderia se importar com esse protesto iminente?"

Claro que os líderes do partido na vila seriam os maiores envolvidos, mas se não estivessem obcecados em ganhar dinheiro a qualquer custo, simplesmente não teriam se juntado ao grupo de interesse comercial nem abusado das pessoas comuns. Com a perspectiva de ganho financeiro, no entanto, não "derramariam lágrimas até estarem ataviados para o caixão", como diz o ditado – nunca desistiriam. Apenas um protesto em massa seria capaz de mudar essa atitude. Mas o protesto era justamente o que Gao Shengchan queria evitar a fim de proteger os interesses da igreja. Gao Shengchan pensou mais um pouco e concluiu que, se fosse entregar o ouro, precisaria se dirigir a uma instância mais alta do governo – ao governo do condado.

Tratou de mudar o rumo da conversa e disse, como quem não quer nada, "o governador do condado de Wen é um político muito competente e de boa reputação, não é mesmo?"

"Xiao Yang é jovem e talentoso. Tem apenas trinta e poucos anos, e um futuro brilhante o espera", disse Liu Xing, que já esperava uma menção ao governador do condado Yang.

Gao Shengchan entendeu que Liu Xing estava dizendo a quem devia se dirigir – um jovem oficial responsável por diversas vilas do condado e preocupado com o futuro da carreira.

"Você sabia", perguntou Liu Xing com um gesto, "que o prefeito de Jiaozuo foi transferido para Fujian? E sabia que o governador do condado Yang foi promovido a mando do prefeito? E sabia que nessa última mudança do governo o prefeito voltou a ser promovido para o nível de província?"

"Liu é mesmo um velho amigo", pensou o agradecido Gao Shengchan, "e está esclarecendo tudo para mim." O novo prefeito veio de fora da província e com certeza vai promover alguns quadros do partido para completar a equipe, mas não vai escolher pessoas leais ao antigo prefeito, como Liu Xing. O governador do condado Yang é um seguidor do atual prefeito, e assim que o atual prefeito for promovido e aquecer o assento no nível provincial vai tratar de levar Yang para trabalhar no gabinete. Tudo o que o governador do condado Yang precisa fazer para ganhar uma promoção ao nível provincial é garantir que nenhum grande incidente ocorra no condado ao longo dos próximos meses.

Em outras palavras, se um protesto em massa ocorresse no condado, a promoção do governador do condado Yang seria arruinada, independente do resultado. Assim, o governador do condado Yang é a pessoa ideal para informar sobre a possibilidade de um protesto. Que jovem talentoso arriscaria toda a carreira por alguns oficiais corruptos da vila?

Quando ficou claro que Gao Shengchan havia entendido tudo o que estava ouvindo, Liu Xing deu a impressão de que estava orgulhoso; então se levantou e foi cambaleando em direção ao banheiro. Gao Shengchan aproveitou a oportunidade e telefonou para Li Tiejun a fim de pedir que marcasse uma reunião de urgência com o governador do condado Yang.

***

Jiaozuo é uma importante produtora de ervas da tradicional medicina chinesa, como *sheng di huan, shan yao, niu xi* e *ju hua*. Fang Caodi tinha planejado comprar ervas medicinais chinesas em Jiaozuo para curar os ferimentos internos de Zhang Dou e a estranha imbecilidade de Miaomiao. Levantou às quatro e meia da manhã, fez os exercícios de *qigong* e saiu antes do raiar do dia sem perturbar o sono de Lao Chen.

Depois da longa viagem no dia anterior, Lao Chen estava muito cansado, mas não conseguiu dormir bem. Levantou às seis horas e tomou café da manhã no restaurante do hotel, mas teve de esperar até as nove, quando Fang Caodi enfim apareceu com uma mochila repleta de ervas medicinais. Nesse ponto, Lao Chen tinha um aspecto um tanto aborrecido. Os dois saíram às pressas e puseram-se a caminho da vila de Wenquan.

Quando chegaram ao centro da cidade provinciana, Fang Caodi perguntou a um taxista se sabia onde, no condado de Wen, ficava uma igreja cristã chamada Igreja do Grão Caído na Terra. O taxista respondeu que a igreja ficava perto e se dispôs a deixar os dois em frente à porta sem cobrar nada.

"Mas não é uma igreja clandestina?", pensou. "Como pode todo mundo saber o endereço? Como pode haver dísticos de primavera no portão de entrada?"

"As pessoas de Henan não ofenderam ninguém", disse Fang Caodi, "mas todo mundo as critica. Veja a generosidade do motorista."

Gao Shengchan e Li Tiejun estavam no pátio, aprontando-se para o encontro com o governador do condado Yang.

"Nossa irmandade tem mil membros no condado de Wen", disse Li Tiejun com visível orgulho. "Como o governador do condado poderia recusar uma reunião?"

A todo instante Li Tiejun era lembrado de que, durante o encontro, devia deixar as tratativas a cargo de Gao Shengchan. Gao julgava-se capaz de convencer o governador do condado Yang a resolver o problema nas terras do Vilarejo da Família Zhang, e assim pediu a Li Tiejun que não interferisse.

Enquanto pensavam e conversavam, os quatro homens encontraram-se no portão.

"Bom dia, amigos!", disse Fang Caodi saudando a todos, com medo de que o sotaque taiwanês de Lao Chen levantasse suspeitas. "Desculpem interromper, mas por acaso essa é a igreja clandestina do Grão Caído na Terra?"

"Esta é a Igreja do Grão Caído na Terra", respondeu Li Tiejun, um pouco ressabiado. "Com quem o senhor gostaria de falar?"

"Estamos procurando uma mulher chamada 'o grão não morre'", disse Fang Caodi. "O nome real dela é... como é mesmo?"

"Wei Xihong, Xiao Xi", completou Lao Chen.

"O senhor a conhece?", perguntou Fang Caodi.

"Wei Xihong, Wei Xihong..." Li Tiejun não queria mentir, então se limitou a repetir o nome. "Xiao Xi, Xiao Xi..."

"Ela é de Beijing", acrescentou Fang Caodi.

"De Beijing", repetiu Li Tiejun, como se estivesse pensando a respeito. "De Beijing, vinda de Beijing para Henan..."

"Quem é o responsável pela igreja?", quis saber Fang Caodi, perdendo a paciência.

"Deus é o responsável", retrucou Li Tiejun.

"Não fale besteiras", disse Fang Caodi.

"Esqueça, vamos embora", disse Lao Chen, puxando Fang Caodi para longe.

Li Tiejun se virou, fechou o portão e afastou-se com Gao Shengchan em direção à vila. "O pastor tem a obrigação de proteger o rebanho", pensou Li Tiejun.

"Aqueles dois podem ser informantes", disse a Gao Shengchan, "então eu não quis dizer nada, mas por outro lado não posso mentir."

Gao Shengchan não havia pronunciado uma única palavra, mas tinha uma opinião diferente acerca de Chen e Fang. Intuiu que Lao Chen e Wei Xihong tinham uma relação especial, uma relação entre homem e mulher, e assim, embora soubesse onde ela estava, não quis ajudá-los a encontrar Wei Xihong. Gao Shengchan sabia que os dois voltariam e ficou um pouco incomodado com essa recusa em falar. Seria preciso cuidar das coisas na ordem da importância, e o mais importante que tinha a fazer naquele momento era evitar que a irmandade fosse arrastada para um protesto relativo à invasão de terras.

Se Lao Chen não tivesse recebido a mensagem de Zhang Dou e não soubesse que *maizibusi* estava no condado de W, na cidade de J na província de H, não teria certeza de que Xiao Xi estava lá e talvez tivesse a confiança abalada por aquele encontro. Agora que haviam encontrado a Igreja do Grão Caído na Terra, ele tinha certeza de que Xiao Xi estaria por lá, em algum lugar. Aqueles dois sujeitos simplesmente não estavam dispostos a falar a verdade. Lao Chen pediu a Fang Caodi que permanecesse na igreja para ver se Xiao Xi não apareceria enquanto ele voltava até a vila para encontrar um cybercafé e tentar contatar *maizibusi* pela internet.

Lao Chen e Fang Caodi não faziam ideia, mas Gao Shengchan e Li Tiejun sabiam que naquele instante Xiao Xi estava no interior da igreja com um grupo de leitura da Bíblia. Xiao Xi não sairia da igreja naquele dia. Ela almoçaria na igreja e à tarde entraria na internet para navegar no mundo virtual ou talvez usar o apelido *maizibusi* para escrever um blogue em defesa dos direitos dos camponeses. Talvez chegasse até a receber um comentário acusando-a de ser uma filha da puta deturpadora da verdade. Jantar no vilarejo às cinco horas, participar do encontro na igreja às seis e meia e às oito horas conversar com os irmãos e irmãs mais exaltados sobre os últimos preparativos antes da última reunião sobre o protesto relativo às terras do Vilarejo da Família Zhang. Xiao Xi sentia que a vida era cheia de recompensas.

***

A população da vila de Wenquan, no condado de Henan, não chega a cem mil pessoas, mas existem uns quantos cybercafés. Enquanto Gao Shengchan e Li Tiejun chegavam ao escritório do governador do condado, no prédio administrativo situado na Estrada do Rio Amarelo, Lao Chen entrava em um cybercafé recém-aberto. Ficou muito empolgado ao encontrar o blogue de *maizibusi* e comentários nos sites club.kd.net, Xin Lang e NB. Xi estava longe e ao mesmo tempo perto, mas quatro horas se passaram antes que Lao Chen postasse o primeiro comentário.

A princípio Lao Chen pensou em fazer de conta que não sabia de nada e escreveu dizendo que estava em Jiaozuo com um amigo para comprar ervas medicinais. Perguntou se ela ainda estava em Beijing e disse que gostaria de encontrá-la. Imaginou que Xiao Xi fosse mostrar-se surpresa com a presença dele em Jiaozuo e convidá-lo para um jantar no Hotel Yiwan. Por sorte Lao Chen não chegou a enviar a mensagem. A quem pretendia enganar? Era ridículo demais.

Assim, Lao Chen escreveu uma mensagem diferente, se desculpando pela aparição inesperada de Wen Lan e dizendo que gostaria de encontrar Xiao Xi. Na resposta a essa mensagem, no entanto, Xiao Xi provavelmente diria apenas "Não foi nada, não há o que desculpar, tudo bem. Nos vemos quando você puder." E nesse caso Lao Chen não poderia se encontrar com Xiao Xi.

Após deixar o apartamento do amigo com uma ideia equivocada do relacionamento que mantinha com Wen Lan, seria difícil que Xiao Xi se dispusesse a ficar sozinha com Lao Chen outra vez.

Lao Chen precisaria dizer que tinha ido a Jiaozuo no condado de Wen apenas para encontrá-la... e que queria encontrá-la porque desejava que ficassem juntos. Ele decidiu que estava na hora de fazer uma declaração de amor. Se pudesse abrir o coração, tudo poderia ser discutido em detalhe mais tarde: vinte e poucos anos atrás, Lao Chen tinha se apaixonado por Wen Lan e ela o havia magoado demais. Por muitos anos, Lao Chen não se atreveu a nutrir sentimentos por ninguém. Abrir o coração para Xiao Xi naquela circunstância sem dúvida exigiria muita coragem. Lao Chen ficou sentado sem fazer nada por duas horas até conseguir escrever uma mensagem de cinco mil palavras intitulada "Uma carta para *maizibusi* escrita por um conhecido", na qual dizia tudo o que pensava em uma prosa fluida e ligeira.

A primeira linha da carta dizia: "Quando você abrir esta carta, eu vou estar no cybercafé Fuxi na Estrada do Rio Amarelo na vila de Wenquan, no condado de Wen, na cidade de Jiaozuo..." Primeiro Lao Chen dizia que se apaixonou por Xiao Xi ao conhecê-la no restaurante Os Cinco Sabores em Wudaokou, na década de 90. Na época, não se declarou porque ela estava sempre rodeada por homens; mais tarde não se declarou por causa do namorado inglês. Passado ainda mais tempo, não se declarou porque estava tão magoado que não queria nem cogitar outro relacionamento sério. A pessoa que o havia magoado a esse ponto não era ninguém menos do que a srta. Wen, que tinha invadido o apartamento enquanto os dois estavam a sós. Lao Chen descreveu o primeiro encontro com Wen Lan, o noivado, o abandono e, vinte anos mais tarde, o encontro casual em que ela o fez pensar em um lustre de cristal francês.

E, o mais importante, contou que nos últimos tempos havia tido o coração roubado por uma outra mulher que não via há muito tempo, que foi difícil entrar em contato, que esperou por uma carta, que os dois se reencontraram, que perdeu contado com ela mais uma vez por causa da aparição súbita da srta. Wen, que a havia procurado na internet, que havia seguido uma pista suspeita até Henan e que tinha montado o quebra-cabeça e descoberto que ela estava na vila de Wenquan – e essa mulher é Xiao Xi. Agora Lao Chen espera que Xiao Xi lhe dê uma chance, entre em contato, ofereça uma oportunidade para que em Henan, em Beijing ou em qualquer outro lugar ele possa demonstrar o quanto a ama. Lao Chen também estava com um amigo que podia ajudar Xiao Xi a recuperar a memória.

Disse a Xiao Xi que havia pensado na morte durante a viagem até Henan e que, se fosse morrer em um acidente, esperava que ao menos pudesse segurar a mão de Xiao Xi e olhar nos olhos dela durante os últimos segundos de vida; ou que, se fosse morrer de morte natural, Xiao Xi estivesse sentada junto da cabeceira, velando por ele. Lao Chen queria passar o resto da vida ao lado de Xiao Xi.

Pretendia postar a carta nos comentários do blogue de Xiao Xi, mas o texto era extenso demais. Assim, foi necessário dividi-la em várias partes menores e postar cada uma delas em separado, mas Lao Chen também deixou um comentário dizendo que tinha um blogue no site Sina onde a carta estava disponível na íntegra.

Quando terminou a declaração, Lao Chen ficou calmamente sentado em frente ao computador, aguardando uma resposta.

Na verdade, logo depois do almoço Xiao Xi entrou na internet e viu a postagem de Lao Chen. Em seguida ela visitou o blogue no Sina e leu a íntegra da carta. O corpo de Xiao Xi ficou como que paralisado. Por dois anos Xiao Xi vinha procurando alguém com quem pudesse se abrir, mas todos a haviam decepcionado. Depois de encontrar Lao Chen pela segunda vez, imaginou que ele fosse diferente dos outros homens, mas no fim ela mesma por pouco não tinha virado "a outra". No auge do desespero, Xiao Xi descobriu a irmandade da igreja. No fundo ela não acreditava na religião, mas acabou encontrando uma grande família. E quando veio o movimento em defesa dos direitos do Vilarejo da Família Zhang, Xiao Xi se sentiu útil. Ela nunca imaginou que naquela situação Lao Chen pudesse reaparecer para fazer uma declaração de amor eterno.

Xiao Xi ficou uma hora parada em frente ao computador sem saber o que fazer. Ela sabia que, em frente a um outro computador, havia outra pessoa parada sem saber o que fazer.

Por fim ela postou uma resposta: "Eu não sou mais a Xiao Xi que você conheceu".

"Gosto ainda mais da Xiao Xi de agora", respondeu Lao Chen no mesmo instante.

"Eu tenho depressão clínica", escreveu Xiao Xi.

"Eu sei. Eu posso cuidar de você", respondeu Lao Chen.

"O meu corpo está arruinado", escreveu Xiao Xi.

"Eu sou testemunha da sua beleza", respondeu Lao Chen.

"Não sei se quero me envolver em um relacionamento agora", escreveu Xiao Xi.

"Eu posso esperar até que você se decida", respondeu Lao Chen.

"Eu não tenho tempo para um relacionamento", escreveu Xiao Xi.

"Eu posso esperar até quando você quiser, em Henan ou em qualquer outro lugar", respondeu Lao Chen.

Os dois continuaram assim até as cinco da tarde, quando Xiao Xi postou a última mensagem: "Preciso desconectar. Me dê um tempo para repensar as coisas. Nos falamos depois".

Xiao Xi foi ajudar o pessoal da igreja com a preparação do jantar, e Lao Chen desligou o computador; achou melhor ir até a igreja em busca de Xiao Xi.

Mas nenhum dos dois imaginava que durante toda a tarde muitos internautas haviam acompanhado a troca de mensagens com a respiração suspensa. Depois que ambos desligaram os computadores, os internautas começaram a postar comentários. Disseram que as mensagens eram comoventes, piegas, meigas e até nojentas. Os internautas de Taiwan ficaram admirados com o romance entre a *oba-san* e o *oji-san,* enquanto os internautas do continente diziam que o mais impressionante era a rapidez da troca. Mesmo assim, o veredito dos internautas era unânime: "Xiao Xi, faça as pazes com Lao Chen que tudo vai dar certo!".

***

Por volta das seis horas os irmãos e irmãs da Igreja do Grão Caído na Terra na vila de Wenquan terminaram o jantar e foram ao templo com o coração repleto de gratidão para esperar o início do encontro.

Gao Shengchan e Li Tiejun mal haviam deixado o prédio administrativo do condado e decidiram fazer uma oração na rua para agradecer as bênçãos do Senhor. Pela manhã, durante o encontro com o jovem e competente governador do condado Yang, Gao Shengchan tinha dito tudo o que era necessário dizer graças à ajuda do Senhor, oferecendo os detalhes necessários sobre o caso de maneira contida e digna. Embora o governador do condado tenha permanecido em silêncio durante todo o tempo, Gao Shengchan estava certo de que o governador do condado Yang o havia escutado com atenção. Quanto ao entendimento do governador do condado em relação aos prós e contras envolvidos e ao próprio destino da igreja, Gao Shengchan deixou o assunto nas mãos de Deus.

Após a reunião, o secretário do governador do condado procurou-os e pediu que ficassem nas redondezas, prontos para quando os chamassem de volta; um bom sinal. Os dois esperaram em um pequeno restaurante próximo ao prédio do governo. "Vamos fazer uma oração", disse Gao Shengchan, tomando a mão de Li Tiejun.

O governador do condado Yang conversou com os assessores e chamou o líder da vila e o representante dos grupos de interesse financeiro para uma reunião de urgência no gabinete. A reunião foi até as cinco da tarde, quando Yang chamou Gao Shengchan e Li Tiejun de volta ao gabinete. O governador do condado Yang falava como um burocrata, mas ao mesmo tempo parecia muito sagaz. Sabia que Gao Shengchan estava tentando forçá-lo a tomar uma atitude, mas também sabia que, em nome da futura carreira, precisava fazer alguma coisa. Assim, informou Gao Shengchan e Li Tiejun de que o programa de desapropriação nas terras do Vilarejo da Família Zhang prosseguiria conforme o planejado, mas que, graças às medidas eficazes a serem adotadas pelo governo, todas as famílias receberiam um acréscimo na indenização a ser paga pela desapropriação das terras. Além do mais, por conta de uma alteração no planejamento, o espaço ocupado pelas casas das famílias adeptas da igreja havia sido excluído do projeto. Assim, os grupos de interesse financeiro foram obrigados a abrir mão de parte dos lucros e os líderes da vila incapazes de refrear a corrupção foram punidos; a confiança do povo no governo não foi afetada, e um protesto em massa foi evitado.

Enquanto acompanhava Gao Shengchan e Li Tiejun até a porta do gabinete, o governador do condado Yang disse que, quando fosse promovido ao nível provincial, não precisaria mais participar dos esquemas de pessoas ligadas à igreja. Gao Shengchan, certo de que tinha alcançado o objetivo, fez alguns elogios ao governador do condado Yang. Disse que Yang era a mãe e o pai do povo, e Yang respondeu que o povo era a mãe e o pai do governo e que, como funcionário público, tinha o dever de servir as pessoas. Assim, com um reconhecimento mútuo de toda a insinceridade em jogo, os três se despediram com palavras frias.

No caminho de volta para a igreja, Gao Shengchan teve a sensação de ter realizado um feito extraordinário. Os direitos dos paroquianos estavam garantidos, e um confronto direto entre a igreja e o governo fora evitado. A única preocupação que tinha dizia respeito aos fiéis mais inflamados que estavam dispostos a fazer um protesto contra o governo, e em especial a Xiao Xi. Mesmo assim, Gao Shengchan jamais hesitava ao tomar decisões importantes.

Durante esse tempo, Lao Chen e Fang Caodi estavam sentados na capela em meio aos fiéis, à procura de Xiao Xi. Na cozinha, depois de ajudar no preparo de alguns petiscos, Xiao Xi mal havia conseguido se recuperar do tumulto emocional à tarde quando olhou pela janela e viu Lao Chen sentado na capela em meio aos fiéis; e mais uma vez o coração dela passou a bater depressa. Escondeu-se atrás da janela, sem coragem de entrar na capela. Neste exato instante ela ouviu o som do Hino de Canaã *O que sou eu?* e sentiu uma profunda comoção.

Gao Shengchan e Li Tiejun entraram na capela, e Gao instruiu Li a pedir que a congregação sentasse, pois os dois tinham notícias a dar. Então Gao Shengchan anunciou a nova decisão tomada pelo governo em relação às terras do Vilarejo da Família Zhang. A decisão em favor dos irmãos e irmãos da igreja, segundo disse, era um exemplo da graça de Deus, e provava que Deus tinha ouvido as preces de todos. Por fim, encorajou todos a agradecer com um grito de "Louvado seja o Senhor!". Alguns dos fiéis não puderam conter lágrimas de alegria. Muitos, no entanto, gostavam de assistir aos encontros só para testemunhar momentos assim.

Quando todos se acalmaram, Lao Chen levantou-se e disse em alto e bom tom: "Atenção, eu tenho algo a dizer para todas as pessoas reunidas aqui na igreja".

Li Tiejun tentou impedi-lo, mas Gao Shengchan fez um gesto indicando que Li o deixasse falar. Gao Shengchan sabia que os acontecimentos do mundo não podem ser impedidos à força, mas precisavam ser entregues aos desígnios do Senhor.

"Caros compatriotas", disse Lao Chen, "eu estou à procura de uma pessoa. O nome dela é Wei Xihong, também conhecida como Xiao Xi."

As pessoas olharam para o estranho sem dizer nada, mas ninguém respondeu.

"Eu sou amigo dela", disse Lao Chen.

Mesmo assim, nenhuma resposta.

"Se algum de vocês souber onde ela está", prosseguiu Lao Chen, "por favor, me diga. Por favor, eu preciso ver Xiao Xi, porque... porque eu a amo e não posso viver sem ela. Eu espero que vocês... que vocês possam me dizer se ela está aqui."

Toda a irmandade das boas pessoas de Henan encarou Lao Chen.

Lao Chen esperou com emoções cada vez mais fortes, lutando contra as lágrimas.

A única resposta foi um profundo silêncio.

Por fim, Lao Chen acalmou-se e acenou a cabeça, dando a entender que não insistiria. Deu a volta e caminhou devagar em direção à porta.

"Lao Chen!", gritou Xiao Xi enquanto corria para fora da cozinha.

Lao Chen olhou para trás.

"Lao Chen", disse Xiao Xi em tom calmo, "vamos voltar para Beijing."

EPÍLOGO

Uma noite longa demais, ou um alerta sobre a época de ouro da China no século XXI

"...a vida do homem – solitária, pobre, cruel, bruta e fugaz."
— Thomas Hobbes, *Leviatã*.

"Olhe para
as formigas andando de um lado para outro comandando
[as tropas,
as abelhas rodando em um caos confuso fazendo mel,
e as revoadas de moscas zumbidoras disputando o sangue."
— Ma Zhiyuan, "Pensamentos de outono em uma viagem noturna"

"É tudo para o melhor no melhor dos mundos possíveis."
— Dr. Pangloss, no *Cândido* de Voltaire.

Idealismo à moda chinesa

Milhões e milhões de chineses viveram em uma época que presenciou torrentes de idealismo e foram batizados nessa enchente de idealismo. Mesmo que mais tarde os pensamentos dessas pessoas tenham se voltado para pesadelos e desilusões e que toda uma geração tenha renunciado aos ideais, esses chineses não abandonaram o idealismo.

Fang Caodi e Wei Xihong cresceram nesse período de turbulência. Talvez nem percebessem que, por maiores que fossem as mudanças na mentalidade e no ambiente ao redor, ainda mantinham o forte idealismo que tinham aprendido na juventude. Um ideal havia desaparecido, porém, mesmo que não encontrassem outro para substituí-lo de imediato, continuariam a busca por um ideal digno. Fang Caodi e Wei Xihong não eram realistas. Não eram oportunistas, carreiristas, hedonistas, pacifistas, niilistas ou escapistas. Os dois eram representantes de um idealismo à moda chinesa extremamente difícil de explicar.

Mesmo após sessenta anos de República Popular da China, a China permanece sendo uma nação de idealistas. Mesmo que a porcentagem de idealistas seja pequena, o número total seria impressionante caso fossem levados para algum outro país.

Pense em todas as pessoas hoje mofando na prisão ou sendo vigiadas pelo governo – advogados que lutam pelos direitos humanos, dissidentes políticos, defensores de uma constituição democrática, líderes de organizações civis não governamentais, organizadores de partidos políticos independentes, intelectuais públicos, delatores de atividades ilegais e missionários de igrejas clandestinas – com certeza são todos idealistas intratáveis que a versão 2.0 da República Popular da China jamais poderá curar.

Nenhuma sociedade pode existir sem idealistas – muito menos a China contemporânea.

Se tomarmos os idealistas como medida, não restam dúvidas de que a China contemporânea é um solo muito mais fértil para realistas, oportunistas, carreiristas, hedonistas, pacifistas, niilistas e escapistas. Nessa época próspera de liberdade a noventa por cento, muitas pessoas estão como peixes n'água – encontraram uma oportunidade de ouro e estão levando uma vida excepcional. Nessa época, se você der a sorte de nascer em uma família aristocrática relacionada ao Partido e ao governo e tiver raízes de um vermelho profundo, parabéns. No futuro você terá uma vantagem tremenda e muitas pessoas do mundo empresarial devem buscar a sua cooperação. Se a China tem uma aristocracia, você pertence a ela. Para o Partido Comunista Chinês, que pretende governar a China para sempre, você faz parte da família e merece confiança.

Nesse ponto, antes que a história sofra uma reviravolta radical, e antes que você se despeça dos nossos heróis, permita-me elaborar melhor a história dos nossos três personagens com raízes de um vermelho profundo como só o vermelho pode ser – Wei Guo, Wen Lan e Ban Cuntou. Nem preciso dizer que todos estão aproveitando a mesma onda na época de prosperidade da China; são grandes vencedores no modelo social, político e econômico da China. Não vou perder tempo narrando como foram catapultados a posições importantes como que no pulo de um dragão ou no salto de um tigre. Quero apenas dizer que esses três hoje devem estar muito bem, e tudo indica que devam continuar a subir – uma vida rica e esplendorosa os espera. Será este o destino da China?

***

Voltemos a Fang Caodi e Wei Xihong. Não vai ser nenhuma surpresa descobrir que os dois se sentiram como dois velhos amigos no momento em que se conheceram e que lamentaram não ter se encontrado antes. Os dois tinham linguagens e experiências de vida muito parecidas. Acima de tudo, fazia mais de dois anos que ambos estavam em uma busca frenética por pessoas com ideias afins – e enfim conseguiram provar a si mesmos que não estavam sozinhos no caminho.

Quando Lao Chen os apresentou, os dois perceberam que tinham ideias muito parecidas. Juntos tentaram descobrir por quê, enquanto todos ao redor viviam tomados por sentimentos de felicidade e por uma leve euforia, os dois sempre mantinham a cabeça no lugar e tinham uma visão clara das coisas. Fang Caodi disse que em 2009 a Food and Drug Administration afirmou que certos medicamentos comuns no tratamento da asma, como Montelucaste, Zafirlucaste e Zileuton, podiam causar depressão, ansiedade, insônia e até mesmo pensamentos suicidas. Talvez os medicamentos para asma usados na China provoquem os mesmos efeitos colaterais. Com o uso dos medicamentos, os asmáticos da China ficam menos propensos a estados de euforia do que as pessoas em geral, e assim se mantêm mais lúcidos e conscientes.

Xiao Xi, no entanto, disse que essa ideia era um tanto estranha, porque o antidepressivo que tomava deveria ter o efeito contrário. Esses medicamentos estimulam o cérebro a secretar mais monoaminas como serotonina e norepinefrina, que provocam sentimentos de entusiasmo. Assim, as pessoas que tomam antidepressivos não deviam perceber que as outras pessoas estão chapadas. Xiao Xi tinha lido um estudo segundo o qual os antidepressivos já haviam superado os medicamentos para o controle da pressão sanguínea em número de usuários nos Estados Unidos. Quando se levam em conta apenas os medicamentos controlados, os antidepressivos são a droga mais usada nos Estados Unidos. Os americanos que não têm depressão clínica mas sofrem com o mau humor, o desânimo ou a insatisfação no trabalho recorrem a algum tipo de antidepressivo. Como resultado, Xiao Xi começou a pensar que talvez muitos chineses estivessem tomando antidepressivos por conta própria e passando o dia inteiro chapados.

Fang Caodi corrigiu-a, lembrando que, por mais que os antidepressivos tivessem se popularizado na China, não existia a menor chance de todos estarem sob o efeito de medicamentos. O que precisavam descobrir era por quê, com quase toda a nação chapada, algumas pessoas continuavam sóbrias e com as ideias claras.

Durante a viagem de Henan a Beijing, os dois compartilharam histórias sobre como tinham vivido esses últimos dois anos. Lao Chen só pôde escutar até o momento em que Fang Caodi entrou com a Cherokee tapada de poeira no vilarejo onde Zhang Dou e Miaomiao viviam.

Quando escutou a voz de Xiao Xi, Zhang Dou pensou que aquele som era familiar. Xiao Xi também ficou com a impressão de já ter visto Zhang Dou antes, mas não conseguia lembrar onde.

À noite, Zhang Dou e Miaomiao armaram uma barraca no pátio e ofereceram o quarto para Xiao Xi, enquanto Fang Caodi montou no quarto uma cama dobrável para Lao Chen.

Xiao Xi disse que queria ficar com Lao Chen, mas precisaria de um tempo para se ajustar – um sinal de que não pretendia se mudar logo de cara para a casa de Lao Chen. Fang Caodi disse que Xiao Xi podia ocupar o quarto de Miaomiao por um tempo e que, quando esfriasse um pouco, ele e Zhang Dou podiam construir um quarto para Xiao Xi. Lao Chen pensou que só porque Xiao Xi não queria se mudar logo de cara para a casa não queria dizer que ela tivesse planos de morar no campo por muito tempo. Mesmo assim, não a pressionou para que decidisse nada às pressas; e pensou que, ficando um pouco mais na companhia de Miaomiao e Zhang Dou e conversando com Fang Caodi, talvez Xiao Xi pudesse evitar os olhos do governo, o que seria uma ótima ideia.

Para um forasteiro como Lao Chen era muito difícil imaginar o espírito guerreiro que poderia nascer da reunião de pessoas como Fang Caodi e Wei Xihong, que haviam passado um longo tempo sem ter com quem compartilhar o idealismo à moda chinesa – ainda mais tendo por perto um aliado jovem e forte como Zhang Dou.

* * *

Após uma conversa detalhada com Fang Caodi e Zhang Dou, Xiao Xi aos poucos começou a recobrar a memória do primeiro dia do mês perdido. Foi no oitavo dia do primeiro mês lunar após o Festival da Primavera, quando as pessoas começaram a voltar para o trabalho, que a televisão, os jornais e a internet trouxeram a mesma notícia: a economia global havia entrado em um período de crise.

De repente todos sentiram a iminência de um desastre. Uma montanha-russa de relatos contraditórios circulou na internet e nos telefones móveis. No início, todos amaldiçoaram os Estados Unidos pela inflação fora de controle e pela desvalorização de um terço sofrida pelo dólar, que levou os chineses a perder uma soma vultuosa das reservas estrangeiras acumuladas com tanto esforço.

Mais tarde ouvimos dizer as fábricas ao sul tinham fechado, os camponeses não podiam voltar às cidades para trabalhar e a economia chinesa estava por um fio. Depois noticiaram que o preço do ouro tinha alcançado setenta dólares a grama, que as bolsas de Shanghai e de Shenzhen tinham fechado para evitar ainda mais perdas e que a lei marcial já estava em vigor em Xinjiang e no Tibete. Houve uma mudança imediata na atmosfera em Beijing. Os trabalhadores saíram dos escritórios e foram para casa, causando engarrafamentos gigantescos enquanto todo tipo de boato continuava a circular. À tarde, a população começou a estocar comida e artigos de uso diário.

Nesse ponto, Zhang Dou relatou que logo saiu com Miaomiao para comprar ração para os cachorros e os gatos, o que foi ótimo, porque quando os estoques acabaram faltou ração por mais de um mês.

Em qualquer sistema (e em especial num sistema econômico), se a atividade de todos é duplicada e multiplicada de modo que exista apenas um resultado positivo sem nenhuma contrapartida negativa, o sistema com certeza entra em colapso. A estocagem de comida e artigos de uso diário teve esse efeito. No início todos temiam a inflação, então compraram de tudo, esvaziaram as prateleiras e acumularam os produtos em casa. Enquanto todos faziam a mesma coisa, a oferta de produtos era insuficiente para suprir a demanda, e nesse ponto as compras motivadas pelo desespero começaram em meio a confrontos abertos entre os compradores.

Quando a Televisão Central de Beijing noticiou o caos social ao redor do mundo, não apareceu ninguém para assegurar à população que os estoques de comida e artigos de uso diário eram suficientes para suprir a necessidade de todos, como em geral acontece. Fang Caodi disse que não havia a menor chance de o governo ter agido com lentidão. Ele e Xiao Xi viram algo de estranho na situação – tinha de haver algum outro motivo para a morosidade do governo.

Xiao Xi lembrou que naquela tarde havia telefonado para vários intelectuais e pessoas ligadas à mídia para ver se tinham alguma ideia sobre o que fazer ou se aceitariam participar de um encontro para discutir a situação. Todos estavam ocupados demais estocando comida e outros insumos, e ninguém tinha disponibilidade para discutir um plano abrangente de resposta. No fim da tarde, Xiao Xi e a Grande Irmã Song decidiram fechar o restaurante e ir para casa. No caminho, notaram que havia poucas pessoas e poucos carros na rua, como havia acontecido após o dia 4 de junho de 1989 e durante a epidemia de SARS em 2003. As duas estavam levando comida do restaurante para casa, e de repente alguém passou de bicicleta e arrancou um nabo enorme das mãos da Grande Irmã Song.

Rumores circulavam na internet e em redes de televisão e telefonia móvel, enquanto as sirenes de viaturas, ambulâncias e caminhões dos bombeiros ululavam pelas ruas. Mesmo assim, não houve toque de recolher, então as pessoas do pátio organizaram um esquadrão de segurança próprio.

Mas Xiao Xi não conseguia se lembrar do segundo dia. O esforço de lembrar provocou dor de cabeça e enjoo.

Xiao Xi lembrava apenas que uma noite, ao chegar em casa, tinha gritado: "A repressão vai voltar! A repressão voltou!". Passou a noite em claro balbuciando coisas para si mesma. Na manhã seguinte ela saiu para o pátio e começou a xingar o Partido Comunista, o governo e os vizinhos, dizendo que os tribunais eram todos uma grande farsa. Logo depois teve um desmaio e acordou em um hospital psiquiátrico. Esse foi o relato feito pela Grande Irmã Song logo depois que Xiao Xi recebeu alta – porém, em mais uma estranha reviravolta, a Grande Irmã Song esqueceu tudo passado algum tempo.

Fang Caodi disse que estava em Guangdong na época e que o estado de anarquia durou uma semana inteira. Durante os primeiros seis dias, todos estavam muito assustados com a situação caótica em outras áreas. Mas Fang Caodi tinha estado em outras áreas e sabia que a situação não era assim tão caótica. Mesmo assim, tinha se metido em apuros por ser forasteiro. No dia doze, Fang Caodi foi até o ponto onde Guangdong, Jiangxi e Hunan se encontram e se hospedou na casa de um camponês. Mais tarde, ouviu dizer que o dia catorze foi o pior de todos devido a saques e incêndios criminosos. Vários moradores tentaram fugir para a Sede do Condado, um lugar supostamente seguro. Muitas pessoas receberam várias vezes a seguinte mensagem: "Acabo de receber uma notícia das autoridades supremas – o país está afundando no caos, o governo perdeu o controle e agora é cada um por si!".

Será que a China está à beira de um colapso? Essa é uma pergunta que há anos permanece sem resposta. Será que o governo vai perder o controle? Fang Caodi tinha viajado por todo o país, visitando as regiões a oeste, as planícies centrais e outros lugares, e sempre havia dito a todos que encontrava: "Relaxem – não existe como as pessoas não afetadas unirem forças; a China sempre vai enfrentar pequenas tumultos, mas jamais o caos generalizado; e os tumultos são sempre locais e não se espalham por todo o país".

Durante aquela semana, no entanto, as pessoas sentiram-se como se estivessem no Purgatório; o tempo passava com extrema lentidão, e no sétimo dia ninguém mais aguentava e todos estavam prestes a desmoronar. Como você pode imaginar, vários elementos criminosos estavam ávidos por fazer o pior, e assim a população estava aterrorizada. Quase houve uma histeria em massa. A anarquia total parecia iminente – a guerra de todos contra todos a fim de proteger a vida e a propriedade. As pessoas tinham uma única esperança – que a máquina estatal começasse a funcionar o mais rápido possível.

Fang Caodi também começou a pensar que, se a situação não melhorasse logo, a China sucumbiria de verdade ao caos absoluto.

No oitavo dia, o décimo quinto do primeiro mês lunar, um pequeno destacamento do Exército de Libertação Popular entrou na vila e recebeu uma acolhida calorosa.

Zhang Dou disse que tinha ouvido a mesma história. Dois anos atrás, no décimo quinto dia do primeiro mês lunar, quando o Exército de Libertação Popular entrou em Beijing para restaurar a ordem, a população de Beijing foi às ruas dar as boas-vindas. Naquela tarde, a Secretaria de Segurança Pública, a polícia armada e o Exército de Libertação Popular emitiram um comunicado sobre o início da repressão. Zhang Dou não tinha permissão para morar em Beijing e não se atreveu a sair às ruas; passou três semanas escondido em casa.

Xiao Xi pensou se ela mesma não teria ido dar boas-vindas às tropas do Exército de Libertação Popular. Nesse caso ela teria ficado com um parafuso a menos *de verdade*. Talvez naquela tarde ela tivesse ouvido a notícia sobre a repressão, perdido o controle e surtado.

Fang Caodi disse a Xiao Xi que, quando a repressão começou, todos os suspeitos eram presos. Ele próprio foi denunciado por um camponês e levado para a Secretaria de Segurança Pública local, onde um grupo de seis pessoas pretendia condená-lo à morte "com rigor e celeridade". Por sorte havia uma jovem juíza que enfrentou os outros cinco integrantes do grupo e insistiu em que tratassem o caso de acordo com a lei e a constituição. Assim a jovem salvou-lhe a vida.

Xiao Xi derramou muitas lágrimas naquela noite, enquanto as amargas lembranças retornavam. A repressão de 1983 e a investida dos tanques do Exército de Libertação Popular contra os estudantes de Beijing em 1989 haviam-na apavorado e deixado um profundo sentimento de frustração, que a levou a questionar muitas escolhas e até mesmo a própria capacidade. Mas aos poucos Xiao Xi sentia a antiga vitalidade retornar. As discussões on-line sobre política com a "juventude revoltada" de meia-idade, a defesa dos direitos dos camponeses ao lado da igreja e a história de Fang Caodi sobre a jovem juíza que havia argumentado em favor da justiça fizeram com que Xiao Xi se sentisse cada vez mais forte e aos poucos fosse recuperando a antiga personalidade.

***

Qual idealismo é o mais radical – o de Fang Caodi ou o de Xiao Xi? A resposta é "o de Xiao Xi". O que queremos dizer com "radical"? O significado clássico de "radical" é "raiz" (do latim radix) e refere-se a encontrar a raiz essencial de alguma coisa. Caodi tem um senso de justiça simples e direto e acredita no trabalho em prol dos Desígnios Celestiais; ao lado da personalidade intransigente, esse senso de justiça impelia-o a uma busca incansável pelo mês desaparecido. O senso de justiça de Xiao Xi é um conceito mais abstrato e mais filosófico. A educação socialista e internacionalista que Xiao

Xi recebeu quando criança gravou para sempre as vistosas palavras "igualdade", "justiça", "amizade" e "cooperação" no coração dela. Xiao Xi era incapaz de compreender a hipocrisia do Partido Comunista Chinês. Na universidade, estudou a lei romana e napoleônica que voltou a ser ensinada após o fim da Revolução Cultural. Nos anos 80 e 90, foi batizada na maré de valores iluministas como a Razão, a Liberdade, a Democracia, a Verdade e os Direitos Humanos. Tanto o Romantismo como o Racionalismo deixaram marcas profundas em Xiao Xi, e ela adotou o típico idealismo dos intelectuais chineses ocidentalizados. Embora não estivesse a salvo de pontos cegos e de limitações intrínsecas devido a todos esses fatores, sabemos que Xiao Xi é mais ferrenha e mais leal a esse radicalismo.

Pense um pouco a respeito. Como Xiao Xi se sustentou nesses anos em que enfrentou o sofrimento e o ostracismo social? Já sabemos que ela foi a anfitriã de um salão intelectual nos anos 80 e 90. Durante esse tempo, Xiao Xi escutava tudo o que as personalidades da época tinham a dizer e apenas em raros momentos emitia opiniões próprias. Porém, nos últimos dois anos, enquanto os intelectuais faziam de tudo para agradar ou então eram "harmonizados" pelo governo, Xiao Xi se opôs a essa corrente de pensamento e dedicou-se a um combate solitário permanente. Sem olhar para trás, lutava com todas as forças pela lei e pela justiça expressando opiniões na internet. O processo obrigou-a a organizar melhor os pensamentos e a valer-se de argumentos racionais para defender a causa contra oponentes que recorriam à linguagem emotiva, à retórica, ao populismo e até mesmo à violência. Xiao Xi ficou cada vez mais desapaixonada e mais lúcida. Portanto, não devemos incorrer no erro de achar que Xiao Xi ainda era a frágil assessora jurídica com um senso de justiça, nem uma frequentadora do Clube Petőfi*, nem uma mãe desempregada e desamparada incapaz de controlar o filho, muito menos uma mulher que corre de um lado para outro como um bicho acuado. A essa altura, Xiao Xi já era uma intelectual, obscura mas genuína, por mais que nunca tenha aceitado a denominação. Essa era a munição de que dispunha, a vocação que tinha na vida, o ar que respirava para

---

* Sándor Petőfi (1823-49): líder da revolução húngara de 1848. Reuniões entre intelectuais e militantes húngaros eram chamadas de "clubes Petőfi" e na China o termo foi usado para denunciar associações direitistas. (N.E.)

viver, a beleza e a repulsa de Xiao Xi. Ela estava disposta a suportar graves sofrimentos, dificuldades e humilhações desde que pudesse estar mais perto da verdade.

Viver ou morrer juntos

Depois de alguns dias na casa de Miaomiao, o fim de semana chegou e Lao Chen voltou para o apartamento do Vilarejo da Felicidade Número Dois, vestiu roupas limpas e foi até o Starbucks tomar um *latte* grande. Na noite de domingo, como sempre, compareceu à exibição de filmes antigos de Jian Lin. Nos últimos meses, apenas Jian Lin, He Dongsheng e Lao Chen compareciam às sessões. Para dizer a verdade, essas sessões mensais acabaram virando um evento que Jian Lin promovia em respeito ao primo He Dongsheng, líder nacional e do Partido. Lao Chen era um simples convidado necessário para fazer companhia a He Dongsheng. Se Lao Chen não aparecesse e restassem apenas os dois primos, seria difícil e constrangedor levar as projeções adiante. Por conta da amizade, Lao Chen sentia-se no dever de comparecer. Lao Chen explicou com toda a paciência a Xiao Xi e Fang Caodi por que precisaria estar lá – e, como se não bastasse, estava viciado em ouvir as longas palestras mensais de He Dongsheng sobre os filmes.

O filme daquela noite foi *A rua do pôr do sol*, de 1981, e o vinho foi mais uma vez um Château Lafite da safra de 1989. Jian Lin tinha encomendado cinco caixas de Château Lafite 1989, então tudo indicava que pelos meses seguintes os três seguiriam bebendo este vinho. Lao Chen, é claro, não se queixava de beber Château Lafite da safra de 1989 todo mês.

O filme *A rua do pôr do sol* foi rodado em um distrito próximo ao Templo Budista do Pôr do Sol na Estrada Liang Guang, próxima à Segunda Estrada Circular da Beijing atual. O filme retratava a vida de pessoas comuns no início da época de reforma e abertura, bem como o novo modelo econômico do mercado. Um dos personagens era um vigarista que dizia ser de Hong Kong, vestia um terno branco como a neve, falava com um sotaque cantonês falso, contava vantagem e armava falcatruas para conseguir dinheiro e sexo. Chen Peisi interpretava um jovem desempregado, chamado pelo eufemismo "jovem à espera de trabalho", que criava pombos e adorava a frase "Tchau, tchau pra vocês!".

Quando o filme terminou, He Dongsheng recitou um poema escrito por Ma Zhiyuan durante a dinastia Yuan:

"Olhe para
as formigas andando de um lado para outro comandando
[as tropas,
as abelhas rodando em um caos confuso fazendo mel,
e as revoadas de moscas zumbidoras disputando o sangue."

Então prosseguiu: "A economia de mercado pode incitar a iniciativa e o entusiasmo das pessoas, mas às vezes tudo parece caótico, como se não estivesse funcionando. O principal é ter um bom conhecimento das oscilações regulares – o governo não devia cuidar de tudo, mas ao mesmo tempo precisa cuidar de tudo. As duas gerações que se mataram de trabalhar cobraram um alto preço – até hoje eu às vezes suo frio quando sonho a respeito."

Lao Chen quase deu uma risada. Pensou que He Dongsheng sequer estaria na cama à noite e, mesmo que estivesse, ficaria acordado. Como poderia sonhar com as antigas gerações? Depois desse breve devaneio, Lao Chen fingiu escutar a longa e enrolada palestra de He Dongsheng sobre os vários confrontos políticos ocorridos durante as mais de três décadas de reforma e abertura. Lao Chen estava pensando em Xiao Xi depois de apenas dois dias sem vê-la.

Quando chegou ao fim do discurso, He Dongsheng disse: "Sempre vão existir moscas, mas não podemos deixar de comer só porque elas existem". Então ficou em silêncio, e como sempre os três beberam o vinho até a meia-noite sem dizer mais uma palavra.

He Dongsheng foi ao banheiro e na volta perguntou a Lao Chen se queria uma carona. Lao Chen pensou que talvez He Dongsheng quisesse ficar zanzando pelas ruas outra vez, e assim agradeceu a gentileza.

He Dongsheng foi embora e Lao Chen ficou para trás. Jian Lin disse que tinha planos de ir a Londres participar de um leilão de vinhos para comprar uns borgonhas. Lao Chen alegrou-se ao ver que Jian Lin estava bem, mesmo após o fim do relacionamento com

Wen Lan. Quando Lao Chen se despediu, Jian Lin disse "Tchau, tchau pra vocês", à maneira de Chen Peisi.

No caminho para casa, Lao Chen pensou que quando voltasse para a casa de Miaomiao não podia esquecer de levar um pacote grande de aveia para controlar o colesterol.

***

Era um entardecer de verão, e Lao Chen sentia-se excepcionalmente bem – o sentimento de felicidade havia retornado. Saiu do condomínio onde Jian Lin morava, dobrou a esquina e mal tinha chegado à rua quando foi surpreendido por uma enorme caminhonete preta que parou ao lado dele. Pensou que fosse o carro de He Dongsheng, mas notou que Fang Caodi estava ao volante. Xiao Xi e Zhang Dou estavam no assento traseiro, insistindo ao mesmo tempo para que Lao Chen entrasse no carro.

"Entre!", gritavam.

"Que carro é esse?", perguntou Lao Chen enquanto abria a porta da frente.

"Entre de uma vez", responderam. Lao Chen só foi entender direito o que estava se passando depois de entrar no carro.

"Esse não é o carro de He Dongsheng?", perguntou Lao Chen. "Como é que...?"

Lao Chen olhou para o banco de trás e viu que Xiao Xi e Zhang Dou tinham os pés em cima de um homem que estava deitado no chão do carro. O homem encarava-os sem dizer nada.

"Lao Chen, fique calmo", pediu Xiao Xi. "Tudo foi planejado. Não há nada com o que se preocupar."

"Ele está bem", disse Zhang Dou. "Usei o melhor clorofórmio disponível; os gatos e os cachorros não sofrem nenhum efeito colateral, então na pior das hipóteses ele vai ter uma dor de cabeça mais tarde."

"Ele não vai acordar em menos de duas horas", acrescentou Fang Caodi enquanto dirigia. "Podemos falar sem medo que ele não vai escutar nada. Eu mesmo experimentei esse clorofórmio. Você fica fora de ação por mais de duas horas e o produto é totalmente seguro."

"Vocês estão loucos?", perguntou Lao Chen enquanto olhava aterrorizado para He Dongsheng.

"Nós não vamos machucar ninguém", disse Xiao Xi. "Só queremos fazer umas perguntas."

"E depois vamos soltá-lo", acrescentou Fang Caodi.

"Vocês são loucos mesmo!", exclamou Lao Chen, desesperado. "Estamos fodidos! Fodidos de verdade!"

"Merda!", gritou Fang Caodi de repente. "Problemas à frente!"

Lao Chen se virou e olhou para frente. A polícia de trânsito estava fazendo uma batida. "Agora estamos fodidos de vez!", disse Lao Chen, paralisado no assento.

"Todo mundo sentado direito...", disse Fang Caodi. Ele parecia disposto a passar por cima da barreira.

Bem na hora, Lao Chen avistou o policial gordo que havia parado He Dongsheng alguns meses antes. Ele pegou Fang Caodi pelo braço e disse: "Não invente de fazer nada estúpido. Reduza a velocidade".

Como Lao Chen esperava, o rotundo policial impediu os colegas de parar a caminhonete e fez sinal para que passassem pela barreira.

"Muito bem, agora passe devagar", disse Lao Chen, "e aos poucos aumente a velocidade."

Quando a caminhonete atravessou a barreira, Lao Chen estabeleceu contato visual com o policial gordo e fez uma saudação militar.

Em seguida Lao Chen relaxou e os outros três puderam suspirar aliviados.

"Essa foi por pouco", disse Zhang Dou. "Um milagre", emendou Fang Caodi.

Lao Chen fez um sinal para que Zhang Dou se afastasse um pouco e a seguir reclinou o banco da frente até um ângulo de quarenta e cinco graus. Em seguida ficou de lado no assento e estendeu a mão para revistar os bolsos de He Dongsheng em busca do dispositivo antiespionagem. Quando o encontrou, Lao Chen apertou o botão; alguns segundos mais tarde três luzinhas verdes se acenderam. "Muito bem", disse, "ninguém está nos seguindo nem gravando a nossa conversa." Logo entregou o dispositivo a Zhang Dou e pediu que o pusesse de volta no bolso interno esquerdo do terno de He Dongsheng.

Lao Chen recostou-se exausto, em um triste silêncio.

"Lao Chen", disse Xiao Xi, "você não pode nos culpar. Lao Fang e eu debatemos por muito tempo, mas no fim decidimos que seria melhor interrogar alguém que tenha informações privilegiadas. De outra forma, por maior que seja o nosso esforço, nunca vamos descobrir a verdade sobre o mês perdido. E não podemos abrir mão da verdade."

"Percebemos que aqui na China", disse Fang Caodi, "onde toda informação é controlada pelo governo, só um líder nacional e do Partido conheceria os detalhes da situação. Mas onde poderíamos encontrar um líder nacional? Foi aí que lembramos dos seus comentários sobre o professor He. Resolvemos sair atrás dele e pedir alguma explicação, mas logo percebemos que ele não ia querer nos receber, e então tivemos que assumir esse risco. De qualquer jeito, achamos que os líderes nacionais têm o dever de falar a verdade às pessoas comuns. Mas, a não ser que levem um susto, nunca vão falar nada."

Lao Chen permaneceu em silêncio.

"Lao Fang e eu achávamos que você não ia concordar, então nem falamos nada. Você pode dizer com toda a honestidade que não faz parte desse sequestro. Se você quiser cair fora, ninguém vai impedir. Você pode descer e pegar um táxi como se nada tivesse acontecido. E você não sabe nada a respeito do que está acontecendo."

Lao Chen suspirou.

"Claro", continuou Fang Caodi, "todos nós esperamos que você fique do nosso lado e escute as explicações do professor He. Já temos tudo planejado. Vamos usar um equipamento de vídeo remoto em dois cômodos separados para gravar as nossas perguntas e as respostas dele. O professor He não vai enxergar o nosso rosto em momento algum, e as nossas vozes vão ser modificadas por um dispositivo eletrônico. Ele nunca vai saber quem somos."

"Lá no estacionamento nós usamos máscaras", disse Zhang Dou. "O professor He não viu os nossos rostos antes de perder a consciência."

"Como vocês podem ser tão estúpidos?", perguntou enfim Lao Chen.

"Você tem uma testemunha capaz de garantir que não tem nada a ver com isso! Quando nós o pegamos você ainda estava lá dentro com Jian Lin. Pensamos em tudo."

"O mais importante não é isso", disse Lao Chen.

Os outros não entenderam.

"O mais importante", continuou, "é que pouca gente sabe que He Dongsheng frequenta essas exibições mensais; talvez os únicos que sabem sejam Jian Lin e eu; se o secretário também souber, são no máximo três pessoas. Com certeza vão me investigar; eu não tenho escapatória, e com certeza vou ser o principal suspeito. Se vocês não me disseram nada a respeito desse incidente, quando me perguntarem quem andei encontrando nos últimos tempos, vou dar os nomes de vocês e vocês vão ser investigados. Agora que eu sei o que vocês estão planejando, antes mesmo de começarem a me torturar vou estar com tanto medo que talvez eu simplesmente dê o nome de vocês. Dessa vez estamos fodidos de verdade."

De repente os três compreenderam. Todos ficaram quietos por muito tempo.

"Lao Chen", disse Xiao Xi quebrando o silêncio, "pedimos desculpas por ter envolvido você. Foi minha a ideia de pegar um líder nacional e perguntar para ele o que está acontecendo. Eu estava furiosa, mas agora vejo que todo mundo está encrencado por minha causa."

"Eu não admito que você assuma toda a responsabilidade", disse Fang Caodi. "Essa porcaria de ideia foi minha e eu devo desculpas a todos vocês."

"Vamos achar um lugar para estacionar", disse Zhang Dou, "deixar o professor He no assento do motorista e ir para casa como se nada tivesse acontecido. O professor He vai acordar sozinho daqui a menos de duas horas."

"E ele vai se lembrar do que aconteceu antes de perder a consciência?", perguntou Lao Chen.

"Quando pusemos o pano com clorofórmio em cima da boca professor ele só resistiu por seis ou sete segundos antes de desmaiar."

"Quando acordar", disse Lao Chen em tom melancólico, "ele vai ter uma dor de cabeça e lembrar desses seis ou sete segundos. Logo vai ligar para o secretário e acionar todo o sistema de segurança; e aí vão assistir às gravações feitas pelas câmeras de circuito fechado na rua e provavelmente ligar para aquele policial gordo pedindo uma confirmação. Depois vão começar a me investigar... e no fim eu vou ficar apavorado e entregar todos vocês. Dessa vez estamos muito fodidos."

Todos ficaram quietos mais uma vez, provavelmente imaginando como resolver esse dilema.

"A gente podia matar o professor", disse Fang Caodi depois de um tempo. Todos ficaram espantados, mas logo Fang prosseguiu: "Ah, eu nunca conseguiria matar alguém só para que não falasse. Vou fazer tudo sozinho e assumir toda a culpa. Desçam todos do carro. Vou seguir em direção ao sul, contatar o governo e pedir um resgate altíssimo para desviar a atenção de vocês. Desçam todos aqui, está bem? Zhang Dou, deixe o clorofórmio comigo".

"Como você espera que a gente faça uma coisa dessas?", perguntou Xiao Xi.

"É apenas a porcaria da minha vida", disse Fang Caodi, "então por que não? Lao Chen, o que você diz?"

"Lao Fang", disse Lao Chen, "talvez seja um pouco difícil ouvir o que eu vou dizer, mas ainda que você vá para o sul e se mate antes que a polícia o encontre, isso não resolve o problema de que só um número muito pequeno de pessoas sabia onde He Dongsheng estava agora à noite. Com certeza vão me investigar, e eu tenho cem por cento de certeza que sou um covarde que morre de medo de sentir dor. Assim que a tortura começar eu vou confessar tudo. Mesmo que você faça esse sacrifício, o resultado final permanece o mesmo. Estamos fodidos."

"Quanto tempo temos antes que ele acorde?", perguntou Lao Chen a Zhang Dou.

"No mínimo uma hora e meia, mas se for o caso posso usar mais clorofórmio", respondeu Zhang Dou após conferir o celular.

"Agora que as coisas chegaram a esse ponto", disse Lao Chen, "não há por que ter pressa. Ainda temos algum tempo, então vou ver se consigo pensar em alguma coisa."

***

No carro, enquanto pensava em várias estratégias de fuga possíveis, Lao Chen lembrou que no romance *Treze meses* – romance *hard-boiled* que havia escrito – tinha usado uma reviravolta narrativa que batizou de "viver ou morrer juntos". Aquilo o deixou pensando. Quando todos chegaram à casa de Miaomiao, Lao Chen sentou-se em um canto sem dizer uma palavra. Fechou os olhos e viu toda uma vida desperdiçada passar diante dos olhos – a reputação arruinada, a felicidade perdendo-se em meio à neblina, o caráter transitório da vida, uma cela de prisão e o pátio de execuções. As mãos tremeram e logo ele começou a suar frio, mas a seguir voltou à realidade e tentou avaliar as possíveis implicações de usar a reviravolta do "viver ou morrer juntos". Em teoria podia funcionar, mas na prática ele não tinha muita certeza. Lao Chen continuou remoendo esses pensamentos até ficar exausto. Sabia que o tempo era um inimigo; havia chegado a hora de tomar uma decisão final, e quatro vidas estavam em jogo...

Zhang Dou e Fang Caodi já haviam levado He Dongsheng para dentro da casa para amarrá-lo a uma grande poltrona que estava presa ao assoalho em um dos dois cômodos. Uma câmera digital estava ligada para que pudessem observar o prisioneiro do outro cômodo quando estivesse prestes a acordar.

Xiao Xi pôs uma cadeira em frente a Lao Chen e pegou as mãos dele. Aquela proximidade trouxe uma sensação de calma para Lao Chen, que ainda estava pensando sobre o caso. O plano de viver ou morrer juntos talvez não tivesse nenhum efeito em um mero burocrata, mas poderia funcionar com He Dongsheng. Afinal, He Dongsheng não era o típico burocrata sem imaginação. He Dongsheng era inteligente e sagaz o bastante para entender como jogar aquele jogo. Assim, Lao Chen decidiu arriscar tudo nessa ideia.

"Lao Chen", disse Fang Caodi enquanto andava com uma expressão tensa no rosto, "nós vamos fazer qualquer coisa que você decidir. Sinto que podemos tirar proveito da situação."

"Ele está acordado?", perguntou Lao Chen.

"Está", respondeu Fang.

"E a câmera de vídeo está configurada para fazer transmissões via internet?", perguntou Lao Chen.

"A câmera, um MP3 player, um desktop e um notebook estão ligados à rede sem fio", disse Zhang Dou enquanto se acomodava ao lado da tevê. "Além disso, três celulares com câmeras estão apontados para o professor e prontos para fazer transmissões simultâneas."

"Ótimo", disse Lao Chen. "Vocês têm várias perguntas a fazer, certo?"

Todos menearam a cabeça.

"Muito bem", disse Lao Chen. "Se chegamos até esse ponto, podemos muito bem ir até o fim. Quando ele recobrar os sentidos, não façam nenhum barulho; escutem o que eu vou dizer. Quando eu disser que vocês podem falar, façam todas as perguntas que quiserem. Combinado?"

"Combinado."

"E vocês vão fazer tudo o que eu pedir, mesmo que não queiram. Pode ser?"

"Pode ser."

"Então vamos para o outro cômodo fazer o interrogatório", disse Lao Chen.

"Mas nós podemos fazer o interrogatório aqui deste cômodo", disse Fang Caodi.

"Daqui não vamos conseguir estabelecer uma comunicação apropriada", argumentou Lao Chen. "Precisamos falar cara a cara."

"Eu vou entrar e fazer o interrogatório para você", ofereceu-se Fang Caodi.

"Eu mesmo preciso fazer", insistiu Lao Chen.

"Então é melhor você pôr uma máscara", disse Fang.

"Lao Fang", perguntou Lao Chen, "que diferença uma máscara vai fazer? No instante em que você sequestrou He Dongsheng, eu já estava metido nessa história até o último fio de cabelo. Eu vou entrar no outro cômodo agora. Se vocês quiserem, podem ficar aqui."

Lao Chen tomou a iniciativa e entrou no outro cômodo. Xiao Xi tirou a máscara e foi atrás; e logo Fang Caodi e Zhang Dou seguiram os dois.

He Dongsheng era um homem muito escrupuloso. Assim que despertou, apesar da terrível dor de cabeça, parecia estar ponderando o que teria acontecido. Logo chegou à conclusão de que o secretário, Jian Lin ou Lao Chen o haviam sequestrado. He Dongsheng permaneceu calmo e não deixou que os sequestradores percebessem o que estava pensando. De outra forma poderiam matá-lo. Assim, quando viu Lao Chen entrar no recinto com o rosto descoberto, a reação não foi de surpresa, mas de pânico. O pior já tinha acontecido. Lao Chen não tinha medo de mostrar o rosto, nem as outras três pessoas que estavam na frente de He Dongsheng. A única conclusão possível era que os sequestradores estavam decididos a matá-lo. Mas ainda havia uma pergunta sem resposta: por quê?

"Sr. He", começou Lao Chen, "tome um pouco d'água e umas aspirinas." Zhang Dou ofereceu um copo d'água, mas He Dongsheng não reagiu.

"Sr. He", disse Lao Chen, "se nós quiséssemos fazer algum mal ao senhor, não seria necessário envenenar a água."

"Vocês não tem alguma água importada em garrafa?", perguntou He Dongsheng sem olhar para cima.

Lao Chen e os outros balançaram a cabeça.

"Ah...", suspirou He Dongsheng, e então fez um gesto indicando a Zhang Dou que estendesse o copo e o deixasse beber. Logo He Dongsheng havia bebido o copo inteiro.

Lao Chen esperou que terminasse e disse: "Sr. He, o senhor é um homem inteligente, então podemos ser bem francos. Vamos falar sem rodeios, certo?"

"Por quê?", perguntou He Dongsheng por entre os dentes.

"O senhor quer saber por que o convidamos até aqui ou, mais exatamente, por que o trouxemos até aqui e o amarramos a uma poltrona?", perguntou Lao Chen. "A resposta é muito simples. Temos algumas perguntas a fazer."

He Dongsheng deu uma risada sarcástica.

"É verdade; não queremos mais nada." Lao Chen permaneceu calmo. "O senhor talvez não acredite no que está acontecendo. Mas depois que conseguirmos respostas para as nossas perguntas nós vamos libertar o senhor."

"Quanta bobagem!" He Dongsheng estava irritado, mas falava com uma voz débil, como alguém que fala para si mesmo.

"Eu sei o que o senhor está pensando", disse Lao Chen. "Acha que não vamos libertar o senhor porque estamos com o rosto à mostra. Na verdade, mesmo que eu tivesse escondido o rosto, acho que o senhor já teria pensado em alguns nomes, incluindo o meu. Claro, o senhor sabe que se algo acontecesse o pessoal do governo ia me investigar e, mais cedo ou mais tarde, eu acabaria confessando para evitar um colapso físico e mental. Nesse caso não restaria nada além da morte para os meus amigos."

He Dongsheng começou a prestar atenção. "Nós também queremos viver", prosseguiu Lao Chen, "e só podemos viver se o senhor viver."

"Então, se vocês querem viver, me soltem agora mesmo", disse He Dongsheng.

"Calma", disse Lao Chen. "Se nós o libertássemos agora, o senhor não daria de ombros nem agiria como se nada tivesse acontecido; com certeza mandaria alguém para nos prender. Mesmo se nós o libertarmos nesse instante, já somos culpados de um crime capital. Provavelmente seríamos condenados à morte; e mesmo que o senhor nos defendesse e evitasse a execução, não teríamos como evitar a punição por um crime gravíssimo. Não, agora nós não precisamos que o senhor nos perdoe nem estamos pedindo um favor extrajudicial."

"Mas então *o que diabos* vocês querem?", perguntou He Dongsheng.

"Só queremos que o senhor entenda que estamos em uma situação de viver ou morrer juntos", respondeu Lao Chen. "Viva e todos viveremos, ou morra e todos morreremos; a escolha cabe ao senhor. Gostaria de ouvir a minha explicação?"

"Não me resta alternativa!", exclamou He Dongsheng.

"Primeiro, a parte de morrer juntos", disse Lao Chen. "As nossas câmeras e microfones estão todos conectados à internet e a telefones celulares; basta apertarmos um botão para que comecem a transmitir os dados. Nesse caso, o mundo inteiro saberia que o senhor foi sequestrado. Sem dúvida o resgate viria depressa e nós estaríamos ferrados, mas como o Partido Comunista iria tratar o senhor depois? Como o Partido interpretaria essa situação absurda? Por mais que déssemos explicações ao Partido, quem acreditaria no motivo para o sequestro? Todos os nossos interrogadores fariam especulações sobre os 'verdadeiros' motivos. Sem nem falar nas suspeitas que os passeios de carro noturnos por Beijing levantariam, o senhor acha mesmo que o grandioso Partido Comunista poderia confiar no senhor ou mantê-lo no cargo? Claro que, antes da prisão, transmitiríamos uma grande quantidade de material escrito verdadeiro e falso detalhando como o senhor nos revelou segredos de estado para divulgação na internet. Não acha que seria o fim da sua carreira oficial? O senhor conhece bem melhor do que nós os métodos e o funcionamento do Partido. É só ligar os pontinhos."

"Vão matar vocês todos se fizerem isso", disse He Dongsheng.

"Estamos ferrados", disse Lao Chen. "Já estamos com um pé na cova. Mas se for para morrer, pretendemos levar o senhor junto; e se não acabar morto, pelo menos a sua carreira oficial vai estar arruinada."

"Ha!", riu He Dongsheng. "É isso o que você chama de morrer juntos?"

"Exato", respondeu Lao Chen. "O senhor pode chamar de suicídio mútuo, se preferir."

"E a parte sobre viver juntos?", perguntou He Dongsheng.

"Para começar", disse Lao Chen, "daqui a pouco vamos fazer algumas perguntas ao senhor, e queremos respostas claras para todas elas. Se o senhor colaborar, amanhã de manhã vai estar solto."

"Amanhã de manhã vocês pretendem simplesmente deixar que eu vá embora? Não acredito!"

"Não importa se o senhor acredita ou deixa de acreditar", disse Lao Chen. "O que importa é saber se está disposto a jogar esse jogo de viver ou morrer juntos com a gente. Se não estiver, vamos todos morrer juntos. Nós vamos todos morrer de um jeito ou de outro, mas não sem antes acabar com a sua carreira oficial; e depois vamos decidir se matamos o senhor também ou não. Se o senhor quiser entrar no jogo, amanhã quando o sol nascer a partida chega ao fim. O senhor pode voltar para casa na caminhonete, como de costume. À noite o senhor pode dirigir pela cidade, tirar um cochilo quando ficar cansado e voltar para casa quando o sol nascer. Outras pessoas sabem que o senhor passa as noites fora, então ninguém vai estranhar."

"E depois?", perguntou He Dongsheng.

"Depois?", disse Lao Chen. "Não há mais nada depois. O senhor continua na sua gloriosa estrada e nós seguimos pelo nosso caminho ordinário; nós ficamos vivos e o senhor se mantém no cargo. Ninguém vai falar nada sobre o que aconteceu hoje à noite; a partir de amanhã vamos todos guardar segredo, como se nada tivesse acontecido."

"Como eu posso ter certeza?", perguntou He Dongsheng.

"O senhor talvez não acredite em nós", disse Lao Chen, "mas se abrirmos a boca podemos ser perseguidos e executados; então não podemos falar se quisermos salvar a nossa vida. Por outro lado, nós também não acreditamos que o senhor não vá querer vingança. Depois que for para casa o senhor pode mandar alguém para nos matar e calar a nossa boca. Mas alguém precisa ser recrutado para matar, e um de nós talvez consiga fugir por tempo suficiente para transmitir os acontecimentos de hoje à noite para o mundo inteiro na internet. Todas as alternativas são arriscadas. O senhor mesmo pode ver. Se vamos agir com a razão, o melhor a fazer para proteger os interesses de todos é manter absoluto sigilo e não tomar nenhuma atitude precipitada nem chamar atenção indevida. Em outras palavras, os dois lados devem respeitar esse acordo de viver ou morrer juntos."

"Razão? Acordo?", repetiu He Dongsheng. "Você parece ter uma confiança exagerada na natureza humana."

"Aceito correr o risco", respondeu Lao Chen. "E o senhor?"

"Você conhece a história do sapo que atravessou o rio com um escorpião nas costas, não?", perguntou He Dongsheng. "O escorpião não se conteve, matou o sapo e morreu afogado – essa era a natureza dele."

"É verdade", concordou Lao Chen. "Os dois lados estão correndo riscos. Admito que fomos obrigados a adotar uma estratégia perigosa. Se houvesse outra maneira eu não teria arriscado a minha vida desse jeito. São quatro vidas contra um posto oficial. Eu diria que estamos arriscando bem mais do que o senhor. Para dizer a verdade, sugeri esse plano de viver ou morrer juntos porque eu não consegui pensar em nenhuma outra estratégia que fosse vantajosa para os dois lados. Irmão Dongsheng, o senhor consegue pensar em uma estratégia mais vantajosa para os dois lados? Pense bem."

He Dongsheng pensou que toda aquela situação era ridícula. Mas ele não estava sonhando. Essa ideia de "viver ou morrer juntos" era ingênua, mas Lao Chen e os outros pareciam levá-la muito a sério. "Os quatro estão arriscando a vida para fazer umas perguntas e depois me soltar. O que esses doidos estão pensando? Seja como for, parece que se eu entrar no jogo consigo salvar a minha vida, pelo menos durante algum tempo. Depois que eu sair daqui o resto vai ser fácil." Nessa situação, sob o controle de outras pessoas, He Dongsheng julgou-as pensando sobre o que faria naquela situação – e não conseguiu pensar em nenhum plano melhor do que o jogo estúpido de Lao Chen.

"Podem fazer as perguntas", disse He Dongsheng, "mas eu não posso revelar nenhum segredo de estado."

"Não cabe ao senhor decidir", disse Lao Chen. "Não queremos ficar regateando informações como as pessoas regateiam preços na rua Xiushui. Nós quatro arriscamos tudo e queremos respostas completas. Não estamos preocupados com a nossa vida; se não ficarmos satisfeitos com as respostas, tudo perde o sentido. Nesse caso, estamos prontos para ver o jade se espatifar e encarar a morte juntos. Além do mais, irmão Dongsheng, pouco importa que o senhor revele ou deixe de revelar segredos de estado; se o honorável Partido *desconfiar* de qualquer coisa, o senhor passa a ser visto como traidor. Se transmitirmos só o que aconteceu até aqui e nada mais, nem pulando no Rio Amarelo o senhor consegue sair limpo o suficiente. 'Viver ou morrer juntos' é um acordo perfeito, completo, indivisível. Ou os dois lados cumprem o que foi acordado ou tudo está desfeito. O que o senhor me diz?"

"Preciso sair daqui no raiar do dia", disse He Dongsheng, temeroso de que se demorasse mais um pouco Lao Chen talvez mudasse de ideia.

"Prometo", disse Lao Chen.

"Me deem mais um copo d'água", pediu He Dongsheng.

Enquanto Zhang Dou dava-lhe de beber, Lao Chen aproveitou para instruir Xiao Xi e Fang Caodi – e falou também em favor de He Dongsheng: "Todas as perguntas e respostas de hoje à noite são apenas para nós cinco e para ninguém mais. Nem uma palavra deve sair desse cômodo, mesmo que vocês achem o contrário. Lamento, mas não podemos contar a mais ninguém. Esse é o principal elemento do acordo de 'viver ou morrer juntos'".

Xiao Xi, Fang Caodi e Zhang Dou permaneceram quietos.

"Todos vocês concordaram em seguir as minhas instruções", disse Lao Chen, "mesmo que eu peça para vocês fazerem algo que não querem. Então façam tudo o que eu disser, certo?"

Todos acenaram a cabeça.

"O que estamos esperando?", perguntou He Dongsheng. "Daqui a pouco já vai ser dia. Perguntem o que têm a perguntar."

O LEVIATÃ CHINÊS

O interrogatório.

Nos últimos vinte anos, o discurso oficial chinês em raras ocasiões fez menção aos acontecimentos de 1989, como se não falar a respeito pudesse apagá-los da história. Para evitar problemas, o discurso popular também começou a evitar comentários sobre o ano de 1989. Mesmo ao relembrar a década de 80, em geral as discussões acabam no fim de 1988. Assim, todo mundo na China dizia em tom de brincadeira que depois de 1988 veio 1990.

Era melhor não falar no ano intermediário. Será que teria desaparecido?

Algumas pessoas tiveram esse ano gravado para sempre na memória. Era como no título de um livro em homenagem ao Massacre de Tiananmen no dia 4 de julho de 1989, publicado pela Associação de Jornalistas de Hong Kong: *O povo jamais esquecerá*.

Mas será que o povo jamais esquecerá?

Os acontecimentos relativos ao Massacre de Tiananmen no dia 4 de junho de 1989 sequer chegaram ao conhecimento da maioria dos jovens na China continental; eles nunca viram as fotografias e nunca leram as reportagens, e a família e os professores tampouco fazem qualquer comentário a respeito. Os jovens não esqueceram; simplesmente nunca souberam nada a respeito. Assim, em teoria, depois de algum tempo um ano inteiro pode de fato sumir da história porque ninguém mais fala nada a respeito.

***

Segundo He Dongsheng, o ano de 2009 marcou o 90º aniversário do Movimento Quatro de Maio, o 60º aniversário do governo Comunista da China, o 50º aniversário da fuga do Dalai Lama, o 20º aniversário do Incidente em Tiananmen no dia 4 de junho de 1989 e o 10º aniversário da supressão do Movimento Falun Gong. Os aniversários 90-60-50-20-10 deixaram todos muito apreensivos. Logo as pessoas começaram a sugerir que, a partir de agora, fôssemos do oito direto para o dez; no fim de 2018 começaria o ano 2020.

Mesmo assim, o dia 4 de junho de 1989 tinha pouca relação direta com He Dongsheng e com a geração do Partido Comunista e de líderes nacionais a que pertencia. Todos haviam chegado ao poder depois de 1995 e não estavam manchados pelo "pecado original" do dia 4 de junho de 1989. Passados os acontecimentos, He Dongsheng achou que 2009 seria um ano tenso, mas não perigoso – ao menos não tão perigoso quanto 2008. Alguns anos mais tarde, a situação externa mudou de repente mais uma vez quando a economia mundial tornou a entrar em um período de crise que sem dúvida faria estourar contradições internas suprimidas desde muito tempo. Com a iminente transferência de poder do partido-estado em 2012, o resultado foi um dos períodos mais desafiadores para o Partido Comunista.

De 2008 em diante houve uma série de incidentes – um protesto com mais de dez mil pessoas em Wan'an, na cidade de Guizhou, em que acusavam a polícia de acobertar a morte de uma jovem; o levante de mais de dez mil trabalhadores contra a privatização do Tonghua Iron and Steel Group na província de Jilin, em julho de 2009; os protestos nas ruas de Shishou, na província de Hubei, motivados pela morte suspeita de Tu Yuangao, chef do Hotel Yonglong em junho de 2009, e a revolta popular com o suposto tráfico de drogas ilegais e a corrupção oficial. Os "incidentes coletivos de segurança pública em grande escala" registrados pelo governo com mais de quinhentos envolvidos já passam dos cem mil por ano. Todos esses incidentes levaram He Dongsheng a perceber que os governos locais eram um tanto fracos quando comparados às manifestações coletivas de protesto. Ora, em Wan'an a polícia e o governo simplesmente jogaram as armas no chão e saíram correndo, e em Tonghua, se a máquina do governo tivesse entrado em ação, teria de suprimir trabalhadores da linha de produção industrial. Se houvesse supressão dos trabalhadores industriais, o que aconteceria com a legitimidade do Partido Comunista?

Depois dos incidentes, He Dongsheng foi designado para trabalhar em um pequeno comitê secreto do governo central encarregado de elaborar planos de contingência para responder a futuros eventos de perturbação da ordem em grande escala. O comitê elaborou propostas para o caso de várias contingências. Ao mesmo tempo, a Central do Partido marcou uma série de reuniões de planejamento com o exército, a polícia de segurança pública e a polícia especial armada, uma força organizada logo após o Incidente de Tiananmen. Os governantes também levaram milhares de secretários do Partido dos condados e de quadros importantes da Secretaria de Segurança Pública a Beijing para que participassem de treinamentos.

Em 2009, He Dongsheng já havia percebido que a economia mundial sofreria uma crise ainda pior do que a anterior. No entanto, se o governo chinês soubesse contornar a crise, a situação resultante seria perfeita para que a China encontrasse uma solução para vários problemas internos mal resolvidos e assim transformasse o perigo iminente em uma grande oportunidade. He Dongsheng chegou a acreditar que a época de prosperidade da China poderia chegar antes da hora dependendo de duas coisas: da situação internacional e de um golpe de sorte na situação interna do país que permitisse ao governo aproveitar a oportunidade para criar a ordem a partir do caos e cuidar de todos os assuntos inacabados dos últimos trinta e poucos anos de reforma e abertura. Com "golpe de sorte", He Dongsheng se referia a uma crise de grandes proporções. Apenas uma crise de grandes proporções levaria o povo chinês a aceitar de bom grado a ditadura do governo.

Havia dois motivos que podiam levar o povo chinês a aceitar o modelo do partido único: a estabilidade social e a concentração de recursos, que possibilita fazer coisas grandiosas. Em outras palavras, a manutenção da estabilidade social é apenas uma condição necessária para a legitimidade do partido-estado. Os sistemas democráticos não são necessariamente incapazes de manter a estabilidade. Peguemos Taiwan como exemplo: nós ridicularizamos o caos democrático em que o país vive, mas os taiwaneses fizeram uma transição pacífica do poder e a situação política seguiu bastante estável. Assim, não basta invocar a manutenção da estabilidade social. Temos de provar que o nosso sistema de partido único é capaz de fazer coisas grandiosas que os sistemas democráticos não conseguem. Se não apresentarmos essa prova, a manutenção do sistema de partido único será posta em xeque.

He Dongsheng estava apenas esperando um golpe de sorte que lhe permitisse fazer coisas grandiosas. O plano que havia desenvolvido chamava-se "Plano de Ação para o Governo da Nação e a Pacificação do Mundo". O nome seguia o slogan neoconfucianista, mas por mais noites insones que passasse meditando sobre o problema, mesmo com todos os ecos de confucionismo imperial, He Dongsheng não conseguia pensar em mais nada.

Se uma crise de grandes proporções não ocorresse no momento oportuno, a transição do poder apresentaria muitos perigos. Por um lado, as transições de poder no Partido Comunista são sempre perigosas – cheias de disputas internas entre várias facções. Por outro lado, nos últimos anos havia ocorrido uma série de problemas, a começar pelo tsunami financeiro de 2008. As contradições na sociedade chinesa se intensificaram, os oficiais do partido foram acusados de tudo o que se pode imaginar e acabaram perdendo a força; deram motivos demais para críticas. Se as coisas continuassem daquele jeito até o Congresso do Partido, o grupo que estivesse no poder teria de abandonar o posto. He Dongsheng não pertencia à cúpula do grupo que estava no poder; na época, era apenas um figurão que havia trabalhado para várias lideranças consecutivas. Sabia muito bem quem era um pouco menos repreensível e quem era mais inescrupuloso do que os outros. Preferia apoiar a ascensão de tecnocratas que tivessem poucos motivos familiares para chegar ao poder. Fosse como fosse, He Dongsheng não queria ser tragado pelo redemoinho de uma luta entre diferentes facções; não queria ver a situação política da China transformar-se em um caos devido a uma transferência interna de poder.

Na época ele era apenas um membro alternativo do Politburo e não tinha poder suficiente para influenciar os acontecimentos. Precisaria de ajuda divina. Se um ano antes da transferência de poder houvesse uma crise de grandes proporções e o Politburo decidisse seguir o "Plano de Ação para o Governo da Nação e a Pacificação do Mundo", por exemplo – nesse caso, He Dongsheng acreditava que a China estaria salva. Claro, as gerações futuras jamais saberiam quanto sangue, suor e lágrimas He Dongsheng tinha derramado para aperfeiçoar essa estratégia. Ninguém saberia que o "Plano de Ação para o Governo da Nação e a Pacificação do Mundo" era a engenhosa invenção de He Dongsheng que visava perpetuar o governo do Partido Comunista na China. Todo o crédito iria para a liderança do partido-estado.

He Dongsheng havia antecipado a crise do capitalismo ocidental com muita antecedência. Assim, começou a apostar contra o dólar americano. Havia morado em Zhongnanhai por muitos anos e, no início, como todos os oficiais de alto escalão, gastava todos os *renminbi* possíveis na compra de dólares americanos. Cerca de dez anos atrás, He Dongsheng começou a perder a confiança nos dólares. Nesse ponto, foi a bancos estrangeiros trocar a moeda americana por moeda canadense a fim de custear os estudos do filho no exterior. Também comprou uma mansão em uma antiga vizinhança burguesa chamada Shaugnessy, em Vancouver. Com os dólares restantes, investiu em ações ligadas a ouro, petróleo e outros recursos minerais e energéticos apostando no lucro a longo prazo. He Dongsheng também ficou com uma soma considerável de *renminbi* para investir no mercado imobiliário da China. Não especulou na bolsa de ações chinesa porque não dispunha do tempo necessário, não gostava da duplicidade e da falta de transparência e não queria parecer ganancioso. Nos últimos anos, a estratégia antiamericana de investimento havia rendido bons lucros e confirmado as suspeitas que nutria em relação à economia internacional.

Quando o tsunami financeiro de 2008 começou a fazer estragos, He Dongsheng estava preparado. Mesmo assim, ficou muito transtornado com a crise e precisou refletir sobre a própria teoria econômica e repensar a economia mundial e o caminho que a China devia trilhar rumo ao desenvolvimento para incorporar essas novas ideias ao "Plano de Ação para o Governo da Nação e a Pacificação do Mundo".

He Dongsheng percebeu que, devido aos sistemas políticos com dois ou mais partidos, os países desenvolvidos liderados pelos Estados Unidos não tinham a habilidade nem a resolução necessárias para conter o monstro do capitalismo globalizado. Os políticos eleitos nos Estados Unidos tinham obrigações para com vários grupos de interesse: Wall Street, as grandes corporações, a indústria de armas, os grupos de poder local, a igreja, os sindicatos e vários lobbies de relações públicas; e como se não bastasse ainda tinham de dar satisfação à mídia e à opinião popular. Assim, quando precisavam se unir para fazer algo grandioso e importante, tudo o que conseguiam fazer era olhar de um lado para o outro e travar batalhas insignificantes; não se atreviam a cortar a carne para salvar o corpo político e muito menos a tomar atitudes ousadas e decisivas. Os fundamentalistas mercantis e a ala de direita do Partido Republicano passavam o tempo inteiro arrastando os pés e aumentando a confusão; não tinham o menor contato com a realidade e sabiam como dificultar as coisas, mas nunca faziam uma contribuição positiva. He Dongsheng ficou desiludido com a democracia representativa do Ocidente; não tinha a menor esperança naquela forma de governo. Esperava ainda menos que os financistas do governo, com as inúmeras ligações que tinham em Wall Street, tivessem a coragem necessária para tomar decisões acertadas que pudessem salvar a economia mundial. He Dongsheng ficou cada vez mais convencido de que o vasto governo pós-totalitário da China tinha a habilidade necessária para administrar e liderar aquele estágio histórico de capitalismo globalizado – ou seja, de que a China tinha um entendimento correto sobre a globalização do capital.

No entanto, He Dongsheng compreendia que, no sistema chinês, ter o entendimento correto sobre qualquer situação não era o bastante. Isso porque todos os níveis de governo do partido-estado estavam sob o controle excessivo de grupos de interesse e de oficiais corruptos que distorciam e rejeitavam até mesmo as políticas mais acertadas se não obtivessem benefícios diretos. Assim, He Dongsheng achou que somente uma crise de proporções jamais vistas permitiria ao grupo que estivesse no poder implementar uma ditadura genuína, comandando a ação desde o topo até a base e construindo fundações sólidas para a época de ouro da China, que aguardava o momento certo para florescer em meio ao poder cada vez maior da nação.

Embora tivesse previsto a chegada da crise global, He Dongsheng nunca imaginou que ela viria tão cedo. Tampouco imaginou que nos primeiros dias frenéticos da crise o Politburo fosse implementar um plano de ação completamente diferente para enfrentá-la. A proposta chamava-se "Plano de Ação para Alcançar a Prosperidade em meio à Crise". Essa proposta, é claro, representava a sabedoria coletiva de todo o Comitê Permanente do Politburo, mas diversos membros estavam de acordo com o "Plano de Ação para o Governo da Nação e a Pacificação do Mundo" de He Dongsheng.

Primeiro, vamos responder à seguinte questão: O que aconteceu com os Estados Unidos? Quando começaram a aprender com o sistema chinês?

O governo norte-americano imprimiu dinheiro e vendeu títulos, tentou salvar fábricas de carro falidas, despejou dinheiro em bancos defuntos... Um monte de dinheiro gasto nos lugares errados. O resultado foi que o crédito não reviveu, o mercado continuou encolhendo, o preço dos imóveis seguiu despencando, a taxa de desemprego voltou a subir e o dólar aos poucos foi desvalorizando. Nem os investidores americanos nem os estrangeiros queriam saber de dólares americanos; sequer os bancos centrais do Japão, da Rússia e de Taiwan se preocuparam em reter dinheiro americano. Os títulos do governo americano – tanto os de curto como os de longo prazo – eram difíceis de vender, por mais altos que fossem os juros prometidos. O dólar americano subiu um pouco no início de 2009, mas logo em seguida voltou a cair 25 pontos percentuais. O resultado foi que a confiança mundial no dólar americano foi diminuindo até que, em um dia de fevereiro, as vendas motivadas pelo desespero começaram. Logo depois veio o colapso das bolsas de valores norte-americanas. O preço do ouro chegou a setenta dólares a grama. O Diretor do Conselho da Reserva Federal, o Secretário do Tesouro e vencedores do prêmio Nobel de economia como Joseph Stiglitz e Paul Krugman acreditavam que os Estados Unidos estavam em um período de decadência com alta inflação ou estagflação – o que na mídia chinesa era chamado de "crise de gelo e fogo".

E enquanto a economia mundial afundava, qual era a situação na China?

A China também estava a perigo, pois as exportações pararam, o desemprego aumentou e as transações nas bolsas de valores tiveram de ser interrompidas para conter as perdas causadas por quedas constantes. Dessa vez o crescimento econômico da nação dificilmente conseguiria evitar a troca dos índices positivos pelos negativos.

O estímulo econômico de 2009 – que alocou fundos do tesouro nacional para investimentos diretos na economia – serviu para manter o PIB do país estável, mas não conseguiu estimular o consumo. A maior parte do dinheiro foi investida em megaprojetos duvidosos e em ativos fixos, e os principais beneficiados foram os burocratas, as empresas estatais e os grupos de interesse que sempre trazem de arrasto na barra da saia. Em outras palavras, o estímulo ajudou a aumentar o monopólio das empresas estatais e diminuiu ainda mais a fatia de mercado das empresas privadas.

Porém, o mais preocupante ainda era a enorme desvalorização do dólar americano. Antes de 2004, o superávit nas exportações anuais da China não era muito alto. Depois de 2004, no entanto, a China tinha cada vez menos necessidade de importar produtos industrializados, e assim as exportações cresceram em um ritmo ainda mais alucinante. As reservas internacionais da China ultrapassaram dois trilhões de dólares americanos. Então, de repente, esses dólares perderam mais de um terço do valor.

Embora no início a China tenha feito muito barulho por conta do dólar americano, o país não vinha se desfazendo das reservas como faziam o Japão, a Rússia e Taiwan; a China manteve a reserva de dólares e seguiu comprando em dólar até o fim. Não que a China não quisesse se desvencilhar do dólar, mas não havia boas alternativas para os investimentos. O governo tentava firmar acordos de câmbio com o Japão, a Coreia do Sul e as nações pertencentes à ANSA e à Organização para Cooperação de Shanghai e insistiu para que os Estados Unidos emitissem títulos pagáveis em *renminbi* – papéis que a imprensa internacional chamou de "Títulos-Panda". Ficou claro, portanto, que o governo tomou as providências necessárias para enfrentar uma crise, mas o passar do tempo não colaborava; a única coisa a fazer era rezar para que o dólar americano não caísse – mas ninguém imaginava que pudesse desvalorizar tão de repente.

A política é cruel. O "crime" de permitir que a nossa economia diminuísse foi grave o suficiente. Com o crescimento negativo da economia nacional, o grupo que estivesse na liderança perderia todo o prestígio dentro do Partido. No ano seguinte, esse grupo não teria força para resistir à oposição e com certeza cairia; seria um momento para os amigos chorarem e os inimigos darem risada. Foi esse o motivo que os levou a adotar um "Plano de Ação para Alcançar a Prosperidade em meio à Crise".

Muito bem. Como iam morrer de qualquer jeito, pensaram que ao menos podiam lutar de costas para a parede e tomar medidas drásticas para reverter o curso do Céu e da Terra, transformando uma situação desfavorável em vitória. Se ganhassem, a vitória seria completa. E se perdessem... bem... se perdessem, o dilúvio resultante seria problema da liderança seguinte.

A queda vertiginosa do dólar americano veio no oitavo dia do primeiro mês lunar. O período de férias de Ano-Novo na China mal havia acabado e, a não ser por umas poucas fábricas, todo o comércio estava aberto. Naquela manhã quase todos os meios de comunicação noticiaram que a economia mundial havia entrado em uma crise de "gelo e fogo". À tarde começou a compra desenfreada de mantimentos e artigos de uso diário, e à noite um sentimento de grande temor havia se disseminado entre a população.

Onde estava a máquina do estado?

Na verdade, a polícia de segurança pública, a polícia armada e o exército estavam todos a postos. O Centro havia anunciado a todos os níveis do governo que a nação inteira se encontrava em estado de emergência e que o "Plano de Ação para Alcançar a Prosperidade em meio à Crise" fora lançado. O plano era uma cadeia de ações coordenadas, em que cada elo estava firmemente ligado ao próximo. Toda a nação precisava ser encarada como um enorme tabuleiro de xadrez onde cada movimento tinha de seguir à risca o planejado para que o sucesso – a vitória completa – fosse atingido.

Na primeira fase, a não ser pelo estabelecimento da lei marcial em Xinjiang e no Tibete, a máquina do estado estava proibida de tomar qualquer atitude sem ordens expressas do Partido. Em outras palavras, a máquina do partido-estado ia esperar. Por quê? Queriam ver quanto tempo levaria até que o verdadeiro caos se materializasse. Quanto tempo as pessoas comuns poderiam suportar um estado de anarquia. Quando o momento chegasse, as pessoas mesmas pediriam ao governo que não as abandonasse e implorariam pela salvação. Em outras palavras, a máquina do estado estava esperando que as pessoas da nação inteira mais uma vez se entregassem de maneira voluntária e absoluta aos cuidados do Leviatã.

Se ocorressem protestos em larga escala ou êxodos em massa, seriam interpretados como um sinal para que a máquina do estado entrasse em ação. Da maneira como foi, as pessoas ficaram seis dias assustadas a ponto de não aguentar a incerteza do amanhã; boatos corriam por toda parte e, no sétimo dia, muitas regiões comunicaram à Central do Partido que as manifestações haviam começado. Mesmo nessa situação, poucos lugares tiveram protestos em grande escala e êxodo em massa. No oitavo dia, o décimo quinto do mês lunar, forças do Exército de Libertação Popular entraram com a polícia armada em seiscentas cidades ao redor do país e, conforme o esperado, foram recebidas de braços abertos pelos moradores. Esse acontecimento prova que, em uma sociedade mais ou menos próspera, as pessoas temem o caos mais do que a ditadura. Além do mais, a sociedade chinesa não era tão desordenada como se imaginava; a maioria dos chineses desejava estabilidade. Enquanto o governo não se tornasse o alvo dos ataques, todo o resto poderia ser resolvido sem maiores problemas.

Naquela tarde a polícia de segurança nacional, a polícia armada e o Exército de Libertação Popular anunciaram o início da repressão contra elementos criminosos, e a ordem social foi restaurada quase de imediato; até os pequenos saques tiveram fim. O governo também anunciou que começaria a distribuir o arroz estocado em silos. As rações diárias seriam gratuitas, e ninguém ficaria sem o que comer; a sobrevivência da população estava assegurada e não havia o que temer. O mais interessante, no entanto, foi notar que as pessoas reclamavam do sabor desagradável naquele arroz estocado por anos. Ninguém queria comer aquilo e ninguém ficava de bom grado na fila da ração. Graças à repressão contra a atividade criminosa, os oportunistas habituais não se atreveram a comprar o arroz estocado para vendê-lo às fábricas de saquê.

"Para quê? Para que aterrorizar as pessoas desse jeito?", Fang Caodi perguntou indignado a He Dongsheng.

He Dongsheng respondeu como se estivesse dando uma aula:

"O começo da crise foi o momento-chave; se não fosse bem administrado, seria difícil limpar a sujeira mais tarde. A crise foi de uma gravidade extraordinária, suficiente para motivar distúrbios em massa por todo o país. No início era uma crise econômica, mas logo fez explodir as contradições vulcânicas que se escondiam sob a superfície da sociedade. Se a reação do governo fosse branda e fragmentária demais, as pessoas ficariam insatisfeitas e ainda mais ressentidas. Se o governo agisse com rigor excessivo, distribuindo um remédio forte demais logo ao chegar, logo teria de enfrentar a resistência de certos estratos sociais. Independente do que fizesse, o governo seria o único alvo de ataques.

"A situação na época era a seguinte: descontados os incidentes envolvendo os *han* e nacionalidades de etnia minoritária, boa parte dos protestos em larga escala eram resultado de um atrito entre o governo e as massas. Muitos anos atrás as pessoas comuns haviam decidido acreditar que a única maneira de resolver um problema era provocando um distúrbio. Assim, a menor coisa, o contratempo mais irrelevante desencadeava um protesto coletivo.

"Se os protestos em massa começassem ao mesmo tempo em todo o país e as críticas e o ressentimento fossem dirigidos contra o governo, não seria difícil imaginar o resultado. A polícia comum, o exército e a polícia armada não dispunham de homens suficientes para apagar todos os incêndios e dispersar todos os grupos de protestantes um por um em todo o país – assim a máquina do estado entraria em colapso.

"Por outro lado, enquanto as reclamações não estivessem todas voltadas contra o governo, dificilmente haveria protestos em massa. Uns poucos marginais tentando criar problema não bastariam para começar um protesto em massa.

"A primeira coisa que a liderança teria de fazer era evitar que as massas populares voltassem todo o ressentimento e todas as críticas contra o governo.

"Depois de analisar a situação a partir de todos os ângulos, a liderança decidiu que a única maneira de transformar a derrota em vitória seria deixar os próprios chineses assustarem uns aos outros, permitir que ficassem com medo de ser abandonados pelo governo, com medo da anarquia. A condição da anarquia é o que Thomas Hobbes descreveu como 'a guerra de todos contra todos'. Em um estado anárquico da natureza, a 'vida do homem' é 'solitária, pobre, cruel, bruta e fugaz', como ele escreveu no *Leviatã*. De fato, não ter garantias para a vida e a propriedade é o temor supremo de um povo. Pensem a sério por um instante: quando todos estavam com medo de que a China sucumbisse ao caos, não era isso o que temiam? Como têm medo da anarquia e do caos, todos estão dispostos a se curvar ante o poder do Leviatã. Afinal, só o governo de um Leviatã pode garantir a vida e a propriedade de todos. Em suma, a única possibilidade é oferecer ao estado ou ao governo um monopólio sobre a violência legalizada. Além do mais, assim o partido-estado só ganha se convencer as pessoas de que o Partido Comunista é a única esperança em uma crise de grandes proporções, de que o partido-estado é o único poder grande o suficiente para concentrar os nossos recursos e fazer coisas grandiosas."

"Afinal, você está falando de governo ou de anarquia?", disparou Xiao Xi. "Ninguém disse que o governo tem que ser o Partido Comunista!"

"Não há o que discutir", respondeu He Dongsheng; "o governo e o Partido são uma coisa só."

"Depois que o estado de anarquia estava criado e todos ficaram com medo a ponto de receber o Exército de Libertação Popular de braços abertos em Beijing", continuou Xiao Xi, "o que vocês pretendiam fazer? Por que começar a repressão? Você sabe quantas pessoas morrem cada vez que começa uma repressão?"

"Eu quase fui executado durante aquela repressão", disse Fang Caodi.

"Em sã consciência, eu também espero que tenha sido a última", disse He Dongsheng, "mas o governo no poder foi obrigado a adotar uma linha dura em vista da iminente transferência de poder e também para estar em posição de lidar com os muitos assuntos urgentes.

"Com a economia global congelada, a China precisava se salvar. Remédios fortes precisaram ser administrados à economia, mas o governo talvez perdesse o controle da sociedade – talvez as ordens fossem distorcidas e as pessoas começassem a protestar. O governo precisava exercer um controle total sobre a sociedade para aplacar as massas; todos precisavam se sujeitar às ordens do governo para que vencêssemos a crise. Mas como os governos chineses em geral aplacam as massas? Em 1983, com a instabilidade na economia, o Velho Deng também não ordenou uma repressão? No dia 4 de junho de 1989 também houve outra grande repressão. Estão vendo? Não há como evitar sacrifícios se queremos fazer coisas grandiosas e importantes."

Xiao Xi e Fang Caodi acharam que esses argumentos não eram razoáveis e estavam ansiosos por refutá-los, mas He Dongsheng fez um sinal pedindo que o deixassem terminar.

"Em 1816, logo após as Guerras Napoleônicas", prosseguiu, "os efeitos da guerra passaram e a Inglaterra sofreu com a recessão econômica; a dívida externa do país era duas vezes e meia o PIB. Por azar, em 1815 o vulcão do Monte Tambora entrou em erupção na Indonésia; foi a mais desastrosa erupção de todos os tempos, e o vulcão espalhou cinzas pelo mundo inteiro. O ano seguinte foi chamado de 'ano sem verão' e não se colheu praticamente nada em toda a Europa. Na época o primeiro-ministro da Inglaterra era Robert Jenkinson, o conde de Liverpool – e quem você acha que era o assessor dele? Ninguém menos do que o célebre economista

David Ricardo. A iminência de uma depressão econômica e dos grandes tumultos sociais resultantes levou o país a implantar um programa de gestão de crise. No que consistia o plano? Liverpool convenceu o Parlamento a aceitar uma suspensão do habeas corpus, a proteção oferecida pela Inglaterra às liberdades pessoais. Sem estar sujeito à lei nem aos procedimentos legais, o governo ficou livre para prender qualquer um que causasse problemas ou não quisesse obedecer ordens. Em linguagem moderna, poderíamos dizer que o governo foi autorizado a simplesmente passar por cima dos direitos humanos. O resultado foi que, durante todo o declínio econômico, os agitadores habituais permaneceram quietos, e em um ano a economia nacional havia se recuperado. Não é impressionante?

"Claro que as pessoas iam sofrer e passar fome durante a crise, mas essas recessões sempre fizeram parte do ciclo do capitalismo; e depois de um ou dois anos tudo voltaria ao normal. Só que essa última crise foi como a Grande Depressão na década de 30 e talvez durasse mais de uma década. O governo não tinha como segurar as pontas enquanto esperava a crise passar; era preciso agir. O que estou tentando dizer é que a estabilidade é sempre a prioridade número um, mas não é um fim em si mesma – precisamos da estabilidade para fazer coisas mais grandiosas. Assim, em situações fora do comum ou em emergências, precisamos de uma repressão. Precisamos bater na grama para afugentar os tigres. Depois, enquanto os efeitos da repressão ainda se fazem sentir, ficamos livres para adotar novas políticas."

O MODELO CHINÊS

Segundo He Dongsheng, a repressão foi a segunda fase do "Plano de Ação para Alcançar a Prosperidade em meio à Crise". A terceira era adotar um conjunto de cinco novas políticas.

Número Um: 25% dos fundos acumulados em poupanças do país foram convertidos em títulos ao consumidor válidos apenas na China. Um terço deveria ser gasto dentro de noventa dias e dois terços dentro de seis meses. Após esse prazo os títulos perderiam o valor.

A economia excessiva do povo chinês era um dos motivos para a demanda doméstica insuficiente. As economias pessoais na China equivaliam a mais de 20% do PIB anual do país, e as economias empresariais passavam dos 30%. Quando a situação do ambiente econômico internacional era desfavorável, as pessoas com dinheiro de sobra gastavam ainda menos. Com todos agindo assim, como evitar a recessão? Um simples decréscimo na taxa de juros dos bancos e a persuasão moral não bastariam para convencer os chineses a gastar dinheiro. O governo precisava adotar medidas coercitivas que jamais seriam cogitadas no Ocidente.

A melhor coisa em relação à ordem dada pelo governo era que cumpri-la era simples. Como os bancos são todos informatizados, foi muito fácil mexer nas poupanças. A segunda virtude dessa política era que visava apenas pessoas com dinheiro guardado. Os mais afetados seriam a classe média urbana ou as classes um pouco mais abastadas que haviam enriquecido depressa na época da reforma. Entre esses últimos havia funcionários do governo, profissionais, trabalhadores de colarinho branco, empregados de empresas estatais, pequenos empresários e aposentados. O governo não teria dificuldades para fazê-los gastar 25% das economias consigo próprios a fim de estimular a economia nacional e ajudar a China a se recuperar da crise. Os consumidores e as empresas começaram a gastar dinheiro.

O terceiro benefício dessa política era que não havia necessidade de alocar fundos nem de providenciar a "criação de empregos" keynesiana para contornar a recessão. Pelo menos o plano conseguiria dar a partida no motor do crescimento econômico alimentado pela demanda interna. Estimava-se que a nova política fosse aumentar o índice do PIB em pelo menos cinco pontos percentuais.

Quando a política entrou em vigor, as pessoas com dinheiro guardado ficaram muito ocupadas decidindo em que bens ou serviços gastariam os títulos.

Número Dois: Como havia uma demanda, ela precisava ser suprida. O segundo pacote de novas políticas visava revogar mais de três mil regulamentações nos setores de indústria e serviços, facilitar a entrada de capital privado nas empresas, liberar crédito para negócios que atendessem a demanda doméstica e incentivar o empreendedorismo.

Tudo foi feito enquanto o governo terminava de sofrer uma transformação baseada no slogan "os oficiais saem e o povo entra". O governo acabou com as restrições a todo tipo de negócio, salvo os que envolvem a segurança nacional e monopólios estatais.

"Hoje qualquer um pode abrir uma editora", disse He Dongsheng enquanto olhava para Lao Chen. "Você pode publicar os seus livros sem precisar de um número fornecido pelo governo."

"Mas todos os livros ainda são analisados", retrucou Lao Chen, "e muitos assuntos ainda são proibidos."

"Mas pelo menos hoje existem várias editoras privadas", disse He Dongsheng. "Existem até editoras que são resultado de joint ventures, tudo de acordo com as exigências da OMC."

Essas políticas foram muito eficazes. Em pouco tempo, a impressão era de que todos na China eram empresários. Todo mundo falava sobre negócios, independente da idade, do sexo, do lugar ou do ramo; todos queriam ganhar dinheiro, contratar empregados talentosos, encontrar um bom emprego, negociar recursos naturais e comprar ou vender algum recurso. Os chineses, como você sabe, precisam apenas de um oportunidade para transformá-la em um estrondoso sucesso.

Foi quase um milagre a maneira como a capacidade industrial subutilizada de Guangdong, Jiangsu e Zhejiang deixou de ser utilizada na exportação e voltou-se para o mercado doméstico. As oficinas e escritórios excedentes foram absorvidos muito depressa. Em poucos meses, novos produtos e novos serviços inundaram o mercado. Seis meses depois, a China deixou de ser um país que dependia de investimentos e de exportações para se tornar um país movido pela demanda interna.

Que tipo de sucesso essas políticas alcançaram?

He Dongsheng disse que o objetivo da primeira fase era retornar à situação dos anos 80, quando a demanda interna era responsável pela metade do PIB, e esse objetivo foi atingido. O alvo ideal, no entanto, seria equiparar-se à situação dos Estados Unidos antes dos anos 70, quando o consumo interno correspondia a 60% do PIB. Depois os americanos passaram a confiar *demais* no consumo interno. Com índices acima de 70%, os investimentos e a exportação eram insuficientes, os gastos eram excessivos e as pessoas não tinham economias – e a soma desses fatores era muito perigosa. Mesmo assim, antes dos anos 70 a proporção de consumo doméstico nos Estados Unidos era ideal para um país de grandes proporções.

A China tem mais de um bilhão de habitantes, mais do que o suficiente para um mercado interno gigantesco. Em muitos setores a China pode ser autossuficiente e não precisa depender de exportações, ou seja: de agora em diante a China não precisa mais sofrer a influência excessiva das flutuações do dólar americano. Por algum tempo, é claro, a demanda interna da China subiu de 35% para pouco menos de 50%. Os investimentos e o comércio exterior ainda respondem por mais de 50%, e a China também investe muito capital em construção e no mercado imobiliário. Além do mais, quando a economia global se recuperar, a porcentagem do comércio exterior na balança do PIB vai aumentar um pouco, mas no geral a proporção da demanda interna vem crescendo. Com o aumento no salário das pessoas e o bom retorno dos investimentos, os impostos vão aumentar. Assim a China vai eliminar a ameaça da recessão na economia doméstica que existia antes dessas políticas e corrigir a mais grave falha estrutural na economia do país desde o início da reforma e da abertura. Em vista de todos esses dados, não seria exagero dizer que a época de prosperidade e ascendência da China tem bases sólidas.

As políticas também mataram dois coelhos com só um golpe porque, com o surgimento de novas empresas por toda a parte, o problema do desemprego na cidade e no campo foi resolvido.

Número Três: Durante esse período, muitos camponeses voltaram para as cidades e, graças à escassez de mão de obra, conseguiram empregos com bons salários. Mas o que fizeram os camponeses que ficaram para trás? Ocuparam-se cuidando de propriedades.

Isso porque o terceiro pacote de políticas assegurava aos camponeses o direito de propriedade sobre a terra; então os camponeses tornaram-se proprietários de terra. Esse passo foi discutido por anos e enfim implementado. Uma das principais motivações por trás dessa política era distrair os camponeses e manter a estabilidade social em uma época de crise. Conforme o esperado, muitos camponeses ocuparam-se com as novas propriedades.

Nem He Dongsheng sabia direito se era favorável à privatização da terra. As experiências de outros países não eram todas positivas, mas ele não conseguiu mudar a opinião de ninguém em relação a esse assunto. Uma coisa era certa: os camponeses eram todos a favor da privatização. "Agora não podemos voltar atrás", disse em tom plangente.

Número Quatro: Esse foi um período de grande entusiasmo por todo o país. A situação parecia caótica, mas era um caos necessário e construtivo.

Mesmo assim, o caos significava que, depois de liberar as forças de produção do país e despertar o entusiasmo econômico do povo, a tarefa mais importante da liderança seria proteger-se contra os crimes econômicos e a sabotagem das políticas governamentais por oficiais corruptos. A repressão "rápida e severa" promovida três semanas antes havia acabado com o poder de muitos elementos criminosos, incluindo marginais de carreira, gângsteres e vândalos, indivíduos ligados ao tráfico de pessoas e gangues de trombadinhas. Enquanto a memória da repressão ainda era recente, três novos alvos foram anunciados: o suborno e a corrupção, a pirataria de produtos industrializados e a circulação de rumores falsos com o intuito de confundir as massas. Esse novo anúncio de repressão deixou todos apavorados.

O Partido Comunista se dá muito bem na hora de matar as moscas. Juntar um bando de suspeitos e executá-los sumariamente intimida os oficiais locais, que começam a andar com o passo certo e assim contribuem para que o objetivo seja alcançado. Enquanto o governo estiver melhorando, os oficiais não vão inventar nenhuma fraude. Assim, os três primeiros pacotes de novas políticas econômicas tinham boas chances de sucesso.

Número Cinco: He Dongsheng era favorável à economia de mercado, mas não acreditava que o mercado fosse infalível e definitivamente não acreditava em *laissez-faire*. Sabia que em certos momentos o governo precisava interferir. Os quatro pacotes mencionados acima criaram uma demanda conjunta e estimularam a produção necessária para satisfazê-la. Na época houve um grande aumento na circulação de dinheiro e de crédito no mercado, e alguns produtos e serviços ficaram temporariamente indisponíveis. Mesmo que não houvesse especulação no mercado de compra e venda, o livre funcionamento do mercado acabaria gerando inflação. Os preços dos produtos subiam de maneira irregular, e uma eventual hiperinflação seria um grande risco nesse estágio de reforma econômica. O que fazer? O governo precisava adotar algum tipo de controle de preços.

He Dongsheng achava que esse era o aspecto mais controverso do "Plano de Ação para Alcançar a Prosperidade em meio à Crise". Essa também era a política que exigia maior capacidade técnica durante a implantação. Os acadêmicos que haviam sofrido uma lavagem cerebral provocada pelas ideias ocidentais neoclássicas sobre economia provavelmente teriam uma reação negativa ao ouvir as temíveis palavras "controle de preços". O conhecimento de He Dongsheng sobre economia resumia-se ao que tinha aprendido sozinho, e no início ele teve a mesma reação. Foi apenas em anos recentes, depois de mergulhar no estudo da história econômica do Ocidente, que He Dongsheng descobriu que no último século os países ocidentais desenvolvidos em diversas ocasiões tinham adotado políticas de controle de preços em larga escala; e todos eram países capitalistas. Os olhos de He Dongsheng devem ter brilhado quando descobriu que o judeu Walther Rathenau conseguiu implantar com sucesso o plano econômico do Império Alemão durante a Primeira Guerra. Durante a Segunda Guerra, o Terceiro Reich também adotou com bons resultados uma mistura de capitalismo e de economia planejada. O maior incentivo foi descobrir as políticas econômicas do presidente Franklin Roosevelt durante a Segunda Guerra, que incluíam controle de preços, e não apenas financiaram os enormes gastos militares, mas também permitiram que os Estados Unidos vencessem a Grande Depressão, que atormentou o país por doze anos. O célebre economista John Kenneth Galbraith trabalhou na época como vice-diretor do Gabinete de Administração de Preços com uma equipe de dezesseis mil pessoas. Antes de ser eleito presidente da

Associação Econômica Americana em 1972, Galbraith escreveu um livro sobre as políticas de controle de preços, e nos anos 70, durante outro período de estagflação econômica, mais uma vez defendeu o controle de preços. Logo, nem todos os economistas ocidentais são contra as políticas de controle de preços. É verdade que nos últimos quarenta anos as ideias fundamentalistas da Escola de Chicago tiveram uma influência tão grande que ninguém mais lembrava de que o controle de preços é uma boa estratégia para regular uma economia de mercado. Na França, 40% da atividade econômica ainda era regulada por políticas de controle de preços nos anos 80.

Foi assim que He Dongsheng progrediu nos estudos de economia. Depois, combinou esses novos conhecimentos com as circunstâncias atuais da China e tentou vender a ideia para outros camaradas. Por sorte, muitos oficiais chineses mal haviam saído da economia de comando socialista e estavam dispostos, ao menos na aparência, a aceitar uma economia de mercado. No fundo, porém, ficavam encantados quando ouviam falar em políticas de controle de preços. Assim, He Dongsheng conseguiu convencê-los de que políticas de controle de preços benéficas à operação de uma economia de mercado podiam ser implementadas. Em um período de transição econômica, o controle de preços era a bem dizer uma necessidade; o governo assistiria o mercado e evitaria que ele se autodestruísse, porém sem usurpar as prerrogativas de uma economia de mercado desenvolvida.

Entre os oficiais no Grupo de Controle de Preços de He Dongsheng não havia nenhum ideólogo fanático. Os principais membros do grupo eram tecnocratas com cerca de cinquenta anos de idade e trinta de experiência em controle de preços, acumulados durante a época de reforma e abertura. Haviam recrutado um grande número de alunos brilhantes de estatística e econometria nas melhores universidades da China para montar um banco de dados, desenvolver programas de computador e uma rede nacional – recursos que não estavam disponíveis em estágios anteriores de uma economia planejada. Assim seria possível para os produtores e consumidores ao redor do mundo acessar uma página e encontrar informações atualizadas sobre o controle de preços.

O controle de preços exibe os preços reais de maneira clara, sem nenhuma dissimulação. O objetivo é permitir que os empresários ganhem dinheiro e produzam mais e ao mesmo tempo inibir práticas como a especulação, a acumulação de riquezas e o lucro excessivo.

O que deve ser regulado, o que não deve ser regulado e que influência essa prática tem sobre a demanda? Essas coisas precisam ser administradas da maneira exata a fim de prevenir aumentos súbitos e quedas repentinas nos preços. Saber quando largar o controle e permitir que os próprios mecanismos regulatórios do mercado assumam o comando é ainda mais importante.

O sistema regulatório de larga escala implementado na China foi uma revelação surpreendente para a mídia estrangeira, que a princípio demonstrou ceticismo. Até um governo mais ditatorial poderia ter implementado essa "economia de comando para uma nova época" empregando técnicas de cálculo e informação automatizada do século XXI. O controle de preços criava uma espécie de escolta armada para acompanhar a mais recente reforma econômica em grande escala na China.

Hoje, a China é o único país que conseguiu implantar todas essas cinco mudanças políticas ao mesmo tempo.

Quando a economia global enfrentou dificuldades e os países ocidentais estavam na penúria, a China teve a oportunidade do século. Após um breve intervalo, uma liderança quase moribunda transformou a crise política e social provocada por uma crise econômica em uma oportunidade de ouro. Todos esses fatores levaram o restante do mundo a aceitar a ideia da prosperidade na China. No Congresso do Partido no ano seguinte, a transição de liderança ocorreu sem tropeços. He Dongsheng, porém, não se saiu tão bem quanto esperava. O plano de ser promovido a secretário na Secretaria da Central do Partido não deu em nada, e ele foi apenas promovido de membro substituto para membro permanente do Politburo; hoje, era um veterano que havia trabalhado para três diferentes lideranças. No primeiro aniversário do "Plano de Ação para Alcançar a Prosperidade em meio à Crise", He Dongsheng parabenizou a si mesmo: "He Dongsheng, você foi brilhante".

O SONHO DE UM SÉCULO SE REALIZA

Fang Caodi e Xiao Xi ficaram um tanto estupefatos com a palestra e ainda tinham muitas perguntas a fazer sobre a semana de anarquia, mas logo se deixaram levar pelo monólogo de He Dongsheng. He Dongsheng foi ao banheiro, voltou, bebeu mais um copo d'água e começou a demonstrar ainda mais entusiasmo. Ao falar, o líder nacional do país e do Partido tinha um carisma irresistível.

Fang Caodi e Xiao Xi não negavam que nos últimos dois anos a situação econômica da China fosse boa, mas achavam que a situação política havia piorado muito. A China estava cada vez mais distante de uma democracia constitucional. Os dois queixaram-se de ver que todos pareciam satisfeitos com o status quo e todos agiam como se estivessem muito felizes.

Lao Chen era uma dessas pessoas. Antes do reencontro com Xiao Xi, achava que a sociedade chinesa contemporânea tinha uma harmonia perfeita e todo dia se emocionava com os próprios sentimentos de felicidade.

Como leitor de livros e de outras mídias impressas, Lao Chen teve o sentimento de "ver as coisas à frente para em seguida vê-las atrás". Ainda há pouco ele achava que Taiwan e Hong Kong estavam à frente enquanto a China continental ficava para trás, mas agora sente que o continente está à frente e Taiwan e Hong Kong estão ficando para trás. Todos criticavam a China continental por ser pobre e subdesenvolvida, mas de repente começaram a proclamar que a época de ouro da China havia começado. Há muitos anos os intelectuais disseram que o sistema ocidental era superior, e o mundo inteiro olhava para os Estados Unidos, para o Japão e para a Europa, mas de repente todos mudaram de opinião e começaram a dizer que o mundo inteiro tinha muito a aprender com a China.

Claro que certas ideias equivocadas não resistem a uma análise mais profunda. Para dar alguns exemplos, podemos dizer que a renda per capita na China ainda fica muito atrás dos índices no Ocidente, a degradação ambiental é preocupante, não se encontram governos honestos, não há respeito aos direitos humanos e a liberdade de expressão é restrita. Mas a China tem tantos habitantes que a força do país é sempre impressionante, e não há quem conteste essa ascensão. A mídia chinesa volta e meia noticia que nessa ou naquela área a China é o país mais desenvolvido do mundo. Sem dispor de informações mais precisas, muitos chineses acreditam que a China é o país mais desenvolvido do mundo em tudo.

Como a economia dos Estados Unidos, da Europa e do Japão estava em recessão, a demanda por produtos chineses era baixa. Ao mesmo tempo, a China tinha conseguido aumentar a demanda interna e reduzir as exportações. Assim, não precisou mais praticar o mercantilismo às escondidas e pôde bloquear as críticas da comunidade internacional a esse respeito. No passado, todas as indústrias do mundo reclamavam que a China mantinha o valor do *renminbi* em baixa de propósito para subsidiar as exportações chinesas, o que resultava em concorrência desleal. Os sindicatos ocidentais também criticavam a China por explorar os trabalhadores a fim de reduzir os custos dos artigos exportados, o que prejudicava o bem-estar dos trabalhadores mundo afora. Agora o país não precisa mais depender do valor das importações, o *renminbi* pode valorizar e os chineses podem comprar mais produtos importados, fazer turismo no exterior e até comprar empresas estrangeiras. A renda per capita aumentou, as empresas estão auferindo bons lucros e a arrecadação de impostos por parte do governo teve uma alta correspondente. Assim, a educação, a saúde pública e a previdência social podem receber investimentos e melhorias, e a China pode redobrar os esforços para combater a poluição ambiental.

"Se não pudermos oferecer proteção aos nossos trabalhadores," disse He Dongsheng, "e não podemos oferecer saúde pública e previdência social, que tipo de país socialista seria esse?" Xiao Xi e Fang Caodi acenaram a cabeça.

Não confiar demais nas exportações não significa cortar o comércio com outros países. A China está um pouco afastada dos países desenvolvidos, mas nada a impede de fazer comércio com outras partes do mundo. O país não está de maneira alguma fechada ao contato com estrangeiros. A China ainda está na fase de desenvolvimento industrial pesado, portanto ainda não foi necessário desmontar linhas de produção de alta tecnologia inteiras em países como a Alemanha para transportá-las e remontá-las aqui. Além do mais, os Estados Unidos também dispõem de certas coisas que por enquanto a China é incapaz de produzir, como aviões Boeing e instrumentos de precisão de alta tecnologia. A China está disposta a comprar quantos desses forem necessários. Por enquanto, a Europa e os Estados Unidos dependem dos produtos chineses, mas à medida que a China diminuir as exportações para a Europa e os Estados Unidos, o déficit comercial desses países com a China vai diminuir. Mesmo assim, no geral a China é capaz de fabricar a maioria dos produtos necessários. Independente de serem cópias baratas ou não, o mercado doméstico chinês é grande o bastante e a concorrência produz artigos de qualidade aceitável a bons preços. Assim o número de produtos industrializados que os países desenvolvidos pode vender para a China vai diminuir com o passar do tempo.

O mercado interno da China é tão apetitoso que o capital estrangeiro, grandes marcas e companhias de varejo aceitaram duras condições de joint venture para poder entrar ou continuar na China. As rígidas políticas da China violam o espírito da OMC, mas como as atividades protecionistas e mercantis dos próprios países desenvolvidos foram responsáveis por estagnar as negociações com a OMC, a ideia de um comércio global sem barreiras acabou se transformando em um sonho distante, e nenhum outro país tem moral suficiente para criticar a China.

As grandes necessidades da China são energia, minerais, matéria-prima e alimentos, e a maioria dessas coisas vem da Ásia, da África e da América Latina. Agora até o Canadá, a Austrália, a Nova Zelândia e a Rússia compram produtos chineses e vendem energia, minerais, matéria-prima e alimentos para a China. No fundo, a China pode considerá-los países de Terceiro Mundo. A China conseguiu estabelecer taxas de câmbio com as maiores nações do mundo, e hoje o *renminbi* é uma moeda de circulação corrente, como o dólar e o euro. A China já é uma economia tão importante quanto os Estados Unidos, a União Europeia e o Japão. A inflação da China permanece em um patamar aceitável de 7 a 8% ao ano, e o crescimento econômico passou dos 15% nos últimos três anos.

Um crescimento semelhante havia ocorrido antes, durante os trinta anos de reforma e abertura: de 1982 a 1984 o PIB da China subiu 15% por ano, mas o total do PIB era pequeno. Dito de maneira simples, a China era o único país com um crescimento econômico global constante. Não surpreende que as nações da Ásia, da África e da América Latina queiram se aproximar da China, nem que as pessoas agora digam que a época do imperialismo americano chegou ao fim e que o século da China começou.

Lao Chen, Xiao Xi e Fang Caodi não entendiam muito de economia, mas estavam preocupados com o futuro da China e sabiam que, estando preocupados com o futuro da China, não podiam ignorar a economia. Assim, escutaram as explicações de He Dongsheng com muita atenção. O que deixou todos sem palavras, no entanto, foi quando He Dongsheng deixou a economia de lado e começou a falar sobre a situação política internacional.

Por pior que fosse a situação da economia americana, os Estados Unidos ainda eram o país com o maior poder militar do mundo. Só as forças armadas dos Estados Unidos têm o poder necessário para atacar em qualquer lugar do planeta.

Portanto, a China não pode tomar o caminho trilhado pela União Soviética durante a Guerra Fria, competindo com os Estados Unidos pela hegemonia mundial, entrando em uma corrida armamentista e estabelecendo um duelo de poderio bélico. Não, esse não seria o caminho para pacificar o mundo, tampouco o caminho necessário aos interesses da China. Uma pessoa racional como He Dongsheng, dotada de um profundo idealismo oculto à moda chinesa, sabia que esse caminho era um beco sem saída porque o poder nacional da China não era suficiente para sustentá-lo. A fim de evitar que os Estados Unidos começassem uma guerra de longa distância, a China precisou usar uma estratégia preventiva de investidas assimétricas. A fim de evitar a invasão do território nacional e salvaguardar os interesses nacionais, a China precisou tornar-se como que a irmã mais velha dos vizinhos mais próximos e abrir mão da concorrência pela hegemonia mundial. Para usar a linguagem do discurso internacional, essa foi a Doutrina Monroe da China.

As armas nucleares americanas podem destruir a China, então a China precisa fazer os americanos entenderem que a China não vai esperar pelo ataque, mas que, pelo contrário, vai atacar os Estados Unidos antes de ser atacada. Em outras palavras, os Estados Unidos não podem ameaçar a China com armas nucleares porque assim poderiam levar a China a usar armas nucleares primeiro. Eis a essência da estratégia de investida preventiva adotada pela China.

A capacidade nuclear da China é suficiente apenas para destruir o Havaí e umas poucas cidades na costa leste dos Estados Unidos, mas isso bastaria para causar prejuízos inaceitáveis aos americanos. Mesmo que um contra-ataque americano pudesse resultar em cem vezes mais destruição na China, o preço seria alto demais para o povo americano. A China emprega essas duas estratégias – investidas preventivas e ataques assimétricos de longa distância – para convencer os americanos a abandonar a ideia de lançar uma guerra nuclear contra a China.

O vencedor em uma guerra nuclear paga um preço alto demais – esse também é um acordo tácito de "viver ou morrer juntos". A China se esforça por deixar essa estratégia clara aos Estados Unidos a fim de evitar quaisquer mal-entendidos. Ao mesmo tempo, a China insiste em pedir aos americanos que não estabeleçam uma barreira de defesas antimísseis no leste do Pacífico, o que levaria a uma corrida armamentista sino-americana e forçaria a China a desenvolver mísseis balísticos intercontinentais capazes de vencer a barreira antimísseis americana, submarinos nucleares e armamentos localizados no espaço sideral.

He Dongsheng achava que uma guerra nuclear entre os Estados Unidos e a China era pouco provável e também que as chances de os Estados Unidos lançarem uma ofensiva convencional em território chinês eram praticamente nulas, apesar da presença constante do exército americano ao longo de todo o leste asiático.

Ele disse que, ao longo da história, o grande temor dos chineses sempre foi a invasão de grupos étnicos estrangeiros, a divisão do território nacional da China e a soberania de um grupo de conquistadores estrangeiros. Hoje esses temores são desnecessários. O atual sistema de defesa nacional da China é o mais poderoso que já se viu em toda a história milenar da raça chinesa. Quem se atreveria a invadir o território chinês?

Desde a fundação da República Popular, afora os conflitos envolvendo Taiwan, o Tibete e Xinjiang, a China teve incidentes militares breves nas fronteiras com a Índia, a União Soviética, o antigo Vietnã do Sul e o Vietnã. O único conflito que representou um perigo real à segurança nacional chinesa foi o conflito de "Resistir aos Estados Unidos e Assistir a Coreia do Norte" sessenta anos atrás.

A China tem fronteiras terrestres com catorze nações e fronteiras aquáticas com seis. Desde 1949 a China resolveu catorze disputas por territórios fronteiriços e três disputas relacionadas a ilhas distantes, mas ainda existem alguns conflitos fronteiriços que não podem ser resolvidos a curto prazo. Esses conflitos vão desde a recusa da Índia a reconhecer a soberania da China sobre a região de Aksai Chin, uma área de 38 mil quilômetros quadrados no platô tibetano, até a recusa da China em reconhecer o Tibete do Sul, uma área de 84 mil quilômetros quadrados ao sul da Linha de McMahon, onde fica o distrito de Tawang, como parte da província de Arunachal Pradesh, que tem fronteiras com o Tibete e o Butão; desde as disputas no Mar da China Meridional entre a China e o Vietnã, Cingapura, Malásia, Filipinas e Brunei até as disputas sino-japonesas no Mar da China Oriental e outros conflitos com o Butão, o pequeno país localizado na cordilheira do Himalaia.

Além do mais, os planos chineses de construir enormes diques no Tibete e em Yunnan para mudar o curso dos rios vêm recebendo críticas cada vez mais duras e deram início a disputas acaloradas sobre fontes de água transnacionais, porque, com a exceção do Ganges, todos os grandes rios que cortam os países no sul e no sudeste da Ásia localizam-se na região do Himalaia pertencente à China. Mesmo assim, nenhuma dessas disputas e nem mesmo os conflitos armados devem motivar uma guerra em grande escala entre a China e qualquer outro país.

He Dongsheng sabia que certos militares não gostavam das opiniões que emitia sobre esses assuntos porque elas tinham efeito sobre o orçamento do Exército. Embora não concordasse com os pedidos incessantes de aumento de orçamento militar da parte desses grupos de interesse, He Dongsheng não era ingênuo a ponto de imaginar que uma grande nação pudesse ascender sem poderio bélico. Afinal, era um realista, e queria apenas otimizar o interesse nacional sem depender do Exército para obter a vitória. Para atingir esse objetivo era necessário ser um grande estrategista.

He Dongsheng achava que, se um país assumisse uma posição de superioridade moral, os outros começariam a suspeitar. No passado, quando a China afirmava que jamais buscaria a hegemonia mundial e falava sobre uma ascensão pacífica e uma ordem mundial harmoniosa, por acaso algum outro país acreditou? Agora todos estão preocupados com a China, então seria uma boa ideia deixar a estratégia nacional bem clara para os outros países. Eis por que a China apresentou a ideia de uma Doutrina Monroe chinesa.

Na década de 1820, o presidente Monroe anunciou que os Estados Unidos, na época em ascensão, não disputariam a hegemonia mundial com os grandes poderes da Europa, mas nesse caso a Europa não deveria invadir os continentes americanos. Em especial não deviam tentar colonizar partes da América Latina outra vez. As Américas pertenciam aos americanos – essa era a Doutrina Monroe.

Hoje a China imita a estratégia adotada pelos Estados Unidos e afirma não ter nenhum interesse em disputar a hegemonia mundial com outros grandes poderes. Mas o leste asiático pertence aos asiáticos, e portanto a China convidou os grandes poderes euro-americanos, e em especial os Estados Unidos, a se retirarem. O que a China chama de "leste asiático" também inclui o nordeste e o sudeste asiático, o Japão e todas as nações que ao longo da história fizeram parte do sistema tributário chinês.

Durante o longo período em que a civilização das estepes ao norte e ao oeste da Ásia confrontou e misturou-se à civilização europeia originária do Mediterrâneo, a China estava protegida atrás do Deserto de Gobi e de enormes cordilheiras. A autarquia chinesa se considerava *Tianxia* – "Tudo sob o Céu" –, um mundo à parte com um alto nível de unidade cultural. Talvez devido a motivos geográficos, o antigo império chinês não tinha uma tendência muito forte a invadir países estrangeiros para expandir o território nacional como várias outras nações militaristas contemporâneas

– Alexandre, o Grande, o Império Romano, Átila, os cruzados, os mongóis, Tamerlão, o Império Otomano, Napoleão, ou Espanha, Portugal, Holanda, Inglaterra, França, Bélgica, Alemanha, Itália, Rússia e Japão durante a época de exploração, ou ainda os Estados Unidos pós-guerra de hoje, com 8.500 bases militares espalhadas pelo mundo.

"A China não pretende assumir a árdua e ingrata tarefa de polícia do mundo", disse He Dongsheng, "nem pretende governar outros países. Vocês algum vez ouviram falar que a República Popular da China quisesse ocupar o território de algum outro povo?"

De acordo com He Dongsheng, o século da China também seria vantajoso para outros países. "O século da China" significava apenas que a China havia retornado à situação histórica em que se encontrava antes do século XIX. Para a China, basta ser soberana em relação ao mundo à parte que contém; o país não cobiça os territórios vizinhos. Os poderes europeus e os Estados Unidos ainda não entenderam as intenções da China. A China não pretende conquistar o mundo, mas as nações europeias e os Estados Unidos não devem tentar impedir a ascensão e o desenvolvimento do leste asiático sob a liderança da China. Graças à oportunidade gerada pelo encolhimento do comércio global e pela ascensão do protecionismo na Europa e nos Estados Unidos, a Doutrina Monroe da China poderia restabelecer a ordem mundial. Se os americanos desocupassem o leste asiático, a China, os Estados Unidos e a Europa poderiam cada um manter as próprias esferas de influência sem interferências para que todos prosperassem. Abandonar a disputa pela hegemonia mundial em nome da regionalização da influência política seria uma garantia de paz mundial durante o período de ascensão irrefreável da China.

No reino econômico além da política, o mundo se encontra dividido em três regiões principais: a União Europeia, os países norte-americanos de livre comércio e a região da Ásia no Pacífico. O total do comércio interno e dos investimentos diretos em cada região é maior do que a atividade econômica entre elas. Os principais parceiros comerciais das nações europeias são outras nações europeias, e o principal parceiro comercial dos Estados Unidos é o Canadá, não o Japão ou a China. De 2007 para cá, mais de 50%

do comércio asiático – sem contar o Oriente Médio, mas incluindo a Austrália e a Nova Zelândia – se dá entre as próprias nações asiáticas. Assim, basta afinar os sistemas políticos e econômicos para completar a regionalização.

Uma vez que a regionalização estiver completa, negócios podem ser apenas negócios. A Europa, os Estados Unidos e a China podem negociar com os territórios e as esferas de influência uns dos outros e cooperar ou competir em investimentos e no desenvolvimento da África, da Ásia e da América Latina com base em critérios econômicos. Para dar um exemplo, Angola, China, França e Estados Unidos podem todos obter direitos de exploração petrolífera no exterior, e os governos locais sempre terão mais escolhas e, assim, sofrerão menos controle de um único país.

A segunda guerra do Iraque convenceu a China a fazer investimentos pesados na África. Hoje, Angola é o maior fornecedor de petróleo para a China. Outras nações africanas que fornecem combustíveis fósseis para a China são o Sudão, a República do Congo, a Guiné Equatorial, a Nigéria, o Chade, a Mauritânia, o Mali, o Níger, o Benim e o Gabão, enquanto a Argélia fornece gás natural. Mais de 30% das importações de petróleo feitas pela China vêm da África – atrás apenas do Oriente Médio. Além da energia, a China também mantém comércio de minérios e madeira com a África. Existe uma enorme área de terras férteis plantadas de acordo com as especificações chinesas. A China também construiu estradas, hospitais, portos, aeroportos e redes de comunicação na África. Do Zimbábue à Somália, a China investiu na maioria dos países africanos. A China sempre defendeu o comércio, a amizade e a neutralidade em relação aos assuntos internos de outros países, e os líderes africanos receberam essa postura de braços abertos. Assim, não surpreende constatar que a China logo vai superar os Estados Unidos, a França e a Grã-Bretanha em termos de influência e se tornar o parceiro comercial número um da África.

Na Ásia Meridional e no Oriente Médio, a China mantém relações amigáveis com o Irã e investiu muita atenção e muito dinheiro no velho amigo Paquistão. Essa é uma importante consideração estratégica no campo da segurança nacional: manter o aliado dos Estados Unidos, a Índia, sob controle – a política nacional de "frio com a Índia, caloroso com o Islã" – e assegurar o nosso fornecimento de petróleo. Isso porque a distância mais curta a ser percorrida desde os poços de petróleo e as jazidas na África e no Oriente Médio se dá por via marítima até o porto de Gwadar, no sudoeste do Paquistão, e de lá em direção ao norte, ao longo da ferrovia Gwadar-Dalbandin até chegar à autoestrada de Caracórum na província de Xinjiang. Graças a essa rota, a importação dos materiais estratégicos não precisa depender da longa viagem marítima desde a África e o Oriente Médio. A Marinha chinesa não tem poder suficiente para proteger as rotas no oceano Índico e no Mar da China Meridional contra a interferência das poderosas forças americanas ou sequer do poder bélico da Índia e de outras nações – em especial no movimentado Estreito de Malaca, onde as marinhas da Índia, dos Estados Unidos, de Cingapura, da Tailândia, da Indonésia, das Filipinas, da Austrália e do Japão costumam promover treinamentos conjuntos.

A China também não deixou de aproveitar recursos energéticos que escaparam à atenção de outros grandes poderes. Em 2008, quando o preço do barril de petróleo caiu de 47 para 33 dólares, a China aumentou bastante as importações de petróleo da Venezuela e do Irã. Em 2009, quando a Rússia descumpriu um contrato firmado e parou de importar gás natural do Turcomenistão, a China estendeu uma mão amiga e assinou um contrato de trinta anos com o Turcomenistão que previa a construção de um gasoduto que levaria o gás através do Turcomenistão, do Uzbequistão, do Quirguistão e do Cazaquistão até a China. O mesmo vale para o Cazaquistão. A China não apenas participou da extração do petróleo, mas os cinco mil quilômetros do oleoduto construídos no país simbolizam a primeira vez que a China importou esse valioso recurso energético através de um oleoduto transnacional. Com a exceção da Rússia e do Irã, os países sem acesso ao mar que rodeiam a China ficam todos muito restritos pela massa continental, e assim as exportações energéticas precisam sair dos portos de outros países. Assim, todos apoiam o objetivo estratégico supremo da China na Ásia Central: a criação de uma "Ponte Energética Pan-eurasiana" – um oleoduto que saia do Oriente Médio e passe pelo Oriente Médio, pelo Irã, pela Rússia, pelo Azerbaijão e pelo Cazaquistão e chegue a Xinjiang, na China.

Hoje, motivada pelos próprios interesses nacionais, a China promove a estabilidade regional na África, no Oriente Médio, na Ásia Central, no Irã e no Paquistão. A China quer evitar a manipulação de outros grandes poderes nesses países e impedir a ação dos extremistas religiosos, separatistas e terroristas dispostos a abalar ou derrubar os governos das várias regiões. A fim de isolar as forças independentes de Xinjiang, a China ofereceu uma amizade especial aos seis "Istões" da Ásia Central e à Turquia. A Turquia vem sendo impedida de entrar na União Europeia há tempo, mas a China conferiu ao país a condição de observador na Organização para a Cooperação de Shanghai e aceitou o Irã como membro da OCS. De maneira um tanto inesperada, até Israel vem sendo amigável com a China. Temendo que a China vendesse armamento de alta tecnologia e armas nucleares para os países islâmicos, Israel está vendendo a tecnologia mais avançada de que dispõe para a China.

A China tampouco se opôs aos esforços da Rússia para afastar os Estados Unidos da Ásia Central, do Cáucaso e da Ucrânia. No entanto, essas nações multiétnicas não quiseram jogar-se mais uma vez nos braços dos russos. O Cazaquistão, por exemplo, não esqueceu o grande sofrimento provocado pelas políticas de remoção forçada de Stálin e pelas fazendas coletivas dos soviéticos. O Uzbequistão estava lançando olhares enamorados para os Estados Unidos e a OTAN. Todas as nações da Ásia central estavam convencidas de que a China não tinha ambições políticas na região, e assim tinham ainda mais confiança para fazer negócios com o país. Muito pelo contrário: a China não queria dar a impressão de que pretendia se intrometer na esfera de influência da Rússia. O termo para a nova política externa adotada pela China e pela Rússia foi "diplomacia coordenada", o que explica o vultuoso empréstimo feito à pequena nação da Moldávia, a oeste do Mar Negro, com quem a China não tinha nenhuma afiliação. A intenção era colaborar com os esforços da Rússia para evitar que o poder ocidental alcançasse o Oriente.

Por muito tempo a China teve de submeter-se a várias humilhações para granjear os favores da Rússia. Em mais de um século, a Rússia ocupou mais de um milhão e meio de quilômetros quadrados de território chinês – uma área três vezes maior do que a França. Muitos anos atrás a China desistiu desses territórios e as duas nações em conjunto declararam o estabelecimento definitivo das fronteiras nacionais. Enquanto a China não tocar nesse assunto, não há motivo para acreditar em um conflito entre a China e a Rússia. A Rússia é enorme, a população do país está em declínio e todas ameaças militares à soberania nacional são resultado do poder da OTAN nas fronteiras a oeste. O país está muito ocupado administrando a instabilidade de recursos energéticos, controlando as repúblicas étnicas minoritárias não russas e reafirmando o poder e a influência da antiga União Soviética.

A Rússia sofre com a dependência excessiva das exportações de energia, e assim a crise econômica global teve um impacto enorme no país. Por sorte, assim que a Europa reduziu as importações de gás natural da Rússia, a China aumentou a compra de recursos energéticos russos. A partir desse ponto, o petróleo, o gás natural e outros pilares da economia russa, como os armamentos de grande escala e a madeira da Sibéria, passaram a ser parte integrante do mercado chinês. Em 2010 o petróleo russo já corria pelo oleoduto Sibéria Oriental-Oceano Pacífico desde Skovorodino até Daqing, na província de Heilongjiang, e hoje o gás natural também chega de Yakutia pelo gasoduto Yakutia-Khabarovsk-Vladivostok, que mede onze mil quilômetros. Tudo isso reduz a dependência da Rússia em relação à Europa e diversifica os fornecedores de combustíveis fósseis da China. Devido à falta de capital e aos estreitos laços com o governo, muitas empresas oligárquicas russas defenderam os investimentos amigáveis das estatais chinesas em monopólios conjuntos sobre o titânio, o ouro e outros metais preciosos da Rússia. Podemos dizer que, em termos econômicos, a China e a Rússia se apoiam mutuamente.

Quando perceberam o fato, muitas regiões fronteiriças do lado russo mudaram de atitude e passaram a aceitar tacitamente ou até a receber de braços abertos o capital, as empresas e os trabalhadores da China que poderiam ajudá-las a se desenvolver. Por conta dos interesses das duas nações e em consideração às nossas macroestratégias, enquanto a China não abordasse a questão dos territórios perdidos, China e Rússia poderiam viver em uma coexistência pacífica.

He Dongsheng disse que a recente e radical mudança no centro de gravidade global oferecia à China a oportunidade do século. Nos últimos anos a China teve um crescimento ordenado, mas para garantir a estabilidade a longo prazo e "governar a nação e pacificar o mundo" (como diz a máxima), He Dongsheng achava que ainda faltava um passo decisivo: forjar uma aliança com o Japão.

Para transformar o slogan "A Ásia Oriental para os asiáticos orientais" em realidade, a China precisaria forjar uma aliança com o Japão. Só quando o Japão mudasse de atitude, se afastasse dos Estados Unidos e entrasse na Ásia o imperialismo americano desapareceria e os preparativos para uma Guerra Fria na Ásia enfim cairiam por terra. Quando esses dois superpoderes asiáticos deram as mãos, uma nova ordem mundial foi criada, e uma nova era pós-ocidental e pós-raça branca surgiu de maneira inelutável. Não restava mais nada à Europa e aos Estados Unidos senão aceitar. Foi esse desejo que em 1924 levou Sun Yat-sen a promover o asianismo no Japão e pedir aos japoneses que não copiassem o imperialismo ocidental, mas estendessem a mão à China para transformar o Caminho Real Chinês em realidade. Sun Yat-sen era um nacionalista. Você acha que ele não via a ambição dos japoneses? Pode ser, mas Sun Yat-sen compreendeu que, sozinhos, nem a China nem o Japão teria forças para expulsar os poderes ocidentais da Ásia, mas juntos poderiam rejuvenescer o continente. Por azar, o Japão da época ignorou o sábio conselho de Sun Yat-sen e não apenas invadiu a China como também o restante da Ásia Oriental, arruinando a si próprio e a muitos outros países e levando a China e o Japão a sofrer perdas tremendas.

Agora a oportunidade surgiu outra vez. Os líderes da China e do Japão arriscaram-se a sofrer todo o clamor da oposição interna para estabelecer uma aliança e assinaram um grande acordo bilateral de cooperação econômica e o mais abrangente tratado de segurança na história dos dois países.

"Vocês provavelmente não sabem", disse He Dongsheng, "mas o Exército do Japão só não é maior que o dos Estados Unidos e o da China." Em teoria, os gastos do Japão com a defesa nacional são apenas 1% do PIB, mas a economia japonesa é enorme e, como acontece na China, boa parte das despesas militares estão escondidas em outros itens do orçamento. As forças de defesa marítima, o programa espacial e a pesquisa e o desenvolvimento de armas, por exemplo, não aparecem no orçamento de defesa nacional. Assim, os gastos anuais do Japão com a defesa nacional ultrapassam os dos supostos líderes mundiais nesse quesito, como a Grã-Bretanha, a Rússia e a França, sem contar os Estados Unidos e a China. Embora os gastos militares divulgados pelo Japão sejam um pouco menores do que os valores anunciados pela China, o Japão dispõe de tecnologias mais avançadas, e muitas indústrias civis podem ser transformadas em instalações militares com relativa facilidade.

Essa força militar comparável à da China e tão próxima da China deixava o governo chinês muito apreensivo enquanto os dois países não estavam em termos amigáveis. Isso sem falar na presença constante de soldados americanos no Japão, em Okinawa e na Coreia do Sul.

Por outro lado, o Japão nutria os mesmos sentimentos de insegurança enquanto observava a rápida ascensão da China. Esse sentimento poderia ter levado o país a abolir a "constituição de paz", tornar-se um país como qualquer outro, começar uma corrida armamentista contra a China, aceitar a presença continuada dos Estados Unidos na Ásia Oriental e desenvolver armas nucleares de maneira unilateral.

Que tipo de estabilidade haveria na Ásia Oriental se isso acontecesse? Mais uma vez, as duas nações poderiam sofrer perdas terríveis.

Desarmar essa bomba-relógio, criar uma situação benéfica para a China e o Japão e ao mesmo tempo forçar os Estados Unidos a se retirarem da Ásia Oriental exigiria muita sabedoria ou então um golpe de sorte sem precedentes no século. Esse golpe de sorte foi a estagflação econômica mundial.

Pode-se dizer que a depressão econômica do Japão já durava mais de vinte anos, e toda vez que a situação parecia melhorar o país sofria uma recaída logo depois. O Japão estava cada vez mais fraco, e a última crise econômica global fez com que a recuperação parecesse um sonho distante. Os produtos japoneses industrializados, que em outras épocas olhavam com ares de superioridade para todo o resto do mundo, não tinham a menor esperança de se recuperar a curto prazo.

Os líderes chineses viram esse período de fraqueza do Japão como uma oportunidade boa demais para deixar passar. Exigiram que o mercado protecionista e isolacionista do Japão fosse aberto à China, em especial para que a China pudesse comprar empresas japonesas. Se o Japão se recusasse, a China adotaria medidas retaliatórias, como a limitação da entrada de empresas e produtos japoneses no mercado chinês. Essa exigência foi a gota d'água. Hoje a China é o parceiro comercial número um do Japão, e entre 2002 e 2008 a economia japonesa se recuperou em boa parte graças ao comércio com a China.

No fim, em nome do livre comércio, com pompa e circunstância, as duas nações assinaram um acordo muito vantajoso para ambas. Agora os dois países podem entrar e sair do mercado um do outro à vontade, como a China já fazia com a zona econômica especial de Hong Kong graças a um acordo de cooperação econômica. Foi a primeira vez na história que o Japão abriu as portas do mercado para outro país. Como os dois mercados se integraram rapidamente, a China e o Japão logo puderam rechaçar a economia dos Estados Unidos e da Europa.

Quando a China e o Japão deram as mãos, a Coreia do Sul e outros países asiáticos manifestaram o desejo de colaborar e estabelecer um Mercado Comum da Ásia Oriental. Até mesmo a Austrália, a Nova Zelândia, as duas províncias ocidentais do Canadá que faziam parte da Cooperação Econômica da Ásia e do Pacífico e a América Latina queriam organizar uma Comunidade do Pacífico e da Ásia Oriental.

Além de expandir a zona de livre comércio, a China e o Japão assinaram um programa de imigração e mão de obra especializada sem precedentes, que permitia às pessoas dotadas de qualificação especializada ou de capital financeiro transitar e viver livremente em qualquer um dos dois países. Para acomodar a população cada vez mais idosa do Japão, os imigrantes chineses precisavam ter menos de 45 anos, mas esse limite não se aplicava aos imigrantes japoneses que iam morar na China. Graças ao acordo, cerca de quarenta mil chineses passaram a imigrar para o Japão todo ano – o mesmo número de imigrantes que ia para o Canadá.

Os motivos para imigrar eram os mais variados: porque estavam à procura de emprego, porque viajar com um passaporte japonês era mais fácil, porque o Japão oferecia mais qualidade de vida ou porque não queriam que os filhos enfrentassem a competição acirrada do sistema educacional chinês. A maioria dos imigrantes japoneses que ia para a China eram idosos que conseguiam obter uma relação de custo-benefício muito maior com o dinheiro da aposentadoria, o que resultava em melhor qualidade de vida e mais entretenimento. Eu outras palavras, a China está ajudando o Japão a povoar o país com jovens de excelente qualidade. Essa política também tem um grande valor simbólico, pois significa que a China e o Japão esqueceram a inimizade de outrora e fizeram as pazes. O processo é similar ao que levou a Alemanha e a França, velhos inimigos, a começar uma coexistência pacífica após a Segunda Guerra Mundial e assim estabelecer uma Nova Ordem na Europa.

A China e o Japão também assinaram um Tratado Mútuo de Não Agressão e de Segurança Nacional, no qual ficou estipulado que, se um dos dois países fosse atacado, o outro ajudaria a defendê-lo. A ideia era semelhante à do Tratado de Segurança Mútua assinado entre os Estados Unidos e o Japão e à aliança da OTAN ou a outros pactos similares assinados entre os poderes europeus no século XIX. Uma jogada brilhante da parte da China foi assegurar ao Japão que não exigiria a revogação do Tratado de Defesa Mútua assinado com os Estados Unidos. Assim, hoje o Japão está protegido pelos Estados Unidos e pela China; o país tem duas apólices de seguro. O Japão tampouco precisou revogar os pactos de segurança com a Austrália ou com a Índia. Com esse tratado, a China conseguiu que o Japão não abolisse a "constituição de paz" e não embarcasse em uma corrida armamentista.

O tratado de segurança sino-japonês também serviu para restringir a Coreia do Norte. Por um lado, significava que a Coreia do Norte não poderia mais fazer chantagens nucleares ao Japão, porque se o Japão fosse atacado a China viria defendê-lo. Por outro lado, o Japão não poderia mais usar a ameaça norte-coreana como pretexto para a expansão militar. Depois que o teimoso governo da Coreia do Sul começou a se ver isolado, o país também considerou assinar um tratado de segurança com a China a fim de conter o poderio do militarismo norte-coreano.

Como resultado, o Japão reconheceu que a posse histórica das Ilhas Diaoyutai ou Ilhas Senkaku e de outras ilhas no Mar da China Oriental ainda teria de ser decidida, e propôs que as ilhas fossem transformadas em zonas desmilitarizadas para que a China e o Japão pudessem contribuir juntos para o desenvolvimento desses territórios. Esse acordo foi o modelo seguido pela China quando fez planos com Cingapura, Vietnã, Malásia e Filipinas para o desenvolvimento conjunto no Mar da China Meridional.

Essa é a China. Tudo o que você precisa fazer é reconhecer a China como irmã mais velha; então tudo fica mais fácil, mesmo que a China tenha que abrir mão de certas vantagens.

No século passado, o Japão invadiu a China, e os chineses odeiam os japoneses até hoje, mas os japoneses com certeza não odeiam os chineses. Antes os japoneses nos tratavam com complacência ou até mesmo desprezo, mas hoje nos temem. No passado foram os invasores, mas hoje não sofrem com nenhum complexo de ódio à China. Não é difícil entender o motivo se você pensar a respeito: um povo que nos infligiu um mal terrível no passado não tem motivo para nos odiar agora. Os japoneses acham que foram derrotados pelos americanos. O território japonês nunca tinha sido ocupado por uma força estrangeira antes da ocupação americana do pós-guerra, e ainda hoje existem cinquenta mil soldados americanos em território japonês. Portanto, até hoje os japoneses nutrem o desejo de ver os americanos sofrerem um revés. Essa é uma parte sutil e profunda da psicologia entre os poderosos e os fracos, os invasores e os invadidos, os vitoriosos e os derrotados em uma guerra – e outra guerra não é a única maneira de se vingar e livrar-se da vergonha. Uma inversão nas posições de superioridade e inferioridade, ou ao menos um nivelamento, pode ser suficiente.

Foi por esse motivo que a Doutrina Monroe da Ásia Oriental e o Tratado Sino-Japonês de Segurança Mútua tiveram tantos apoiadores no Japão – porque eram um tapa na cara dos americanos. Nas entrelinhas, o acordo de cooperação econômica bilateral dava a entender que o Japão precisava da ajuda da China, e isso aumentou a autoestima de muitos chineses. Assim, uma coisa jamais prevista aconteceu – a China e o Japão formaram uma aliança, e um Mercado Comum da Ásia Oriental poderia tornar-se realidade em poucos anos. Uma Doutrina Monroe da Ásia Oriental liderada pela China já está tomando forma; uma nova era começou. Se Sun Yat-sen ainda estivesse vivo, com certeza daria parabéns à China pela concretização do sonho de mais de um século. "Muito bem! Muito bem!", foi a orgulhosa conclusão de He Dongsheng.

A melhor opção no mundo real

"Ha! A concretização do sonho de mais de um século?", protestou Xiao Xi. "Se Sun Yat-sen ainda estivesse vivo, ele morreria de raiva. Os Três Princípios do Povo defendidos por Sun eram a nacionalidade do povo, a democracia do povo e o sustento do povo. Onde está a democracia do povo? Nos últimos cem anos, a democracia foi esmagada pelo Partido Comunista. Toda vez que viramos as costas vocês começam uma repressão, pegam as pessoas e as atiram na cadeia."

"Vejamos", disse Fang Caodi. "Você diz que a ordem social está ameaçada, que as contradições são grandes e que os malfeitores estão à solta, mas quem foi responsável por toda essa tensão social? Por acaso não é tudo resultado da corrupção e da incompetência do Partido Comunista? Já se passaram mais de sessenta anos desde a fundação da República Popular! Por acaso o Partido Nacionalista Chinês está no poder agora?"

"Segundo você diz", continuou Xiao Xi, "a China já entrou em uma época de ascendência e prosperidade. Mas se estamos numa época de ascendência e prosperidade, por que o Partido ainda é incapaz de governar o país com base no estado de direito? Ou você acha que o estado de direito não deve nunca ser adotado na China? Depois de sessenta anos no poder, o Partido ainda não aprendeu a governar bem! O problema é que o Partido Comunista é contra uma reforma política de verdade. As novas políticas servem apenas para dar ainda mais dinheiro para quadros corruptos e oficiais em todos os níveis. Será que uma ditadura de partido único tem como resolver os problemas de corrupção do próprio partido? Olhe para os 'ricos de segunda geração', filhos de empreendedores, ou para os 'oficiais de segunda geração', filhos da elite do partido. Eles são nojentos! Todos encheram a barriga com o capitalismo da camaradagem!"

"O Partido Comunista Chinês é completamente hipócrita", disse Fang Caodi. "Os membros do partido estão sempre mentindo, ocultando a verdade, distorcendo a história e traindo uns aos outros; tudo começa com a liderança, mas logo os escalões mais baixos passam a imitá-la, e no fim até a geração mais jovem acaba se corrompendo. Como você pode falar sobre a prosperidade e a ascensão de um país que se orgulhava da própria honestidade, mas hoje sofre com a degradação moral?"

"O Partido não para de falar sobre o velho ideal de 'enriquecer o estado e fortalecer o Exército', sobre fontes de recursos, sobre estimular o crescimento econômico, ultrapassar o Japão e chegar ao nível dos Estados Unidos, mas os custos desse desenvolvimento econômico foram altíssimos", acrescentou Lao Chen. "O Partido arruinou o meio ambiente e acabou com todas as fontes de recursos até a geração dos nossos netos. Se continuar seguindo o modelo ocidental de desenvolvimento, mais cedo ou mais tarde o Partido vai se ver em um beco sem saída."

Fang Caodi tinha feito negócios na África e encontrado um panorama muito diferente daquele descrito por He Dongsheng. Quando as empresas chinesas trabalhavam em projetos de construção, contratavam apenas trabalhadores chineses; não empregavam a população local e não ajudavam a reduzir o grande problema local do desemprego. Produtos chineses baratos invadiram o mercado africano e arruinaram as poucas indústrias que ainda existiam por lá. Os chineses são iguais aos antigos colonialistas europeus. Eles se unem às elites corruptas locais para explorar os recursos naturais da África e não ajudam o povo africano com nenhum tipo de desenvolvimento econômico a longo prazo.

"Por que uma nação tão poderosa não aceita uma única crítica?", perguntou Xiao Xi. "Por que o Partido sufoca a liberdade de expressão? Veja como o Partido tem medo da internet – nem parece o governo de uma grande nação!"

Depois de retornar à China, Fang Caodi viajou por todas as regiões minoritárias do país e, como estava em busca do pai e do antigo líder militar de Xinjiang, Sheng Shicai, andou por todo o norte e por todo o sul de Xinjiang. Na avaliação que fez, a política de nacionalidades do Partido Comunista era um fracasso total. Os chineses *han* sentiam-se injustiçados, enquanto os uigures e os tibetanos sentiam-se humilhados e oprimidos. As células comunistas em Xinjiang e no Tibete são podres de tão corruptas e só querem saber de encher a barriga como resultado dos conflitos étnicos. Com as antigas desavenças e as novas reivindicações, Xinjiang e o Tibete nunca estarão em paz. "Se a China não adotar um sistema federal as consequências vão ser terríveis!", gritou Fang Caodi.

"He Dongsheng", acrescentou Lao Chen, "o senhor é um acadêmico chinês à moda antiga. A sua cabeça está cheia de ideias sobre 'governar a nação e pacificar o mundo', e o senhor espera assumir um cargo de oficial para mais tarde virar um Tutor Imperial. Quando está próximo do poder o senhor se entusiasma, e assim que chega ao poder começa a apoiar uma ditadura autoritária. O senhor enfeita tudo com palavras grandiosas e fala sobre a necessidade de um poder absoluto para fazer coisas grandiosas, mas na verdade tudo o que o motiva é uma ambição pessoal. Fazer coisas grandiosas não significa necessariamente fazer coisas boas. Coisas grandiosas também podem ser ruins e ter consequências terríveis e incalculáveis por muitos e muitos anos. Nas últimas décadas não faltaram exemplos, concorda?"

He Dongsheng escutava com um sorriso nos lábios, como se estivesse apreciando as críticas. "Tudo o que vocês disseram é verdade", respondeu, "mas as informações de que dispõem não se comparam às informações a que eu tenho acesso; o desequilíbrio é muito grande. Eu posso falar sobre coisas muito mais terríveis e muito mais absurdas do que vocês imaginam. Alguns dias atrás tivemos uma reunião para discutir a grande catástrofe que pode ser causada pela lama que escorre das encostas ao longo da Barragem das Três Gargantas e assoreia o rio Yangzi. Todo mundo sabe que isso vai acontecer mais cedo ou mais tarde, mas ainda não sabemos que liderança vai sofrer o infortúnio de ter que limpar a sujeira. Mas uma coisa eu sei com certeza: não dá para ficar só olhando os outros carregarem peso e esperando para colher os benefícios. Sempre é preciso abrir mão de alguma coisa. É claro que sempre vão existir trabalhos malfeitos e irresponsáveis aqui e ali em um grande país, mas não há outra maneira. E posso dizer mais uma coisa de coração: não há como a China ficar melhor do que está hoje."

"Como assim não há como a China ficar melhor do que está hoje?", perguntou Xiao Xi.

"O Ocidente não acredita em Deus?", perguntou He Dongsheng. "Deus criou o mundo e Deus é bom. Então Deus não poderia ter criado um mundo ruim, certo? Mesmo assim, existem coisas que não são boas, e então a teodiceia do filósofo alemão Leibniz entra em cena para defender Deus. Leibniz propôs que, embora o mundo não seja perfeito, um mundo melhor é impossível porque Deus criou o melhor mundo possível. Se nem Deus consegue criar um mundo perfeito, como a China poderia ter essa pretensão? A situação atual da China é a melhor possível dadas as circunstâncias, e é impossível fazer qualquer melhoria. Não pensem que a China tem a tradição do Parlamento inglês, a democracia social escandinava ou os vastos recursos dos Estados Unidos... A China é simplesmente a China, e a história não é uma página em branco que possa ser escrita como bem entendemos; e a história também não pode ser refeita; só é possível começar a partir da situação atual. Estou convencido de que a China de hoje fez a melhor opção no mundo real."

"Faz tempo que Voltaire ridicularizou a ideia de Leibniz de que não havia nada a melhorar no mundo", retrucou Lao Chen, "nas imortais palavras do dr. Pangloss: 'É tudo para o melhor no melhor dos mundos possíveis'."

"Não estou entendendo", disse Fang Caodi.

"Não importa o que você diga", disse Xiao Xi, "está apenas defendendo a ditadura de partido único."

"Bem, você tem alguma sugestão mais completa e mais prática?", perguntou He Dongsheng.

"Só porque eu não tenho", respondeu Xiao Xi, "não quer dizer que eu precise aceitar essa sugestão."

He Dongsheng compreendia muito bem todas as acusações feitas por Lao Chen, Xiao Xi e Fang Caodi. Sabia que tudo se devia à faca de dois gumes do Partido Comunista. A culpa era de Lênin e de Trótski, os inventores da ditadura de partido único. Na década de 20, Karl Kautsky, que tinha aprendido as lições de Marx e de Engels, já havia adivinhado qual seria o problema. Kautsky afirmou que a burocracia ditatorial de partido único na União Soviética seria pior do que as sociedades capitalistas ocidentais. Não espanta saber que Lênin odiava Kautsky com todas as forças.

Mas será que o capitalismo chinês com características socialistas praticado pelo Partido Comunista Chinês pode ser substituído por algum outro sistema? Ou será que é a melhor opção no mundo real?

Uma ditadura de partido único de fato não tem como resolver problemas internos de corrupção e, além do mais, precisa sufocar a liberdade de expressão e suprimir todos os dissidentes. Mas será que a China pode ser controlada sem uma ditadura de partido único? Será que algum outro sistema é capaz de fornecer roupas e alimentos a um bilhão trezentos e cinquenta milhões de pessoas? Ou então implantar com sucesso um "Plano de Ação para Alcançar a Prosperidade em meio à Crise"? Será que a China poderia ascender tão depressa sem a liderança de uma ditadura de partido único?

Algumas pessoas talvez pensem que, agora que a China ascendeu e a época de prosperidade começou, seja possível acabar com a ditadura de partido único! O He Dongsheng de vinte anos atrás talvez pensasse assim. Talvez se unisse à facção de reforma democrática do Partido e chegasse até a apoiar um Gorbachev chinês. Mas hoje He Dongsheng não tem nenhuma fé no sistema democrático ocidental. Acima de tudo, sabia que desde junho de 1989 o Partido Comunista Chinês não tinha mais nenhum ideal. Na condição de partido-estado com total monopólio sobre o poder na China, o Partido Comunista Chinês governa apenas para manter-se no poder; os oficiais trabalham apenas para o enriquecimento pessoal, e não existe a mais remota chance de um homem como Gorbachev surgir no Partido. Hoje He Dongsheng não apenas perdeu toda a esperança na reforma política, mas também acredita que essa reforma sequer deve acontecer – *não deve haver reforma alguma*, pois qualquer tipo de reforma levaria ao caos.

"Precisamos manter o status quo", disse, "e deixar que a China se desenvolva por mais uns vinte anos antes de falar sobre uma reforma. Na melhor da hipóteses podemos implantar algumas reformas menores e aos poucos tentar adotar um governo decente."

He Dongsheng não tinha ideia de como seria uma China democrática pós-comunismo.

"Reforma política?", perguntou com desdém. "Vocês acham que isso é simples? O resultado de uma reforma política não vai ser o federalismo que vocês querem, nem uma democracia social à moda europeia, nem uma democracia constitucional com liberdade de expressão à moda dos americanos. O resultado de uma transição política como essa seria uma ditadura fascista à moda chinesa, com uma mistura de nacionalismo, populismo, estatismo e tradicionalismo chinês."

"O Partido-Estado Comunista já é fascista!", retrucou Xiao Xi. "Ninguém precisa dessa transição!"

"Mesmo que o Partido seja fascista", respondeu He Dongsheng sem ressentimento, "ainda estamos em um fascismo incipiente. Você ainda não experimentou o fascismo despótico violento. A dizer pela maneira como fala, estou vendo que você não tem imaginação suficiente para compreender o verdadeiro mal."

Neste ponto os rostos de alguns líderes do Partido Comunista com evidentes tendências fascistas surgiram diante de He Dongsheng, e ele pensou que se algum daqueles homens chegasse ao poder, não apenas a China mas o mundo inteiro estaria em perigo. He Dongsheng sentia-se encarregado de uma missão – impedir aqueles homens de chegar ao poder.

Sabia com certeza que os oponentes do atual grupo de liderança vinham da esquerda e da direita, porém a maior ameaça era a extrema direita. O "Plano de Ação para Alcançar a Prosperidade em meio à Crise" era uma continuação das políticas de economia de mercado adotadas na época de reforma e abertura que haviam ofendido muitos poderosos e criado muitas inimizades. A Velha Esquerda e a Nova Esquerda se opunham à privatização de terras férteis, muitas estatais estavam insatisfeitas com a entrada de empresas privadas em mercados que até pouco tempo eram monopólios e, por fim, a abolição do controle oficial e o estímulo à livre concorrência levou a um afastamento entre burocratas e empresários e também à diminuição das oportunidades de lucro para os oficiais. Além do mais, em um partido onde a corrupção é endêmica, as tentativas de pôr em prática uma "lei do raio de sol" que obrigaria os oficiais a revelar todo o patrimônio financeiro a fim de revelar as discrepâncias entre a renda legal e o patrimônio real enraiveceu os oficiais corruptos a tal ponto que eles resolveram trabalhar juntos para derrubar a atual liderança do partido-estado.

As facções mais ambiciosas sempre tentam atacar o ponto fraco da liderança no poder. Os dois pontos fracos da liderança atual não são nada menos do que a aliança com o Japão e o adiamento das disputas relativas às fronteiras. O sentimento antijaponês tem um apelo muito grande e serve como ponto em comum entre várias gerações. Assinar um juramento de irmandade com o Japão parecia inaceitável para muitos chineses, embora fosse ao encontro dos principais interesses nacionais da China. Também era provável que o desenvolvimento conjunto de áreas fronteiriças fosse interpretado como uma humilhante abdicação de soberania por parte da China. A facção mais ambiciosa do Partido sabia que bastava abanar as chamas do sentimento nacionalista e acusar a liderança atual de baixar a cabeça para os estrangeiros, de ter se rendido ou mesmo traído o país, e os líderes talvez caíssem. No mínimo teriam a reputação arruinada, e quando o resto do mundo visse as violentas manifestações do sentimento nacionalista chinês todos acreditariam que a China é um novo império expansionista e agressivo. Ficariam convencidos de que a "teoria da ameaça chinesa" estava correta, começariam os preparativos para as hostilidades e deixariam de confiar no governo chinês. Ver a atual liderança rejeitada dentro e fora do país era exatamente o que a ambiciosa facção interna tinha em mente. He Dongsheng temia que, se a situação permanecesse assim por muito tempo, a opinião popular chinesa passasse a ser controlada pela ambiciosa facção fascista do Partido.

He Dongsheng chegou até a lembrar com saudades da defunta facção liberal formada por intelectuais. Sem tê-los como alvo, todas as forças antiliberais – a Velha Esquerda e a Nova Esquerda, os nacionalistas, os populistas, os tradicionalistas e a extrema direita – concentrariam os ataques no atual grupo de liderança. Por azar, quando a economia mundial entrou em recessão e a época de prosperidade da China começou em caráter oficial, a facção liberal foi acusada de defender valores ocidentais e por pouco não desapareceu – e assim o mercado para as ideias que defendia ficou muito escasso. Após um período de reflexão, a maioria dos membros da facção liberal passou a apoiar a atual liderança, autoritária e pragmática. Hoje acreditam que a China não pode seguir o caminho das nações ocidentais e que o atual modelo chinês é a melhor opção no mundo real. Os poucos liberais conhecidos que se recusaram a mudar de opinião foram proibidos de falar em público – não podem aparecer na mídia, publicar livros, dar palestras nem lecionar. Agora restam apenas os peixes pequenos, como Xiao Xi, que entram na internet e promovem uma resistência muito fraca com estratégias de guerrilha.

Deus salve o Partido Comunista

A noite foi muito, muito longa. Enquanto escutavam o bombardeio de informações promovido por He Dongsheng, Lao Chen, Xiao Xi e Fang Caodi embarcaram em uma montanha-russa emocional; estavam totalmente exaustos, e Zhang Dou já tinha cochilado diversas vezes enquanto operava a câmera.

Mesmo assim, quanto mais He Dongsheng falava, mais exaltado ficava. Era como se fosse o apresentador solitário de um programa de entrevista, e parecia não ter nada a esconder – podia dizer o que bem entendesse. "É muito bom poder dizer o que bem entendo", disse; "fazia tempo que eu não me sentia tão bem." He Dongsheng também percebeu que estava dizendo coisas em geral proibidas, mas se não as dissesse naquela noite, provavelmente estaria morto e enterrado antes da próxima chance. Também nunca havia bebido água da torneira em Beijing, e hoje, depois de beber alguns copos, com certeza teria uma reação incomum.

De repente He Dongsheng pensou em um estranho acontecimento recente e sentiu muita vontade de discuti-lo – não conseguiria descansar enquanto não o discutisse.

"Vou contar a vocês um segredo de estado", anunciou a Lao Chen, Xiao Xi e Fang Caodi. "No mês passado uma organização terrorista invadiu uma indústria química secreta controlada pelo estado e tentou explodir o prédio. Por sorte as nossas forças receberam uma denúncia antes do ataque e puderam matar todos os terroristas lá mesmo. O mais impressionante foi descobrir que todos os seis terroristas faziam parte de uma célula fascista de Beijing – eram todos estudantes das principais universidades, como a Universidade de Beijing e da Qinghua. Depois de feita a identificação, mantivemos todo o acontecido em segredo e registramos as mortes como decorrência de um acidente de carro, mas enquanto não viram os corpos os pais fizeram um alarde e tanto. Estou dizendo isso para vocês entenderem que o fascismo de verdade já tem uma grande influência na China. Para os estudantes saberem qualquer coisa sobre a indústria química secreta eles precisariam de contatos no Partido, no governo e no Exército. E essas pessoas têm as mais variadas intenções; já faz tempo que não agem como membros do Partido Comunista ou como socialistas, e só posso me referir a eles como fascistas."

"Por acaso alguns dos estudantes mortos se chamava Wei?", perguntou Xiao Xi, falando devagar.

"Wei? Não", respondeu He Dongsheng.

"Tem certeza?", insistiu Xiao Xi.

"Você não precisa duvidar da minha memória", respondeu He Dongsheng. "Além do mais, Wei não é um sobrenome comum. Se um dos mortos se chamasse Wei, com certeza eu lembraria."

Ao ver que Xiao Xi pareceu aliviada, Lao Chen percebeu que ela estava pensando no filho Wei Guo.

"De onde veio a denúncia?", perguntou Lao Chen para mudar de assunto.

"Lao Chen, não subestime o nosso aparato de segurança", respondeu He Dongsheng. "Temos olhos e ouvidos por toda a parte. Em geral, onde há pessoas reunidas há informantes... Por outro lado, não sei como vocês três nos escaparam."

"Por que os estudantes queriam explodir a indústria química?", perguntou Fang Caodi, em tom sério.

Como havia falado sobre a "prosperidade em meio à crise", o plano de "governar a nação e pacificar o mundo" e as estratégias internacionais da nação, dificilmente haveria um assunto que He Dongsheng não estivesse disposto a discutir.

"Digamos que, na situação atual da China, a diferença entre o nosso governo e esses elementos fascistas é que nós queremos que o povo tenha uma índole amorosa e compassiva, não um espírito marcial – mas os fascistas querem promover o espírito marcial e combativo em vez dessa índole amorosa. O produto fabricado naquela indústria química deixa as pessoas felizes e cheias de amor e compaixão e acaba com qualquer desejo de atacar umas às outras, e portanto os fascistas queriam destruí-la. Vocês entendem o que eu estou dizendo?"

"Essa é a indústria química perto do Vilarejo Feliz nas proximidades das Montanhas Taihang, em Hebei?", perguntou Fang Caodi, baseando-se na intuição. "Aquela que tem um aeroporto?"

"Vocês realmente sabem de muita coisa", disse He Dongsheng, surpreso. "Parece que houve algum vazamento no nosso sistema de segurança."

"Que produto é esse que deixa as pessoas felizes?", perguntou Fang Caodi. "Professor He, o senhor concordou em responder a todas as nossas perguntas."

"Não há problema algum em contar", disse He Dongsheng, "e acho que nem é uma coisa ruim. Mesmo que vocês nunca tenham ouvido falar de MDMA, com certeza já ouviram falar de ecstasy. Nós fabricamos uma 'geração N' de MDMA. É uma droga leve, que não causa dependência e não tem nenhum efeito colateral nocivo. Depois de ingerida, a droga causa sensações de extremo bem-estar – você tem a impressão de que o mundo está repleto de amor e sente vontade de abraçar as outras pessoas e contar tudo o que sabe a elas, mas o efeito não inclui alucinações e os pensamentos continuam claros, como vocês podem ver em mim."

"E para que o governo tem uma enorme fábrica de comprimidos de ecstasy?", perguntou Fang Caodi, sem compreender.

"Não são comprimidos", respondeu He Dongsheng; "não há comprimido algum, e não estamos fabricando ecstasy para outros países. A China é um país enorme; não somos a Coreia do Norte, então não fique com a impressão errada. Estamos apenas produzindo químicos para o nosso próprio uso."

"Como no *Admirável mundo novo* de Aldous Huxley?", perguntou Lao Chen.

"Eu entendo o que você quer dizer", disse He Dongsheng, "mas não tivemos influência nenhuma. Temos uma Secretaria de Manutenção da Ordem com pesquisadores acadêmicos que estudam técnicas antigas e modernas para manter a ordem dentro e fora da China. Um dos pesquisadores estava trabalhando com materiais britânicos. Vocês sabem que os jovens ocidentais gostam de beber e de fazer festa no Ano-Novo, e que quando ficam bêbados muitas vezes começam a fazer arruaça. A mesma coisa acontece durante os jogos de futebol – os torcedores britânicos são muito violentos. Nos últimos anos do século XX, no entanto, quando o ecstasy se popularizou, a violência no Ano-Novo diminuiu de repente. Depois de tomar ecstasy, esses jovens britânicos só queriam dançar balançando a cabeça, escutar música, trocar abraços, amar todo mundo e abrir o coração para todos ao redor. Esse é o efeito que o MDMA tem sobre as pessoas – muito diferente dos efeitos produzidos pelo álcool ou por outras drogas alucinógenas. O álcool perturba a mente das pessoas, libera os instintos animais e desperta sentimentos de violência. As drogas psicodélicas causam alucinações e prejudicam a comunicação social. A nossa Secretaria de Manutenção da Ordem pediu ao Instituto de Tecnologia de Harbin que produzisse amostras de MDMA pura. No início ninguém entendeu para que aquilo poderia servir, mas se dispuseram a participar do experimento. Foi como os laboratórios de armas nos filmes do James Bond, quando Q aparece com aquele monte de geringonças úteis e às vezes ridículas.

"Então, quando o Politburo estava analisando o 'Plano de Ação para Alcançar a Prosperidade em meio à Crise', um dos membros disse que as pessoas ficariam deprimidas e adotariam um comportamento passivo como resultado da repressão. Essa alteração no entusiasmo das pessoas seria negativa quando quiséssemos implementar o segundo pacote de políticas de reforma econômica. O homem perguntou se não haveria alguma substância capaz de fazer com que as pessoas todos se sentissem bem e tivessem atitudes positivas sem provocar tendências violentas que perturbassem a harmonia da nossa sociedade. Na reunião havia um representante do Ministério de Segurança Nacional que havia recebido treinamento na Kennedy School of Government, em Harvard. Ele vinha estudando os problemas com drogas nos Estados Unidos e, de brincadeira, disse que só poderíamos obter esse efeito se todo mundo na China tomasse metilenodioxidometanfetamina ou MDMA – ecstasy.

"Foi aí que surgiu a ideia – e quanto mais nós a discutíamos, mais achávamos que podia dar certo. Um membro disse que nunca imaginou que uma substância assim pudesse existir. O principal ingrediente para a fabricação da MDMA é o óleo de sassafrás ou o safrol. Sabem quem é o maior produtor mundial de safrol? A China. Que incrível coincidência! Pesquisadores ocidentais e chineses descobriram que pequenas quantidades de MDMA não prejudicam a saúde humana, e além do mais não registraram nenhum efeito colateral a longo prazo. Se essa substância podia deixar todos os chineses felizes e melhorar a estabilidade do país, por que não usá-la?

"Eu não disse que o nosso governo tinha feito coisas grandiosas? Logo começamos a pôr a ideia em prática. Construímos uma indústria química de ponta em Hebei, capaz de produzir MDMA de alta qualidade. A partir de então começamos a acrescentar MDMA a todos os reservatórios de água potável, ao leite, ao leite de soja, às bebidas gaseificadas, aos sucos de fruta, à água engarrafada, às cervejas e aos saquês. Salvo por algumas áreas isoladas, conseguimos atingir 99% da população urbana e mais de 70% da população rural. As quantidades consumidas eram tão pequenas que sequer apareciam em um exame de urina convencional. As pessoas nunca descobririam, e graças à MDMA ficariam em um estado permanente de leve euforia. Esse era apenas um pequeno programa suplementar em apoio ao nosso projeto de reforma econômica. O real sucesso do nosso 'Plano de Ação para Alcançar a Prosperidade em meio à Crise' foi resultado dos acertos na estratégia geral."

Lao Chen, Xiao Xi e Fang Caodi começaram a suar frio enquanto escutavam He Dongsheng.

"Então é por isso que estávamos todos *hai-lai-lai!*", exclamou Lao Chen em um ímpeto de iluminação súbita.

"Exato", disse Fang Caodi; "mais de 99% das pessoas passam a vida inteira dopadas!"

"Como vocês puderam fazer uma coisa dessas sem informar as pessoas?", perguntou Xiao Xi.

"Quase nada do que o Partido Comunista faz é informado às pessoas", respondeu He Dongsheng. "Sempre foi assim. Muitos outros países colocam agentes químicos na água potável. Em Hong Kong põem flúor, para evitar as cáries. Tudo para o bem da população."

"Mas essa política foi desenvolvida para manter as pessoas na ignorância e evitar que reclamem para que o Partido consiga se safar", protestou Xiao Xi.

"Exatamente", disse He Dongsheng; "esse foi o nosso objetivo."

"Mas e depois de atingir o objetivo", perguntou Lao Chen, "por que o Partido não parou?"

"Com as coisas indo tão bem", respondeu He Dongsheng, "por que parar? O que há de errado em manter uma população inteira feliz e harmoniosa? Hoje a China tem o mais alto índice de felicidade no mundo inteiro. O número de adeptos religiosos aumenta dia a dia, enquanto as taxas de violência doméstica e suicídio entre as mulheres do campo diminuem consideravelmente... o que há de errado? Além do mais, nesse ponto não temos como parar. As pessoas podem ficar infelizes. Alguns estrangeiros que passam um tempo morando na China se sentem muito estranhos quando voltam para casa. Não se sentem tão felizes como na China e sempre têm vontade de voltar para cá. Temos muitos amigos internacionais assim! Quando outros estrangeiros criticam a China eles se erguem para nos defender e sugerem aos compatriotas que venham morar na China por um tempo para ver que os chineses são o povo mais feliz do mundo."

"Nem todo mundo tem a mesma reação", acrescentou Fang Caodi. "Algumas pessoas nunca foram controladas pela droga presente na água."

"Como eu disse", continuou He Dongsheng, "a MDMA é eficiente, mas é uma droga menor. Não serve para controlar ninguém. Apenas muda um pouco o ânimo das pessoas. O que quer que as pessoas tenham de fazer, continuam podendo fazer. Nossos estudos posteriores indicaram que mais de 99% das pessoas tiveram a mesma reação positiva, mas talvez exista um número ínfimo de pessoas que por um motivo ou outro não apresentam nenhuma reação. De qualquer modo, é bom o suficiente que a maioria se sinta feliz porque a minoria acaba tendo as emoções influenciadas pela maioria. Mas, claro, pode haver exceções entre as exceções. Estou vendo que vocês todos pertencem à minoria ínfima composta por um número ínfimo de pessoas que permanecem infelizes. Como eu! Eu não bebo água nem outras bebidas chinesas porque gosto de saber como é estar sóbrio quando todos os outros estão dopados. Mas hoje eu estou sentindo um certo 'brilho', como se costuma dizer. A melhor sensação é a da primeira vez. Vejam só o quanto eu falei depois de beber uns copos de água da torneira! Falei demais... e disse coisas que eu nunca devia ter dito."

"Quando o Partido começou a pôr ecstasy na água?", perguntou Zhang Dou, que até esse ponto havia se mantido em silêncio. "Em que dia exato?"

"O dia exato é muito evidente", respondeu He Dongsheng. "Foi no último dia da repressão de três semanas. Naquele dia, todos os reservatórios d'água das cidades de primeiro, segundo e terceiro nível e de todas as cidades provinciais acrescentaram a MDMA à água. O Partido anunciaria o início da época de ascendência da China no dia seguinte, então era necessário calibrar as emoções das pessoas."

"Eu vou matar você, desgraçado!", gritou Zhang Dou enquanto pulava para cima de He Dongsheng como um animal e espremia aquele homem fraco contra a cadeira usando toda robustez do próprio corpo. "Vou matar você, desgraçado!"

Lao Chen, Xiao Xi e Fang Caodi fizeram todos os esforços possíveis para separar os dois, mas Zhang Dou era forte demais.

"Fang Dou, chega! Você está louco?", gritavam os três.

"Ele envenenou a Miaomiao! Esse filho da puta envenenou a Miaomiao!", gritou Zhang Dou com a mão fechada em torno da garganta de He Dongsheng. Zhang Dou parecia disposto a sufocar He Dongsheng até a morte ali mesmo.

De repente Miaomiao soltou um grito, e Zhang Dou largou He Dongsheng para olhar em direção a ela. Miaomiao estava de pé junto da porta com um prato de biscoitos na mão, com os olhos fixos em Zhang Dou, censurando aquela atitude violenta. Fang Caodi aproveitou a oportunidade para afastar Zhang Dou de He Dongsheng.

Zhang Dou por pouco não havia matado o refém, e Lao Chen, Xiao Xi e Fang Caodi ainda estavam abalados. He Dongsheng, salvo das garras da morte, ainda não havia recuperado o fôlego e tinha dificuldade para falar.

"Ele envenenou a Miaomiao", repetiu Zhang Dou. "A Miaomiao começou a agir de um jeito estranho, como se estivesse doente, logo quando a repressão acabou, e foi tudo por causa dessa merda que puseram na água!"

"Vocês são loucos! Vocês são todos loucos! Vocês...", arquejou He Dongsheng. Por um instante pensou que os desafiaria a matá-lo para acabar de uma vez com tudo, mas logo a razão lembrou-o de que permitir aos sequestradores fazer uma coisa dessas não era de seu interesse.

Lao Chen era o mais controlado. Aproximou-se de He Dongsheng com um copo d'água, mas He Dongsheng sequer olhou para ele. "Vou soltar o senhor para que beba um pouco d'água, está bem?"

He Dongsheng ficou um pouco comovido. Lao Chen o desamarrou. "O que acabou de acontecer foi um acidente", disse Lao Chen, "mesmo que talvez o senhor não acredite. Os galos estão prestes a cantar e logo vai ser dia. A noite está quase no fim. Aguente só mais um pouco, está bem? Vocês têm mais alguma pergunta a fazer?" Lao Chen repetiu a pergunta aos outros três enquanto ajudava He Dongsheng a beber.

"Eu tenho. Quase esqueci", disse Fang Caodi. "Aquele mês desaparecido. Ou, melhor dizendo, aqueles 28 dias desaparecidos. Professor He, a semana de anarquia e as três semanas de repressão que o senhor acaba de mencionar – a não ser por nós três e o senhor, ninguém mais parece lembrar desse período. Lao Chen, você também não lembra, não é mesmo?"

"Eu realmente não lembro", respondeu Lao Chen.

He Dongsheng começou a rir, mas ainda sentia dificuldade para falar. "Me deem mais um copo d'água!", pediu depois de engolir em seco para limpar a garganta.

"Professor He", disse Fang Caodi, "o senhor pode nos explicar? Aconteceu no ano da vacinação contra a gripe aviária. Foi uma droga do esquecimento criada pela Secretaria de Manutenção da Ordem, não?"

"Não", corrigiu He Dongsheng. "A vacinação contra a gripe aviária era mesmo para prevenir a gripe aviária, e só dez ou vinte milhões de pessoas chegaram a receber a vacina. De onde a Secretaria de Manutenção da Ordem tiraria uma droga causadora de amnésia? Seria maravilhoso se essa droga existisse. Assim o Partido Comunista poderia reescrever a própria história da maneira como bem entendesse."

"Mas então como foi que todo mundo esqueceu?", perguntou Fang Caodi.

"Foi o ecstasy na água?", perguntou Xiao Xi.

"Eu não sei!" He Dongsheng não conseguiu evitar outra risada. "Se vocês me perguntarem como isso aconteceu, eu só posso responder que não sei! Não imaginem que o Partido é capaz de controlar tudo. Existem muitas coisas além das nossas expectativas. Nunca sonhamos que esse mês de que vocês estão falando pudesse sumir da memória das pessoas."

"Mas se o senhor não sabe, quem pode saber?", perguntou Fang Caodi. "Não tente esconder..."

"Eu não estou escondendo nada", continuou He Dongsheng. "Vou dizer tudo o que sei. Quando o 'Plano de Ação para Alcançar a Prosperidade em meio à Crise' começou a dar certo, a primeira frase no editorial do *Diário do Povo* dizia: 'Desde que a economia global entrou em um período de crise, a época de ouro da China começou em caráter oficial...'. Foi uma simples retórica editorial que juntou os dois acontecimentos em uma única frase. Mas a partir de então a frase foi repetida inúmeras vezes na mídia e todo mundo acabou decorando.

"Na época, a Secretaria da Central de Propaganda publicou um relatório dizendo que a mídia não fazia mais referência àqueles

28 dias e também que pouca gente os discutia na internet. Imaginamos que as pessoas não suportassem as lembranças daquela época difícil, e todo mundo estava ocupado demais ganhando e gastando dinheiro.

"Foi ótimo para o Partido. A repressão e a anarquia são acontecimentos sanguinolentos e até pecaminosos para os adeptos da religião. Assim, a Secretaria de Propaganda se aproveitou da situação e ordenou que aqueles 28 dias não fossem discutidos na mídia nem na internet. Como vocês sabem, as técnicas de controle da internet aqui na China são as melhores do mundo, e os canais tradicionais da mídia jamais se atreveriam a desobedecer às nossas ordens. Além do mais, depois que a prosperidade e a ascendência chinesa começaram, todo mundo perdeu o interesse pelo Ocidente. Hoje os chineses preferem assistir às nossas próprias mídias coloridas, e apenas uma pequena minoria ainda busca informações em mídias estrangeiras. Assim, aqueles 28 dias que já eram pouco discutidos acabaram sumindo do discurso público.

"Depois aconteceu uma coisa inimaginável que eu nunca consegui entender direito: cada vez mais pessoas começaram a esquecer aqueles 28 dias, e não era apenas uma amnésia temporária – as pessoas não tinham mais nenhuma lembrança daquele período, como se o país inteiro tivesse apagado um doloroso trauma de infância.

"Na verdade as pessoas de meia-idade e os idosos não se esqueceram da Revolução Cultural e do dia 4 de junho de 1989. Mas nesses dois anos da ascendência chinesa, todo mundo estava vivendo muito bem e pouca gente tinha interesse em relembrar a Revolução Cultural e junho de 1989, então as memórias foram se apagando aos poucos.

"Mas os 28 dias foram esquecidos de verdade.

"Não sei dizer com certeza se tem alguma coisa a ver com a água. Os líderes que moram em Zhongnanhai bebem uma água diferente. Não bebemos a mesma água que o restante da população, embora alguns líderes indisciplinados possam ter saído por aí bebendo água comum; não sei. O que sei é que a maioria dos líderes em Zhongnanhai lembra daqueles 28 dias, e todos sabem que o país inteiro está sofrendo uma espécie de amnésia seletiva e coletiva.

"Quando eu percebi o que estava acontecendo, fui analisar vários grupos, inclusive quadros de baixo e médio escalão e acadêmicos. Como eu imaginava, ninguém tinha a menor lembrança daquele período; era como se tivessem feito uma lavagem cerebral em si mesmos. As pessoas não lembravam de coisas que tinham acontecido pouco tempo atrás. Tudo era muito estranho, mas sem dúvida real.

"Foi melhor assim. A liderança anterior, que acabou com as mãos sujas por conta de todo o sangue derramado naqueles 28 dias, estava ansiosa para que a população esquecesse os acontecimentos daquele mês. Assim, começaram a revisar os materiais que falavam sobre aquela época. Ordenaram, por exemplo, que todos os jornais nas bibliotecas públicas estivessem disponíveis apenas em formato digital. Reescrevemos toda a história daqueles 28 dias. E, o mais importante, fizemos a data em que a ascendência da China começou em caráter oficial coincidir com a data em que a economia global entrou no período de crise e de estagflação, apagando assim a existência histórica daquela semana de anarquia e das três semanas de repressão severa. Ninguém se opôs a essa distorção da realidade e quase ninguém sequer percebeu. Às vezes, quando algum estrangeiro comenta esses acontecimentos, nós simplesmente usamos um filtro. Logo as novas versões passam a ser as únicas versões disponíveis. Para dizer a verdade, até eu fiquei surpreso: como o povo chinês pôde esquecer acontecimentos tão importantes com tamanha facilidade?

"O que estou dizendo é que, embora os órgãos da Central de Propaganda tenham feito um excelente trabalho, eles pegaram carona em uma tendência que já existia. Se os próprios chineses não quisessem esquecer, não teríamos como provocar essa amnésia coletiva. Mas os próprios chineses resolveram esquecer."

"Por quê?", perguntaram ao mesmo tempo Xiao Xi e Fang Caodi. "Por que os chineses fariam uma coisa dessas? E como? Tem que haver uma explicação."

"Eu já não disse antes?", perguntou He Dongsheng. "Eu não sei!"

Xiao Xi e Fang Caodi estavam perplexos.

"Eu realmente não sei explicar", acrescentou He Dongsheng ao ver que todos estavam mudos. "Eu também estou confuso. Talvez a vida real não seja como um romance de detetive e nem tudo tenha uma explicação perfeita. Admito que esse é o grande enigma para o qual não tenho resposta: por que as pessoas tiveram amnésia coletiva? Talvez os seres humanos sejam animais de memória fraca que desejam apagar da memória certos acontecimentos históricos. Talvez o Partido Comunista Chinês seja apenas sortudo. Talvez o povo chinês mereça ser governado pelo Partido Comunista por muito mais tempo depois desses sessenta anos. Talvez seja um milagre, ou então o carma da China. É uma pena eu ser um materialista, senão eu diria que foi a Vontade Divina – que Deus quer que o Partido Comunista Chinês permaneça no poder. Deus salvou o meu Partido!"

Xiao Xi e Fang Caodi permaneceram sentados e deprimidos, com uma expressão indecifrável no rosto. He Dongsheng parecia ter vencido. Lao Chen também ficou sentando olhando para o nada. Passado algum tempo ele se recompôs e viu que o dia estava raiando lá fora.

"Irmão Dongsheng, lembre-se de que fizemos um pacto de 'viver ou morrer juntos'. Ninguém vai revelar nada do que foi dito essa noite. Assim podemos continuar vivendo as nossas vidas comuns e o senhor pode continuar vivendo a sua vida de promoções e dinheiro. Não esqueça. Se ninguém tem mais nada a dizer, vou deixar o sr. He voltar para casa."

Xiao Xi, Fang Caodi e Zhang Dou permaneceram em silêncio, e então Lao Chen dirigiu-se a He Dongsheng. "O senhor pode ir agora."

He Dongsheng hesitou por um instante, ergueu-se, foi até a porta e então virou-se para trás e disse, como se estivesse oferecendo uma explicação a si mesmo: "Vocês acham que eu me importo com promoções e com dinheiro? Eu faço o que faço em nome da nação e do povo!"

Todos o encararam sem demonstrar nenhuma emoção.

"Podem duvidar se quiserem", acrescentou He Dongsheng em tom sereno antes de atravessar a porta. No instante seguinte ouviu-se o barulho da caminhonete.

Lao Chen, Xiao Xi e Fang Caodi permaneceram sentados em silêncio.

"É melhor eu ir embora", disse Fang Caodi.
"Tudo bem", disse Lao Chen.
"Você quer uma carona?", perguntou Fang Caodi.
"Não, obrigado", respondeu Lao Chen. "Já é dia. Eu e Xiao Xi vamos pegar um ônibus. É melhor você ir."

Fang Caodi deu um abraço em cada um dos companheiros, entrou no Jeep Cherokee e partiu.

"Senhor Chen", perguntou Zhang Dou, "nós vamos ter algum problema daqui para frente?"
"Acho que temos 50% de chance", respondeu Lao Chen.
"Sei", disse Zhang Dou.
"Cuide bem da Miaomiao", disse Xiao Xi.

Os três se despediram com um abraço.

"Eu tenho amigos que moram na divisa com Yunnan e nunca tiveram aquela sensação de *hai-lai-lai*", disse Lao Chen a Xiao Xi enquanto os dois saíam pela porta. "Você quer ir para lá comigo?"

"Se não for incômodo", respondeu Xiao Xi após refletir por um instante, "eu gostaria de levar a minha mãe junto."

"Não é incômodo nenhum", disse Lao Chen.

O céu estava limpo, e os dois protegeram os olhos com a mão enquanto caminhavam de braços dados sob a luz do dia.

FIM

Impressão e Acabamento